エトルリアの神剣

七星夏野

The Etruscan Divine Sword

NANAHOSHI Natsuno

文芸社

「エトルリアの民にファーレの剣を授ける。ファーレの剣を使う者はウェイイの地を支配する者達の中から出ずる。一つの周期に一人のファーレの剣士が出現するであろう。ファーレの剣士が現れる時、神はエトルリアの民に天啓を以て知らしめる。ファーレの剣士よ。ファーレの剣をその手に握れ。神の祝福がファーレの剣を輝かせるであろう。ファーレの剣が向かうところ、エトルリアに害を為すすべての者達の目を焼き、地に伏せさせ、海の彼方に追いやるであろう。ファーレの剣は、ファーレの剣士を傷つける者を許さない。ファーレの剣士の前に立ちはだかる者は恐ろしい罰を受けるであろう。エトルリアの民を守るためにファーレの剣は輝く。ただし、ファーレの剣士よ。ファーレの剣は正しく使え。正しき心で正しくファーレの剣を振るえ。さもなくば、神の罰が下り、ファーレの剣は剣士を切り裂くであろう」

（エトルリアの契約の書『リブリ・リトゥアーレス』より）

目次

主な登場人物

テレシア　エトルリアのウェイイの王女。トルティニアス王の三女。
レミルシア　エトルリアのウェイイの王女。テレシアの異母姉。フルグラーレス。
トルティニアス　エトルリアのウェイイの王。
ヤルケニウス　トルティニアス王の弟。
ラクロア　エトルリアのウェイイの王女。トルティニアスの異母姉。
エミリオン　テレシアの従者。護衛武官。
ダルフォン　エトルリアのウェイイの神官。ハルスピキニの長。
イシクルス　エトルリアのウェイイの老将軍。ラクロアの護衛武官だった。
タルゴス　エトルリアのウェイイ海軍の将軍。
ピタゴラス　ギリシャ人。哲学者であり数学者。数を絶対的な存在と崇拝する独自の哲学を追究し弟子達とピタゴラス教団を作った。
パリステス　ギリシャ人。クロトン出身。ピタゴラス教団の一員。エトルリアのウェイイイに技師として雇われる。

ヒエロン　シラクサを治める僭主《せんしゅ》。

ゲロン　シラクサの先代の僭主。ヒエロン一世の兄。

ハミルカル　カルタゴの王。ヒメラの海戦でシラクサの刺客に暗殺される。

ハミトロバル　カルタゴの王子。ハミルカル王の息子。

サトリミル　カルタゴの武官。ハミトロバルの幼馴染。

カミルス　ローマの外交官。ウェイイ在任。

プロローグ

紀元前四七四年、現在のイタリア半島の広い領域を支配していたエトルリアと、ギリシャの植民地であるシラクサ・クマエの連合軍が、イタリア半島中部のクマエ沖で激しく衝突した。クマエの戦いと呼ばれている。シラクサの支配者ヒエロンは、その時奪った青銅製のエトルリア兵士の兜をオリンポス神殿に奉納した。その際に、ギリシャ文字で「デイノメネスの息子、ヒエロンとシラクサ人がゼウスに捧げる。クマエのティレニア人（エトルリア人のこと）からの戦利品」と刻ませた。この兜を被って戦ったエトルリアの兵士は、ファーレの剣と呼ばれる白く輝く剣を振るい、その強さはシラクサの兵達を恐れさせた。しかし、ファーレの剣はクマエの戦いの中で失われ、ヒエロンは懸命に捜したがついにその剣を見つけることはできず、兜だけを奉納した。シラクサの兵達を恐れさせたファーレの剣の行方は知れず、伝説だけを残していつしか人々の記憶から消えていった。そして、この兜を被り白く輝く剣を振るったエトルリア兵士が、黄金色の髪を持つ女性であったことも、時の流れの中で忘れられていった。

この兜は、現在イギリスの大英博物館に保存されている。ファーレの剣は今も見つかっていない。

ギリシャ文字の刻まれたエトルリア兵士の兜
（復元予想図）

関連年表

紀元前六〇七年　エトルリア第四周期の始まり。
紀元前五五〇年　エトルリアとカルタゴ同盟締結。
紀元前五三五年　アラリア海戦。エトルリア・カルタゴとギリシャの戦い。
紀元前五〇七年　エトルリア第五周期の始まり。
紀元前四九六年　ピタゴラス、メタポンティオンで亡くなる。
紀元前四八〇年　サラミス海戦。ギリシャとペルシアの戦い。
紀元前四八〇年　ヒメラの戦い。カルタゴとシラクサの戦い。
紀元前四七八年　ヒエロンがシラクサの僭主の座に就く。
紀元前四七四年　クマエの戦い。エトルリアとシラクサ・クマエ連合軍の戦い。

エトルリアとトスカーナ地方とティレニア海の位置関係

稲光の天啓

エトルリア第五周期三三年（紀元前四七四年）は、激しい稲光と共に始まった。

夕刻の空を黒い雲が瞬く間に覆い尽くすと、轟音と共に白い稲光が幾度も天から地へ降り立ち、そのたびに昼間のような明るさでエトルリア最大の都市ウェイイの街を照らした。

「十度稲光が降りました。天啓が我らに大きな変化が起こることを告げていると思われます」

ウェイイの王女レミルシアは、父であるトルティニアス王にそう告げた。

「この時期に雷とは珍しい。これは新しい周期の到来の知らせではないのか？　第五周期が始まってからまだ三十二年しか経ってはおらぬが」

「いいえ、私には新しい周期の到来ではなく、この天啓は……ファーレの剣士の出現を我々に教えていると思います」

「なに？　ファーレの剣士がついに現れるのか？　一周期に一人しか出現しないと言われ

ておるが、第五周期が始まって三十二年経っても現れず、どうなっているのかと気になっておったのだが」

「私には天啓はそう読めました。ですが、ハルスピキニ達も同じ天啓を読み取ったか確認して参ります」

「うむ、それがよいだろう。〝フルグラーレス〟であるお前の天啓の読みに間違いはあるまいが、ハルスピキニ達の見解も確認してきなさい。念のためにな。ファーレの剣士の出現は、ウェイイにとって、いや、エトルリアにとって大きな意味を持つからな」

「はい、父上」

レミルシアは王の間を退き、ハルスピキニ達のいる占術の間へ向かった。

（ついに第五周期におけるファーレの剣士が現れる……）

神に祝福され栄光と富を約束されたエトルリアは、経済的にも文化的にも頂点に達していた。各国との貿易や農産業の技術の発展、交通網の整備に支えられ、エトルリアの都市は潤い、この世の春を謳歌していた。しかし、ファーレの剣士はエトルリアに危機や大きな変化が訪れる時に現れるとされている。稲光の天啓は、ファーレの剣士がなぜ出現するのかという理由までは告げなかった。

（この時期にファーレの剣士が現れるとは……。エトルリアにどのような変化が起きるの

だろう）

レミルシアは美しく細い眉を寄せた。

黒々とした空から地面に刺すように落ちる稲光を見て、ウェイイのもう一人の王女テレシアは興奮を抑えられなかった。

「エミリオン！　パリステス！　すごいぞ！　昼間のような明るさだ！」

馬にまたがったまま、テレシアは二人を振り返った。

「テレシア王女、前を見ていないと危ないですぞ。馬が稲光に脅えています」

「エミリオン、この稲光の大群は何を語っているのだろうな？　まるで空が地に叫んでいるようではないか。姉上に聞いてみたいな」

「レミルシア王女なら、稲光に隠された天啓を正しく読み取られることでしょう」

エミリオンは、自分の主人であるテレシアの興奮ぶりに眉をひそめながらも彼女に答えた。

テレシアはさきほどから黙っているもう一人の従者のほうへ顔を向け、からかうような口調で問いかけた。

「それともパリステス、お前はこの稲光も単なる数字の積み重ねだというのかな？　お前の師匠ピタゴラスは稲光も数の組み合わせと教えたか？」

「エトルリアの人々は自然の現象をすぐに神の意志だと思いたがりますな。だが稲光は空で氷粒がぶつかり合って作られる現象です。神の意志があるとすれば、それは氷粒の衝突から光を生み出す数式でしょうな」

「あはは！　これだからパリステスは面白い！　我々エトルリア人とはまったく異なる物の見方をするからな。しかし、ギリシャの人々もゼウス神を信じているのだろう？　稲光はゼウス神が創り出しているとか」

「私は違います。ゼウス神は信じておりません。ピタゴラス先生が示された通り、神は数の中にこそ存在するのですから」

「さあ、さあ、その話はそれくらいにして。早く城へ戻りましょう。稲光の後は大雨になりがちです。テレシア様がずぶ濡れになっては私が王から叱られます」

「わかった、わかった。エミリオンが父上から叱られたら私も辛い。馬を飛ばして帰ることにしよう。パリステス、今日はご苦労だった。お前のおかげで我らの船の帆はよく張るようになった。お前の信ずる神が数だというなら、その神に感謝だな。お前の頭から繰り出される数式はとてつもなく役に立つからな」

テレシアは笑い声を上げてパリステスに片手を挙げた後、馬の腹を蹴って走り出した。

エミリオンもその後を追う。パリステスは自分の宿舎のある丘の麓へ馬を向けた。

稲光に照らされて、馬上のテレシアの黄金色の髪は輝いていた。

（私の主人は美しい……）

エミリオンは目を細めた。姉のレミルシアのような優雅で儚げな美しさではない。丁寧に化粧して高価な宝石を身に着け、常に艶やかに装っているレミルシアに比べ、テレシアは普段は男のような服装でウェイイの街を歩き回っていた。長い髪は三つ編みにして一つにまとめられ、化粧もしない。もう十八歳になるのに小枝のように細い体のままで、女性らしい曲線はなかった。しかし、テレシアには世界のすべてを楽しんでいるような溌剌とした輝きがあった。

（テレシア様の美しさは生きることを楽しむことから来ている）

エミリオンはそう思っていた。と、その時、大粒の雨が降ってきた。

「エミリオン！　お前の言う通り雨になったな！　お前も姉上のように天啓を読み取れるようになったか？」

テレシアはエミリオンのほうへ顔を向けて冗談を飛ばした。

「言わぬことではありません。早く城へ帰りませんとずぶ濡れになりますぞ」

「よいではないか。私は雨が好きだ。この雨は我らの民の畑には恵みだ。最近雨の少ない日々が続いていたからな。この雨で民達の憂いが消えるだろう。さあ、エミリオン、馬を飛ばすぞ！　遅れるなよ！」

テレシアは馬の腹に蹴りをいれて速度を上げた。乗馬の術にかけては王族一といわれる彼女である。エミリオンは彼女に遅れぬよう、自分も馬の尻を叩いた。

（……そして、テレシア様はいつも民のことを考えておられる。王女にふさわしい心根のお方だ）

エミリオンは自分の主人を誇らしく思う気持ちで満たされた。


エミリオンは、正直テレシアがパリステスと親しくすることには反対であった。ギリシャの哲学者ピタゴラスを信奉し、ピタゴラス教団の一員であったパリステスは、ギリシャの植民地クロトンの出身であるが、ウェイイの王によって技術顧問として雇われていた。当時はウェイイだけでなく、エトルリアの各都市においても科学的知識に優れていたギリシャ人を雇い入れることが多かった。パリステスは数の論理に秀《ひい》でており、様々な機具の技術改良や土木工事の開発に才能を発揮した。工作場に出入りすることが好きなテレシアが、パリステスの話を面白いと思い話しかけるようになった。しかし、所詮パリステスはギリシャの民である。エトルリアの民とは違う。

エミリオンはテレシアがパリステスの傍にいる時は決して気を抜かなかった。ギリシャの都市とエトルリアの都市が戦争を行っているわけではないが、それぞれの植民地では小競り合いが後を絶たない。もっとも、当のパリステスは政治や植民地間の争いに興味はないようで、ひたすら師匠であるピタゴラスの教えの通り、世界に隠されているという数の秘密を解き明かすことだけを求めているようだったが。

（だが、油断はならぬ。エトルリアとギリシャはいつか互いの存在を許せなくなる日が来るかもしれぬ）

エミリオンは二十歳の頃からテレシアの護衛武官として仕えてきた。エミリオンの父はウェイイの王族であったが、母がギリシャ出身の奴隷であったため、王族の一員とはみなされていなかった。だが武芸に優れ、エトルリア語だけでなくギリシャ語やラテン語も話すことができる彼の才能をトルティニアス王が認め、手元に引き取ってテレシアの護衛武官に任命したのだった。それ以来テレシアの成長を見守り、その身の安全を図ってきた。エミリオンにとって、テレシアを守ることが生きる意味となっていた。テレシアは自分が必ず守る。エミリオンはそのことを固く心に誓っていた。

轟く雷鳴の中、雨に打たれながら馬を走らせていたテレシアは、後ろを走っているエミリオンのほうを振り返り、そのしかめっ面を確認してくすりと笑った。エミリオンは「ほら、言わないことではありません。雨が降ってきたではないですか」と言いたげに、口をへの字に曲げている。きっと頭の中で、城に着いたらすぐにテレシアの濡れた服を着替えさせて風邪を引かないようにしなければと考えているだろう。

エミリオンが城の外を歩き回る自分に困惑し、その身に危険が及ばないか常に注意を払って緊張していることをテレシアはわかっていた。エミリオンに心配をかけてすまないとは思うが、テレシアは幼い頃から、姉のレミルシアのように城の中で大人しくしていることに我慢がならなかった。城の外に、外の世界に出たい、もっと広い世界を見たいと常に望んでいた。書物で読んだ世界が本当に城の外に存在するのか、従者達から聞くギリシャやカルタゴや東の王国の話に興味を掻き立てられ、自分の目で異国を見てみたいと焦がれていた。フルグラーレスである姉のレミルシアが、王妃のいない父王を支えて実質的な王妃のような存在であり、ウェイイの第三王女である自分は比較的気楽な立場であったこともある。テレシアも王族としての義務や責任を感じてはいるが、姉のように天啓を読む力もない自分が王族として役に立つことといえば、民の暮らしをよくするためにできることを探すことであり、そのためにも様々な書物や異国の暮らしぶりに興味があった。

テレシアは少年のような服装をして、ウェイイの各地やエトルリアの各都市へ出かけ、民の生活や市場の様子、交易や航海の状況を調べていた。ギリシャ語やラテン語を学んで不自由なく話すことができるので、市場でエトルリア外の人々と会話することも楽しめたし、ウェイイに滞在しているギリシャ人達からギリシャの文化を知ることにも熱心だった。

ギリシャ人の技師パリステスの元にたびたび通うのも、彼から新しい知識を教わりたいと思っているからだ。パリステスは数学者でもあり、数学の知識を学ぶには格好の師であった。そして、エトルリア人とはまったく違う価値観を持つパリステスと話すたびに、世界を異なる視点から見る面白さも味わっていた。テレシアにとってパリステスは、世界を新しい角度から見ることができる窓のような存在だった。テレシアは、パリステスと話していると、自分の前の世界が大きく全方位に広がるような興奮を覚えた。今落ちている稲光についても、自分達とパリステスの捉え方はまったく違うらしい。

一方で、王女の身で城の外を歩き回ることは危険を伴うとテレシアは理解していた。エミリオンという護衛武官が付いているとはいえ、テレシアは自分の身は自分で守れるように自らを鍛えていた。

父王トルティニアスは、年を取ってからもうけた末っ子のテレシアに甘く、彼女のお転婆ぶりに困惑しながらも好きにさせていた。本当は王子が欲しかったトルティニアスは、テレシアが男の子のような服装で武術の稽古に精を出す様子を、「王女らしくないぞ」と言いながらも嬉しそうに眺めていた。テレシアは父王に頼んで、優れた武術の教師をつけてもらい、弓術、剣術、水練、馬術など、様々な武術を習った。特に剣術と馬術については王族達の中では最も秀でているとテレシアは自負していた。

一通りの武術を習得した後も、テレシアはエミリオンを相手に毎日のように剣術の稽古を重ねていた。ウェイイがどこかの国と戦争をしているわけではないし、エトルリアのどの都市も戦争の脅威にさらされているわけではなかったが、ティレニア海に頻繁に出没する海賊には手を焼いていた。商品の強奪や乗員の誘拐や殺戮などもあり、海賊討伐のために軍船を向かわせるべきか、最近のウェイイの重臣会議ではたびたび議論されていた。テレシアが王女の身で海賊討伐の軍に加わることは難しいかもしれないが、ウェイイの民を守るために自分ができることがあるならば何かしたいと思っていた。自分が王子であれば、きっと海賊討伐軍の先頭に立っただろう。

（この稲光は、海賊退治をせよという神の天啓だろうか？）

テレシアは稲光がエトルリアの民に何を伝えているのかわからなかったが、これほどの激しい稲光には何らかの神の意志が含まれていると感じた。

（姉上ならきっとわかる。城に戻ったらさっそく聞いてみよう。とにかく、久しぶりに雨が降ってよかった。これで乾いた畑も潤い、民達は一息つけるだろう。そうだ。今度パリステスに雨水を貯蔵するよい方法がないか聞いてみよう）

テレシアは降りつける雨に喜びさえ感じながら、城へと馬を走らせた。

パリステスは、テレシアとエミリオンが馬を駆って去っていくのを見送った後、雨の中、工作場の近くの自分の家への道を急いだ。稲光はまだ続いていた。

パリステスはギリシャの植民地クロトンで生まれ、師匠であるピタゴラスの後を追ってメタポンティオンに住んでいた。しかし、ピタゴラスが政変に巻き込まれて殺され、ピタゴラス教団の人々はばらばらになり各地に移り住むことになった。パリステスは船舶の運航速度を速める技術開発のために、ウェイイの工作場に技師として雇われた。ピタゴラスの数学における功績は広く世に知られており、ピタゴラスの弟子であるパリステスはウェイイで技師として厚遇されていた。

彼は技師として働き生活の糧を得ながらも、夜には数学の研究に没頭していた。ピタゴラスは宇宙のすべては数の法則に従うという思想を持っており、「万物の根源は数である」と提唱した。そして教団の弟子達と数の理論により世界の法則を解き明かそうとしていたが、道半ばで命を落としてしまった。しかしピタゴラス教団の弟子達は各地に散らばりながらも、ピタゴラスの遺志を継いで数の研究を続けていたのである。パリステスもその一人であった。

夜を徹して研究を続けたパリステスが眠そうに目をこすりながら工作場に現れると、テレシアがからかうように、

「また夜明けまで計算していたのか？　新しい宇宙の真理とかは見つかったのか？」

とパリステスに聞いてきた。

ウェイイの王女であるテレシアは、王女とは思えない服装で工作場に頻繁に出入りし、新しい技術の創出や実験に強い関心を示した。加えて、数学にも興味があり、パリステスに数学問題の解き方を教わることに熱心だった。パリステスは、女の身で、かつ王女という身分でありながら、数学を解いたり金属の加工実験に挑戦するテレシアに、初めは驚きと戸惑いを隠せなかった。

しかし、数学の問題を正しく解けた時、あるいは新しい技術を発見した時、その目を輝かせるテレシアの姿に、いつのまにか好感を持つようになっていた。まるで自分の弟子を持ったように、最近ではテレシアの訪問のたびに新しい数式を教え、ギリシャの自然科学の知識を彼女に伝授していた。

しかし、テレシアもエトルリアの民であると、ギリシャ人である自分との違いを強く感じる時もしばしばある。エトルリア人は自然の現象をすべて神が意味を以て起こしていると考え、そこに神の意志、天啓が含まれていると信じていた。雨も、稲光も、強風も、神が何かをエトルリアの民に告げようとしている。エトルリアの民はそれを正しく読み解き、神の指示に従い生きていかなくてはならない。それでこそ、エトルリアの民は神に守護され、愛される。このような神への絶対的な信仰が、テレシアやエミリオンを含め、エトルリアの民の心に根を張っているようで、パリステスは彼らと話していてたびたび違和感を覚えていた。

パリステスにとって神という名にふさわしい存在があるとすれば、それは数だけであった。師匠ピタゴラスの教えの通り、数だけがこの世界の真理だと信じていた。その真理のすべてはまだ人間に明かされていない。数に隠されている真理を発見していくことこそ、パリステスにとっては最も崇高な行為であり、絶対的な存在に近づくことであった。

(この稲光も、エトルリアの人々にとっては天啓となるわけか。いったい何を告げていると解釈するつもりなのだろう。氷の粒が上空でぶつかり光を発しているだけの現象だというのに。氷の粒まで神の意志で作られたとでもいうつもりなのか。氷の粒がどれくらいの量になれば雷となるのか、その法則を発見することこそ真理に近づくことだというのに)

パリステスは黒々とした空を白く輝かせる稲光を見ながら、エトルリアの人々の盲目的な信仰に呆れるように首を振った。

激しい稲光に驚き、ローマの外交官カミルスは窓辺に寄って青白く照らし出されるウェイイの街を見下ろした。カミルスが滞在する外交の館は小高い丘の上に立っており、ウェイイの東側の街がよく見える。稲妻が落ちるたびに、ウェイイの家々は小刻みに震えるようであった。

(こんなに何度も稲光が落ちるとは尋常ではない。何かの前触れか?)

しかし、カミルス達ローマの人々には、たとえ稲光に何らかの神の意志が隠されているとしてもそれを理解することはできない。いや、神の意志がそもそも含まれているかさえわからない。

(エトルリアの人々はこの稲光が示す神の意志を読み取れるのだろうな。彼らは神の意志を天啓と呼んでいるが。『リブリ・リトゥアーレス』という契約の書には稲光がどのような天啓を示しているのかも書いてあるのだろうか)

ローマはウェイイと国境を接した都市ではあるが、エトルリア連合に入っておらず、民族の種類も言語も崇拝する神も異なっていた。いや神の違いというよりも、神を崇拝する態度が異なっていた。エトルリア人にとって神とは絶対的な支配者であり、すべての栄光と富をエトルリアに与えた存在だ。神との契約の書である『リブリ・リトゥアーレス』により、すべての儀式や暮らしの規則が決められていた。また、その書にはこの世に現れる様々な天啓をどう読み取るべきかという説明も書かれているという。

(豊富な鉄鉱石、銅、錫。それに森林。肥沃な土地。驚くべき土木の技術。農産物を増やすための手法。優れた航海技術。確かにエトルリア人が、自分達が神から祝福を受け、愛されていると信じても無理もない。エトルリアはすべてに恵まれている)

エトルリアに比べ、カミルスの故郷ローマは、やっと石で家を作ることを始め、都市としての体裁を整え始めたところだ。民を支配する制度は確立しておらず、支配者が誰かという点でも不安定であった。一時はエトルリア人がローマを支配し、民を導いたこともあった。今でもエトルリアの貴族がローマに大勢住んでおり、支配階級の一部を形成している。エトルリア人の持つ技術や知識は、ローマのそれを遥かに超えており、むしろ憧れであった。エトルリアの風俗や習慣をローマの人々は積極的に取り入れ、当時の文明の先進国エトルリアに学ぼうと外交官や技術官をエトルリアの地に派遣していた。カミルスもローマの外交官の一人としてウェイイに派遣されていた。

エトルリアも同盟国を拡大することに熱心だったので、エトルリア外の都市から訪れる人々を温かく受け入れていた。いや、むしろ、エトルリアの人々は、自分達よりも遥かに遅れた文明にあえいでいる人々を導き、恵を与えることが神の意に沿うと考えているようであった。

（だが、エトルリアの人々はまるで神の奴隷のようだ。天啓がすべてに先んじる。我々ローマ人とは大きく異なる点だ）

エトルリアの人々は天啓と呼ぶ神意を読み取ることに多大な労力をかけ、神意を読み取る専門家を育てて組織化している。羊の肝臓を調べて天啓を読み取る技術を有するハルスピキニや、雷を見て天啓を解読できるフルグラーレスと呼ばれる神官達がそれだ。

ローマの人々も神は敬う。複数の神々を祭るために神殿を作り、供物を捧げる。しかし、ローマ人にとって人間の世界と神の世界は二つに分かれている。現実の世界に神の意志は入りこまない。戦争の勝利を願う時に、神々に供物を捧げ祈るくらいだ。

（一方、エトルリアでは神が人間の世界の絶対君主になっている）

カミルスは落ち続ける稲光を見ながら、エトルリアとローマの人々との違いを考えていた。

しかし、神への接し方に違いがあろうとも、エトルリアの文明の高度さは明らかで、ローマはその足元にも及ばない。エトルリア最大の都市ウェイイとローマは南西の境界線を接しているがゆえに毎年のように小競り合いがあったが、結局ローマはエトルリアの優れた文明を学ぶためにカミルスのような外交官をウェイイの地に滞在させ、ウェイイ側も絶対的な力の差がある者が示す寛大さで、ローマの外交官をもてなし、農作物の献上を受け入れ、土木技術などを教示していた。

（いつかローマも、エトルリアのような繁栄を築けるだろうか）

カミルスはエトルリアの栄光に強い憧れを禁じえなかった。

エトルリアの規律

イタリア半島の北部、現在のトスカーナ地方を取り巻く地に、エトルリアはあった。アドリア海沿岸のベネツィアの南からティレニア海に至る北イタリア全土を、エトルリアは支配していた。後に大帝国を築くローマが小屋の集まりに過ぎなかった紀元前七五〇年頃に、エトルリアは他の地を大きく引き離す高度な文明を築き始めた。

しかも、エトルリアの文明は急速に熟成した。先史時代から北イタリアに住んでいた先住民の集団の中に、紀元前七五〇年頃突如として独自の文字を持ち、高度な土木技術や農作の知識を有し、自由に海を航海する民族が出現したのだ。その唐突な文明の発展ぶりは周囲の民族から恐れられ、憧れと嫉妬の対象ともなった。エトルリアの民は神の加護を受けている。そうエトルリア外の民は考え、エトルリアの民もそう信じた。それほど、エトルリアの地はあらゆる資源と幸運に恵まれていた。この地方からは銅や鉄の鉱石が豊富に産出し、鉄を製造する火をおこすために必要な木材を提供する森林も十分にあった。

紀元前七世紀中頃にはウェイイ、フフルナ、ヴォルテッラ、カエレ、タルクイニアなどの十二の都市がエトルリア同盟を形成し、ヴォルトゥムナ神殿でエトルリアの最高神ティニアを共に崇拝した。エトルリアの各都市の支配者は王で、貴族が支配層を形成し、王は政治的、宗教的な最高権威だった。各都市の王達は一年に一度ヴォルトゥムナ神殿で会合し、エトルリアに文明をもたらしたティニア神を讃える儀式を行い、更なる繁栄を祈願した。また、エトルリアに関わる重要事項を話し合い、どの都市と交易するか、どのような友好関係を結ぶべきか、あるいは敵対的な都市に対しての対応策、そして輸出入の品目等について話し合った。

ただ、エトルリアは強力な中央政府のもとで統一されていたわけではない。エトルリアの民は共通の言語と宗教、文化、そして神からの特別な加護を受けているという確信のもとで結び付き、連合体を築いていたのであった。

エトルリアの十二都市連合が成った頃は、金属としては青銅が最も普及していたが、エトルリアがユーラシア大陸中に鉄という新しい金属を普及させた。エトルリアは豊富な鉱物資源を基に鉱山業を発展させた。高炉を幾つも作り、木炭により高熱を生み出すことを可能にし、鉄鉱石から鉄を作り出した。当時、鉄という金属は貴重で、あらゆる都市が鉄を欲しがった。鉄は青銅よりも丈夫な上に軽かった。そして工具や装飾品、武器に加工しやすかった。エトルリアは鉄の製造と輸出を一手に担うことで莫大な富を得ていたのである。

加えて、エトルリアが優れた航海技術を有し、自由に地中海全域を航海できたことも、エトルリアの繁栄に大きく貢献した。エトルリア人は現在のトスカーナ地方からイタリア半島を周回する航路を支配し、交易品の輸出入のために商船団を作り、商船団を防衛するために強力な海軍を持った。地中海のうちイタリア半島に面した海は、エトルリアの名を取ってティレニア海と呼ばれ、エトルリアが完全に制海権を握っていた。ティレニア海を使った貿易の海ルートは、多くの都市から強い需要のある金属の輸出に必須であった。陸ルートでは、銅や鉄の延べ棒は重すぎて多くは運べなかったからだ。

エトルリアの交易品を運ぶためにギリシャ人やフェニキア人の商人達がエトルリア沿岸の都市に集まり、地中海全域から商品が流れ込んできた。アフリカからは象牙、アラビアからは薫香、アテネからはテラコッタの容器に入った油、コリントスからは化粧水や陶器、壺、フェニキアからは金銀の品物、ロードス島からは金の装身具が輸入された。エトルリアの各都市では多くの工房が作られていた。

当時地中海を行き来して貿易を営み、あちこちに植民地を作っていたギリシャ人との間で小競り合いはあったが、エトルリア人はギリシャ人が商人としてエトルリアの地に来ることは歓迎した。実際、エトルリア人が最も頻繁に交易したのはギリシャ人とカルタゴ人である。ギリシャ人は芸術家、技師、職人、商人として、エトルリアの様々な都市に住みついていた。

紀元前六世紀から五世紀にかけて、ティレニア海を含む地中海の貿易と市場は、イタリア半島のエトルリア、各地に散らばったギリシャ植民地、そしてフェニキア人のアフリカにおける植民地カルタゴの三つの勢力によって支配されていた。三勢力はそれぞれの勢力圏を固め、かつ拡大しようと小競り合いを繰り返しつつも、時には協定を結び、時には互いに交易をして、三つ巴で地中海を支配していたのである。

遠大な領土拡大の野望を掲げたマケドニアのアレクサンドロス大王も、強力な軍事力で他国を圧倒したローマ帝国も、更に数百年経たなければ歴史に登場しない。地中海の覇者の座は、エトルリア、ギリシャ、カルタゴの三者が共同で就いているようなものであったが、エトルリアがその高度な文明と豊かな経済力によって他の二勢力よりも優位であった。

エトルリア人が他の都市や国の人々よりも優れていると信じられた理由は、経済の繁栄や高度な技術以外にもう一つあった。エトルリア人だけが神の意を記した契約の書を有していたことである。『リブリ・リトゥアーレス』と呼ばれ、エトルリアの言葉で書かれていた。遥か昔、エトルリアの歴史が始まった時に、ヴォルトゥムナ神殿に出現したとされており、最高神ティニアがエトルリアの民に与えたものと信じられていた。『リブリ・リトゥアーレス』の写しがエトルリアの各都市の王によって保管されていたが、原本はウェイイの王族が保管することになっており、祭礼の方法、天啓の読み方、城門に対する規則や軍隊の組織方法、時間を区切る方法、個人と民族の寿命等について書かれていた。また、死後の世界と救済の儀式についても書かれていた。

この『リブリ・リトゥアーレス』に書かれた規律によって、エトルリアの人々のすべての営みと行動は管理されていた。エトルリアの人々はこの『リブリ・リトゥアーレス』に書かれた規則を「エトルリアの規律」と呼んで、自分達の生活の規範としていた。「エトルリアの規律」を守って生活している限り、神の愛はエトルリアを離れることはなく、エトルリアの繁栄は続くと信じられていた。

しかし、永遠ではない。エトルリアの民が神に愛されているとはいえ、『リブリ・リトゥアーレス』はエトルリアに許された時間は制限されていると告げていた。エトルリアの民には十の周期が与えられており、十の周期が過ぎればエトルリアは滅ぶと書かれていたのだ。各周期の長さは一定ではなく、五十年の時もあれば百年の時もあった。新しい周期が始まるたびに神が印を示すので、その天啓を正しく読み取る能力が重要とされ、ハルスピキニやフルグラーレスの資格を持つ者は大変な尊敬を集めた。地震や稲光、流れ星や雹などが、新周期の印とされた。今はエトルリア第五周期が始まり、三十三年目だった。いかに繁栄し栄光と富を享受しようとも、いつかは確実に終焉が訪れる。いかに運命に抗おうとしても、エトルリアの民の命は十周期で終わる。そう神によって告げられていることが、エトルリアの人々の死生観に大きな影響を与えていた。

「エトルリアの規律」に従い生活し、神の愛を失わないようにしていれば、死後の世界でも現世と同様の富に囲まれた生活を送ることができる。これはエトルリアの民にのみ許された特権である。エトルリアの民はそう信じ、自分達が死後の世界でも現世同様幸せに暮らせるよう巨大な墳墓を作った。壮麗な棺を納め、様々な生活用品や宝物を墳墓の中に積み上げた。それらの墳墓が多く建てられた結果、墳墓の街が形成され「ネクロポリス」(死者の街)と呼ばれるようになった。生きている者達が住んでいる地域よりも、ネクロポリスのほうが広大な都市もあった。

ウェイイも例外ではない。ウェイイの街を見下ろす小高い山の上に巨大なネクロポリスが作られていた。エトルリアの王族や貴族達の墳墓は特に立派で、壮麗な城のようであった。

ファーレの剣士

レミルシアがハルスピキニの長官であるダルフォン神官と話し合い、新年の激しい稲光はファーレの剣士の出現を表す天啓であるという見解で一致した。それを聞いたトルティニアス王は王族を集めてファーレの剣士選定の儀式を執り行うことにした。その儀式はネクロポリスの王族の墳墓の中で行われた。

『リブリ・リトゥアーレス』によれば、ファーレの剣士は一周期ごとに一人出現する。それは神がエトルリアに与えたファーレの剣を使えるただ一人の剣士であり、エトルリアにとって重要な役割を担うとされていた。そしてファーレの剣士はウェイイの王族の中から出るとされており、男性の場合もあるし女性の場合もある。

第四周期のファーレの剣士は女性であった。トルティニアス王の異母姉のラクロア王女がファーレの剣士であった。ラクロアは、エトルリアとカルタゴの連合軍がギリシャ軍と戦ったアラリアの海戦に参戦し、エトルリアを大勝利に導いた英雄であった。その美しく気高い姿はウェイイの民の語り草になっていた。

エトルリア第四周期七二年（紀元前五三五年）、およそ六十年前に、コルシカ島のアラリア沖でエトルリア・カルタゴ軍とギリシャ軍が戦った時、トルティニアス王は八歳と幼かったが、ファーレの剣士として戦いに出向く異母姉の凛々しい姿をはっきりと憶えている。白銀に輝く鎧と兜を身に着け、ファーレの剣を手に持ったラクロアは、まさに戦の女神のようであった。アラリア海戦がエトルリアとカルタゴの大勝利に終わり、エトルリアの名を地中海全体に響き渡らせたのも、ファーレの剣士たるラクロアの出現があってこそとされ、アラリア海戦から六十年が経った今でも、エトルリアの民はラクロアを敬っていた。

ラクロアはアラリア海戦の時に負った傷が元で亡くなったとされ、その亡骸はネクロポリスの王族の墳墓の中に置かれているとされていた。しかし、本当にラクロアに何が起こったのかについては、ウェイイの王族達はずっと沈黙してきた。ラクロアの末路は、ファーレの剣士の秘密に関係していたからである。

実際、ラクロアは墳墓の中で眠っていた。王族の墳墓の最も奥に据えられた石の棺の中にその姿はあった。六十年前と変わらないままの姿で。しかし息はしておらず、目は閉じられたままで、死んでいるも同然であった。まるで凍りついたような姿でラクロアは棺に横たわっていた。ウェイイの王族達はラクロアの棺を守るために一人の老将軍を任命していたが、彼と王族以外に、彼女がこの姿で六十年間目を覚まさずにいることを知る者はいなかった。

『リブリ・リトゥアーレス』によれば、ファーレの剣を持つことを神から命じられたファーレの剣士は、その剣を振るうことでエトルリアに害を為す者をすべてなぎ倒すとされていた。ファーレの剣士がその剣を振るう時、剣は白く輝き、エトルリアに害を為す者の目を焼き、地に伏せさせ、ファーレの剣士を害しようとする者すべてを打ち倒すとされていた。まさに無敵である。しかし、ファーレの剣士はその剣を正しく使う必要があった。邪な心を以て剣を振るうことは許されず、神の意に沿って正しく使うことが、ファーレの剣士に課された責務であった。ファーレの剣が正しく使われない時、神は剣士に罰を下し、命を奪うと書かれていた。

ラクロアは、アラリア海戦において船上でファーレの剣を振るっていた途中で急に意識を失い倒れた。彼女を保護しウェイイの地まで連れ帰ったのが、ラクロアの墳墓を守っているイシクルス老将軍だった。ラクロアが意識を失った時点で海戦の帰趨は既に決していて、ギリシャに対しエトルリアとカルタゴの同盟軍の大勝利に終わったが、急に倒れたラクロアは敵の矢に射抜かれて命を落としたとされ、エトルリアの民達を悲しませた。

なぜ、ラクロアは意識を失ったのか。ラクロアはファーレの剣を正しく使わなかったのか。神の怒りを招く行為を行ったのか。ウェイイの王族達は疑問に思ったが、イシクルスはラクロアが海戦において立派に戦いエトルリアの戦士達を率いたと力説した。ラクロアは決して邪な心で剣を振るったことはなかったと訴えた。では、なぜ、ラクロアはまるで神から罰せられたように、突然意識を失い生ける屍のようになってしまったのか。答えの出ないまま、六十年の歳月が流れていたのであった。

エトルリアでは、エトルリアの規律を守り、神を敬っていれば、この世の生を終えた後、死後の世界でもこの世と同じ暮らしを楽しむことができると信じられていた。ラクロアの場合は死後の世界にも旅立てず、神からの罰を受け続けていると思われ、永遠にこの世とあの世の狭間でさ迷い続けなければならないようであった。それはエトルリアの人々にとって最も恐ろしい罰であり、恥でもあった。それゆえに、ウェイイの王族達はラクロアの今の姿をひた隠しにしていたのである。アラリア海戦を大勝利に導いた英雄でありながら、神の罰を受けたとされるラクロアへの複雑な感情を抱えながら、ウェイイの王族達は彼女の棺を墳墓の奥に隠すように守ってきたのであった。

そのラクロアの棺の横に据えられた石台の上に、ファーレの剣は鞘に収められて置かれていた。遥か昔、神からエトルリアを守るために与えられたというファーレの剣。鞘にも柄にも何の装飾もない、象牙のように白い剣だった。形は普通の鉄剣と変わりはない。通常の鉄剣よりも細長いことが違いといえば違いだった。

トルティニアス王は、石棺の中で相変わらず眠っているように横たわる異母姉ラクロアの姿を見下ろして、小さなため息をついた。

(姉上は相変わらずお美しい。私はこんな老人になってしまったというのに……)

六十年前の幼かった自分の瞳に焼き付いた出陣前の凛々しい姿のままで、ラクロアは棺の中に横たわっていた。

(朽ちることもなく、老いることもないまま……しかし、命があるようには見えぬ。まるで人形のようだ。いったい、神は姉上の何に怒り、このような姿にしたというのだろうか)

トルティニアス王は、ラクロアの棺の傍で自分に向かって頭を下げているイシクルスのほうを見た。

(イシクルスも老いた。もう八十歳に近いのではないか。まもなく彼の寿命も尽きるであ

ろう）

イシクルスはアラリア海戦の頃は二十歳くらいだったはずだ。出陣するラクロアの護衛武官として、誇らしげに胸を張っていた姿を憶えている。アラリア海戦の後も、ティレニア海でたびたび出没する海賊を討伐し、ウェイイ近郊で起こる近隣の都市との小競り合いに出陣して武功を立てた。しかし四十歳を過ぎてからは、軍隊を引退してラクロアの墓守をして暮らしたいと王に申し出て許されたのであった。イシクルスは妻を娶ることもなく、子を作ることもなく、もう四十年近く棺の中のラクロアを守ってきたのであった。

（結局、何が姉上に起こったのかわからずじまいか……）

アラリア海戦の時、同じ船上にいて間近でラクロアの戦いぶりを見ていたイシクルスがわからないとなれば、ラクロアがこのような姿になった理由は永遠に謎のままであろう。

トルティニアス王はラクロアへの思いを振り払うように首を振り、ハルスピキニの長官であるダルフォンのほうを見て、ファーレの剣士選定の儀式を始めるように告げた。

ダルフォンは、犠牲となる羊の肝臓を見て天啓を読み取る能力を有するハルスピキニ達の長であり、ウェイイの王族の一人でもあった。彼は集まったウェイイの王族達の前に出て、『リブリ・リトゥアーレス』を両手で掲げ、ファーレの剣士出現に関する箇所を読み上げた。

「エトルリアの民にファーレの剣を授ける。ファーレの剣を使う者はウェイイの地を支配する者達の中から出ずる。一つの周期に一人のファーレの剣士が出現するであろう。ファーレの剣士が現れる時、神はエトルリアの民に天啓を以て知らしめる。ファーレの剣士よ。ファーレの剣をその手に握れ。神の祝福がファーレの剣を輝かせるであろう。ファーレの剣が向かうところ、エトルリアに害を為すすべての者達の目を焼き、地に伏せさせ、海の彼方に追いやるであろう。ファーレの剣は、ファーレの剣士を傷つける者を許さない。ファーレの剣士の前に立ちはだかる者は恐ろしい罰を受けるであろう。エトルリアの民を守るためにファーレの剣は輝く。ただし、ファーレの剣士よ。ファーレの剣は正しく使え。正しき心で正しくファーレの剣を振るえ。さもなければ、神の罰が下り、ファーレの剣は剣士を切り裂くであろう。エトルリアに栄光あれ。ファーレ・エトルリア」

最後の「ファーレ・エトルリア」を王族達皆で唱和した後、ダルフォンは王族達に呼びかけた。

「それでは一人ずつ前へ出て、ファーレの剣を鞘から抜いてみなさい。ファーレの剣が応える者がファーレの剣士である」

集まった王族達は三十人ほどであった。まずトルティニアス王がファーレの剣を鞘から抜いてみた。しかし、剣には何の変化も起こらなかった。次にトルティニアス王の弟ヤルケニウス、その息子達と、まず男性王族達がファーレの剣を手に取ってみたが、ファーレの剣は沈黙していた。次に女性王族としてまずレミルシアがファーレの剣を手に取った。レミルシアは王女であり、稲光から天啓を読み取るフルグラーレスとしても優れていたので、レミルシアがファーレの剣士として選ばれるのではないかと周囲は思ったが、ファーレの剣は何の反応も示さなかった。

次にレミルシアの妹、テレシアが進み出てファーレの剣を手に取った。その途端、眩い光がファーレの剣から発せられた。テレシアは驚いて目を丸くした。ファーレの剣が白い閃光を発して輝いていた。ダルフォンが両手を挙げて、テレシアへ祝福の言葉を述べた。

「テレシア王女、あなたがファーレの剣士です。神の祝福があなたをお守り下さいますように。エトルリアに栄光あれ。ファーレ・エトルリア！」

戸惑っているテレシアを横目に、王族達は「ファーレ・エトルリア」と繰り返し、テレシアを祝福した。ダルフォンが、ファーレの剣を鞘に収め、うやうやしくテレシアへ手渡した。

トルティニアス王はテレシアを抱擁した。

「テレシアよ。お前だったのか、ファーレの剣士は」

「父上、よくわかりませんが……ファーレの剣が輝いたということは、私が選ばれたということですよね……」

テレシアは不思議そうに呟いた。

「テレシア、ファーレの剣士よ。ウェイイを、そしてエトルリアを守る役目を神はお前に下された。神の御指名を断ることはできない。テレシア、お前は私の誇りである」

トルティニアス王はもう一度娘を抱きしめた。

王族達から祝福を受け続けて戸惑うテレシアを、イシクルスはじっと見ていた。彼だけは祝福の言葉を口にせず、その老いた瞳でテレシアを見つめていた。

儀式を終えて王族の墳墓から出たテレシアを、レミルシアが呼び止めてその手を握った。

「テレシア、あなたに祝福を。ファーレの剣士に選ばれることは神に祝福されたことを意味します。でも……私は少し心配です。あなたが危ない目に遭わないかと……。ラクロア伯母上のこともあるし……」

「姉上、私も自分がファーレの剣士になるとはまだ信じられない気持ちですが。それが、神の御宣託ならば精いっぱい務めるつもりです。それに、剣士といっても今戦争をしているわけでもありませんし、儀式に参加してエトルリアの人々を鼓舞するくらいしかやることはないのでは？　ご心配には及びませんよ」

明るく笑うテレシアに、レミルシアも微笑むしかなかったが、どうにも胸騒ぎを抑えられなかった。

（ファーレの剣士が出現する時は、エトルリアに大きな変化が起こる時。これから何か起こるのではないだろうか……）

テレシアは、墳墓の門の所で待っていたエミリオンに、腰から下げたファーレの剣を指さしながら、自分がファーレの剣士に選ばれたことを話していた。エミリオンが目を丸くしている。

父のトルティニアス王は、いつまでもお転婆で女らしくならないテレシアのことを嘆いていたが、本当のところ末娘のテレシアを目に入れても痛くないほど可愛がっていることをレミルシアは知っていた。テレシアも十八歳になり本来であれば婚姻を結ぶ年齢であるのに、トルティニアス王がそれを進めないのは、自分の手元に末娘をできるだけ長く留めておきたいからだろうとレミルシアは察していた。

（テレシアには好きなように生きてもらいたかった。優しい男性と婚姻を結んで幸せに暮らしてもらいたいと願っていたけれど……）

妹のテレシアは、フルグラーレスの使命を受けた自分とは違い、自由に生きられるとレミルシアは思っていた。そして自分とは異なり、幸せな婚姻を結んでほしかった。だが、テレシアは今やファーレの剣士の宿命を負うことになったのである。平凡には生きられないだろう。レミルシアは小さくため息をついた。

ファーレの剣士に選ばれたのがテレシアだと聞かされた時、エミリオンは驚くとともに、心のどこかで納得していた。ファーレの剣士はエトルリアの守護剣士である。現在のウェイイの王族の中でふさわしい人物がいるとしたら、それはテレシアだとエミリオンは思ったのだ。

レミルシア王女は美しく気品があるが、既にフルグラーレスとして天啓を読み取る務めを果たしている。トルティニアス王は尊敬すべき王ではあるが、もう七十歳に近い。最近は特に老け込んだように見える。迎えた三人の王妃は既に皆死後の世界に旅立っており、新しい王妃を迎えるつもりはないようだ。トルティニアス王には息子がおらず、レミルシアの上にもう一人娘がいるが、エトルリアの都市フフルナの王族に嫁いでおり、彼女が生んだ息子はフフルナ王族の一員とみなされている。トルティニアス王の弟ヤルケニウスは、エトルリアの神々を篤く信仰していることで知られているが、すべては神の意のままであるとし自ら行動を起こすことがない人物であった。エトルリアは神の祝福によって守られており、人間は神の定めた規律を守っていればそれでよいと考えていた。もっとも、ウェイイをはじめとしたエトルリアの人々の多くが、ヤルケニウスと同じような考え方をしていたのだが。

ヤルケニウスには三人の息子がいるが、彼らは贅沢な生活に溺れ、死後の世界でも同じように豪奢な暮らしが送れるよう、将来自分達が眠る墳墓を豪華な装飾品で満たすことにばかり熱心であった。彼らにはそれぞれ子供がいるがまだ幼く、王位は遠かった。トルティニアス王が年老いてもいまだに次の王を指名しないのは、後継者を示す天啓が現れないこともあるが、誰を後継者にすべきか決めかねているということもあろう。

(せめてレミルシア様の婚姻がうまくいって、王子が生まれていれば……)

エミリオンは、レミルシアが婚姻を結ぶはずだったハミトロバル王子のことを思った。

レミルシアは十年前に、エトルリアの同盟国であるカルタゴのハミトロバル王子と婚約し、エトルリアとカルタゴの絆を一層強める婚姻として、両国の人々から大いに祝福された。しかし、その婚姻が実現することはなかった。

カルタゴは海の民であった。そして好戦的でもあった。当時カルタゴは地中海西側の制海権を有しており、アフリカ大陸の北側から地中海沿岸の地まで領土を拡大する野心に燃えていた。大変な数の商船団とそれらを守る強力な海軍を持っていた。また貿易で得た莫大な富で、地中海各地から傭兵を雇い、軍事力を強化していた。

ハミトロバルの父であるハミルカル王は、地中海の島々でたびたびギリシャの移民や土着の民を相手に戦っていた。勇敢の誉れが高かったハミトロバルも父に付いて各地で戦いに明け暮れていたため、レミルシアと婚約したままで四年の月日が過ぎてしまった。

いよいよ婚姻を結ぼうということになったのが今から六年前だった。ハミトロバルは二十歳、レミルシアは十九歳になっていた。ところが、そこにヒメラの戦いが勃発したのである。カルタゴとギリシャの植民都市シラクサが戦った海戦だった。圧倒的な兵力でシラクサに襲いかかったカルタゴ軍だったが、嵐で多くの軍船が沈没し、カルタゴ軍の中に正体不明の疫病が蔓延して兵力が弱体化、加えてハミルカル王がシラクサの刺客に暗殺されるという驚愕の事態が起き、カルタゴ軍は総崩れになった。三十万と言われたカルタゴ軍のうち、半分の十五万の兵士が命を落としたと言われている。敗走の混乱の中、ハミトロバルも行方不明になり、戦死したのだろうとみなされた。ヒメラの海戦の大敗北と、王と後継者の王子の両方が死んだことで、カルタゴの内政は大混乱となり、王政は廃止され数人の執政官による共和制が布かれた。ハミトロバルの戦死により、レミルシアとハミトロバルの婚約はなかったものとされた。

しかし、レミルシアは他の者と婚姻するつもりはないようであった。天啓を読む力があり、しかも美しいレミルシアには、婚姻の申し込みがエトルリアの内外から幾つもあった。だが、レミルシアはヒメラの戦いでハミトロバルを失って以降、フルグラーレスとしての使命に心身を捧げたいと父であるトルティニアス王に願い出ていた。トルティニアス王も傷ついた娘の気持ちを思い、別の者との婚姻を無理強いしなかった。

（レミルシア様はいつも物静かであまり感情を表に出されないが、ハミトロバル王子をそれほど愛していたのだろうか……）

エミリオンはレミルシアの心中を推し量った。

ヒメラの戦いが起こる前年、カルタゴからハミトロバルがウェイイを訪れた日のことを、エミリオンは思い出した。いよいよ年明けにレミルシアと婚姻の儀を執り行うことをウェイイの民に知らせるため、ハミトロバルは王宮のバルコニーにレミルシアと並んで立ち、祝福の声を上げる民に手を挙げて応えていた。褐色の巻き毛に緑の瞳を持つハミトロバルは精悍な若者で、レミルシアは長い金髪に紫の瞳で優雅だった。美しい二人であった。神に祝福された王子と王女であると誰の目にも映ったであろう。息子がいないトルティニアス王は、ハミトロバルを実の息子のように愛おしみ、頼りにしていた。二人が婚姻して子供をもうけていれば、間違いなくウェイイの王位を継いだであろう。

（運命はわからないものだ。あれほどの大兵力のカルタゴ軍が、ギリシャの小さな植民地の兵力に敗れるとは。神の加護は、カルタゴになかったということだろうか。レミルシア様とハミトロバル王子の婚姻が実現していれば、エトルリアとカルタゴはもっと互いに協力し合えたかもしれないのに）

ヒメラの戦いで敗れて以降、王政を廃止し共和制になったカルタゴとも、エトルリアは同盟関係を維持してはいた。エトルリア第四周期五七年（紀元前五五〇年）に結ばれたエトルリアとカルタゴ同盟は一応守られてはいたのだ。しかし、お互いの領域を侵さないという不可侵条約を守ってはいたが、以前のように積極的に連携し、領地拡大や貿易を共に行うということはなくなっていた。

（レミルシア様がこのまま誰の妻にもならず、フルグラーレスの神官としての務めに専心されるということであれば、テレシア様がトルティニアス王の後継者になるかもしれん。ファーレの剣士に選ばれたなら尚更……。テレシア様なら、エトルリアの規律を守りながらも新しい知識を取り入れて、きっと立派にウェイイを導きなさるだろう。しかし、天啓が示されなければならない。ファーレの剣士として神に選ばれたとしても、ウェイイの王に選ばれたことにはならない）

ウェイイの新しい王を決定するとなれば、天啓が必要である。エミリオンはエトルリア人であれば当然そう考えるように、天啓なしに人間が自由に王を決定できるとは思っていなかった。

エトルリアに第五周期のファーレの剣士が出現した。

その知らせは瞬く間にエトルリアの十二都市中に広がり、エトルリアの人々を熱狂させた。ファーレの剣を使いこなせるのはファーレの剣士ただ一人。そして誰がファーレの剣士となるかはウェイイの王族の中から神が指名する。そのことはエトルリアの民が遵守しているエトルリアの規律『リブリ・リトゥアーレス』に書かれた、神とエトルリアの民との契約の一つであった。ファーレの剣士の出現は、エトルリアが神の祝福を受け続けている証であるとされていた。

人々はエトルリア第四周期七二年（紀元前五三五年）のアラリア海戦でエトルリアがギリシャに大勝した時に、勝利を導いたファーレの剣士のことを語り継いでいた。ウェイイのラクロア王女がファーレの剣士として白銀の甲冑に身を包み、ファーレの剣を掲げてギリシャの兵士達を輝く光でなぎ倒していった光景を実際に見た者の多くは、既に死後の世界に旅立っていた。だが、それでも何人かは生き残っている兵士達もいた。彼らはファーレの剣の威力を語り続けていた。ファーレの剣士がファーレの剣をエトルリアの敵の前に掲げる時、白く眩い光が剣から放たれて、敵達は魂を失ったようにばたばたと倒れていった。ファーレの剣の放つ光は、エトルリアの兵士を傷つけることはなく、ただ敵だけをなぎ倒していった。ファーレの剣士は剣を武器として使う必要もなく、ただその剣を敵の前に掲げればよかった。敵達はファーレの剣士に近づくこともできず、命が惜しければ逃げるしかなかった。まさに無敵の剣であった。

そのような剣を振るうファーレの剣士は、エトルリアの人々にとっては神の使いであり、守護神であった。一つのエトルリア周期ごとに一人出現するとされたファーレの剣士が今度もまた王女であるとわかり、第四周期のファーレの剣士であったラクロア王女の勇姿をテレシアに重ねて人々は歓迎した。

ヴォルトゥムナ神殿にウェイイのトルティニアス王とファーレの剣士であるテレシアが参拝し、エトルリアの最高神ティニアにファーレの剣士の加護を祈願した時、神殿の外にはテレシアの姿を見ようと多くの人々が集まった。ファーレの剣士の正装をし青銅の甲冑をつけ、ファーレの剣を腰につるしたテレシアは、かつてのラクロア王女がそうであっただろうと思わせる凛々しい姿で、人々は「ファーレ・エトルリア！」と歓呼の声を上げた。

一方、エトルリアの人々の首をかしげさせたのは、ファーレの剣士の出現の理由であった。

『リブリ・リトゥアーレス』によれば、ファーレの剣士はエトルリアが大きな変化や危機に見舞われる時に出現するとされていた。前回のラクロア王女の時は、アラリア海戦勃発の直前であった。

また大きな戦争が起こるのだろうか。それはどの都市との戦いなのか。現在、エトルリア周辺の都市や先住民の集団と小競り合いはあるものの、大きな戦争の火種になるような諍いはない。地中海にたびたび現れる海賊に商船を襲われることがあり、頭を悩ませてはいるが、海軍力の強化で対策を講じているところだ。アラリア海戦のような大きな戦争の兆しは見られなかった。むしろ、エトルリアは鉱工業、農産業が発展し、貿易が栄え、高度な土木技術により都市は整備され、文明の花を咲かせていたのだ。エトルリアはわが世の春を謳歌するような繁栄を楽しんでいるというのに、ファーレの剣士が剣を振るわなければならない事態など起こるのだろうか。

エトルリアの人々は、ファーレの剣士の出現を喜びながらも、その出現の理由について様々な憶測を交わしていた。

ファーレの剣士の出現の知らせは、エトルリア外の国や都市にも伝わった。

地中海に面したギリシャの植民地である各都市の支配者達は、その知らせに眉をひそめた。アラリア海戦でギリシャ軍の大敗を引き起こしたファーレの剣士の記憶が甦ったのだ。特にシチリア島のギリシャ植民地シラクサの僭主であるヒエロンは、エトルリアにファーレの剣士が再び現れたという知らせに不快感を覚えた。

僭主とは正統な王ではないが、実質的にその地を治めている領主である。多くは貴族出身であるが、血統ではなく実力でその地の支配権を奪った者であり、その頃のギリシャの植民地の多くが僭主によって統治されていた。

ヒエロンは、紀元前四八〇年のヒメラの戦いでカルタゴ軍を破ったシラクサの僭主ゲロンの弟であった。兄についてヒメラの戦いに参加しているが、アラリア海戦は彼も兄も生まれる前に起こっているので、直接見知っていたわけではない。しかし、アラリア海戦でギリシャ軍がエトルリアに大敗し、ファーレの剣士という恐ろしい剣を振るう者に多くのギリシャ兵士が殺されたことを伝え聞いていた。兄のゲロンも、この世を去る前にシラクサの僭主を引き継ぐ弟に対して、エトルリアを警戒するよう言い遺していた。

（薄気味の悪い奴らめ。所詮はギリシャの神の血筋とはゆかりもない野蛮人のくせに）

ギリシャの民はゼウス神の血を継ぐ者であり、ヘラクレスやアキレウスの血を受けた高貴な人間である。ギリシャが創り出す高度な文明と自然科学の知識は、他の地の民とギリシャ人とをはっきり区別している。ギリシャ人にとってギリシャ以外の民はすべて文明の意味さえ知らぬ野蛮な民であった。地中海の西側の半島を支配していたエトルリアの都市がどれほど経済的に栄えようとも、ヒエロンから見れば正統ではない神を信じる田舎者であった。

（自分達だけが神に選ばれたなどと威張りおって。いったいどんな神だかわかったものではないわ）

ヒエロンは、エトルリア人が「エトルリアの規律」という神との契約をひたすら守り、神の愛と祝福を受け続けようとしている態度も気に入らなかった。ヒエロンもデルフォイの神殿の神託には敬意を払うし、ゼウス神やポセイドン神を敬ってはいるが、ギリシャの神は人間世界の身近に存在していた。時には人間と混じり合いヘラクレスのような勇者を生み出した。いわばギリシャの神々と人間達は共に生き、共に戦い、共に愚かな行動をする。そこには神と人間の一体感があった。そして神々の血を受け継ぐギリシャの民は、自ら工夫し能力を発展させることで、より一層高貴な血に磨きをかけ、後の世に繋いでいく。人間としての知識と経験を積み文明を築いていくことこそ、人間の使命であり、ゼウス神が子孫である人間に望むことだと考えていた。そうしてこそ、人間は神に近づけるのだ。ところが、エトルリア人は大昔に書かれた真偽も不明な神との契約書に従ってすべてを決めている。それは人間としての可能性を放棄し、エトルリア人が神と称している正体不明の存在に盲従することではないか。

(エトルリアの奴らには、我らギリシャ人が生きる意味について探究している哲学など、理解できぬだろう)

ギリシャの各都市で哲学者達が人間の生きる意味や、万物の根源を探究しており、ギリシャの哲学は当時の世界の最先端の知識であった。しかし、エトルリア人達はギリシャ哲学にはまったく興味を示さず、人間の生の意味は神から既に与えられていると考えていた。

ヒエロンは兄ゲロンの後を継いでシラクサの僭主の座に就いて以来、高名な哲学者や詩人をシラクサの地に招聘し、地中海の数あるギリシャ植民地の中でも、最もギリシャ哲学の研究が盛んな文明都市に作り上げていた。

(人間として生まれたからには、能力を高め、可能性を試していかなくてはならない。それが神に近づくことになる)

それがヒエロンの信条であった。彼のこの信条は六年前のヒメラの戦いでシラクサ軍がカルタゴ軍に対し大勝利を収めた事実により、確信を得ていた。

ヒメラの戦いの原因は、ギリシャの植民地同士の内紛であった。当時、シチリア島には多くのギリシャ人が植民地を築き、互いに競い合っていた。そのうちの一つであるアクラガスの僭主テロンが、ヒメラの僭主テリルスを追放し代わりに自らの息子を支配者に据えたことから、テロンとテリルスの戦いが始まった。テリルスは娘婿を頼り、その娘婿は同盟関係にあったカルタゴのハミルカル王に救援を要請した。一方、テロンは同盟を結んでいたシラクサの僭主ゲロンに救援を求めたことで、シチリア島のヒメラの沖でカルタゴ軍とシラクサ軍が激突することになったのだ。カルタゴ軍は傭兵が主体でその獰猛さは世に聞こえていた。カルタゴの王ハミルカルも戦慣れした王として知られていた。そのハミルカルが三十万もの軍隊を軍船に乗せ、カルタゴからヒメラへ向かったのだ。

一方、シラクサの僭主ゲロンの軍は五万の歩兵と五千の騎兵だけであった。兵力は圧倒的にシラクサ側が不利であった。

ヒエロンは兄ゲロンに兵力差について不安を投げかけた。しかし、ゲロンは不敵な笑みを浮かべながら弟に言った。

「弟よ、戦いは兵士の数だけで決まるとは限らん。知恵と戦術が勝利の行方を決めるのだ。いいか。今回の戦いの勝敗は、三つの仕掛けで決まるだろう。第一に自然の理《ことわり》を利用する。

カルタゴ軍は海路はるばるヒメラまでやってくる。強い南西風が吹くこの時期にだ。途中で嵐が起こる可能性が高い。嵐が起これば兵士達は消耗する。あるいは幾つかの軍船は沈むかもしれん。第二にカルタゴ軍の中身だ。傭兵が多い。各地で募兵している。ここに我らの間諜を忍び込ませる。カルタゴ軍を中から攪乱させるのだ。第三にハミルカルだ。カルタゴ軍の勇猛さは、この王に依るところが大きい。ハミルカルをまず倒すこと。さすれば士気は落ち、カルタゴ軍は混乱する。ハミルカルは自分の勇猛さに自信を持っている。そこに油断が生まれるはずだ。既に手は打った。よく見ておくのだぞ、ヒエロン。海戦の勝敗はポセイドン神が決めるのではない。人間の知恵と戦術で決まるのだ。海戦だけではない。すべての戦いは、まず情報を集め、それらを分析し、利用できるものは利用し、対抗策を一つずつ打っていくことで決まるのだ」

実際に、カルタゴ軍はシラクサへ向かって航行中に嵐に襲われ、騎兵の大半が失われてしまった。そして傭兵の中に忍び込ませたゲロンの間諜によってハミルカル王は暗殺され、カルタゴの軍船に火が放たれた。王を失ったカルタゴ軍は大混乱に陥った。三十万いた兵士のうち、半分が戦死したといわれている。ヒメラの戦いは、シラクサ軍の圧勝に終わった。シラクサはヒメラもアクラガスも統治下に収めることになり、シチリア島におけるギリシャ植民地の総領の立場に躍り出た。

兄ゲロン亡き後、ヒエロンは兄の教えをよく守り、人間の能力と知識の開発に力を入れてきた。ギリシャの神々を敬いはしても、決して神頼みになることはなく、兵力強化、防衛体制の万全化、貿易相手の拡大と分散、新型軍船の建造など、人間としての知恵を働かせてシラクサの発展のために邁進してきた。

そんな彼は、ティレニア海を挟んだ向こう側の半島でやたら神の民だと強調して栄えるエトルリアの存在に、憎しみにも似た感情を抱いていた。エトルリアが地中海貿易の競争相手であったということもある。

（ファーレの剣士なぞ、所詮まやかしにすぎん。アラリア海戦はギリシャ軍の戦術がまずくてエトルリアとカルタゴの連合軍に負けたのだ。ファーレの剣士のせいではない。ファーレの剣士が剣から光を放ってギリシャ兵士達を倒したなど、迷信深い兵士達が惑わされただけだ。戦場で恐怖に襲われ、幻でも見たに違いない）

アラリア海戦におけるギリシャ軍の大敗の原因は、圧倒的な兵力の差と、各都市からの兵士の寄せ集めだったギリシャ軍の指揮命令系統が乱れていたこと、有効な戦術を考える統率者がいなかったことが重なったゆえだと、兄ゲロンも分析していた。

兄の薫陶を受け、事実の分析と客観的な考察を得手とするヒエロンにとって、エトルリアのファーレの剣士の出現は、偽占い師が登場したようなものであった。それなのに、ギリシャの各都市の領主達はファーレの剣士を使ってエトルリアが何を企んでいるのかと戦々恐々としている。

（ふん。ファーレの剣士など恐れるに足らぬ。しかし、利用価値はあるかもしれん）

兄ゲロン同様、策謀好きなヒエロンは、ファーレの剣士の出現を利用してシラクサのギリシャ植民地群における地位を一層高める方法はないかと考え始めた。

エトルリアの各都市を巡り、ファーレの剣士としての儀式を済ませてやっと故郷のウェイイに帰ったテレシアは、久しぶりにエミリオンと共に工作場を訪れた。

ファーレの剣士として各地の人々に会う時は、菫色に染めたドレープたっぷりの亜麻布の服に濃紺の布ベルトを締め、紫のマントを羽織り、首輪や腕輪などの宝飾品を身に着けていたテレシアであったが、ウェイイの街を出歩くとなればいつものように少年のような短い丈の布の服に、麻布の紐を腰に二重に巻き、黄金色の髪は後ろで一つにまとめていた。鉄の質素な腕輪を左手に一つしているだけで、他の装飾品はない。

「パリステス、久しぶりだな」

テレシアはさっそくパリステスを見つけて声をかけた。

「テレシア王女、お帰りになりましたか。ずいぶん長く旅に出ていたのですね。ファーレの剣士の務めですか？」

「ああ、エトルリアの他の都市をすべて訪ねる必要があったからな。やっと故郷に帰ってこられた。おや、パリステス、お前も、私がファーレの剣士だと知っているのか？」

「ウェイイの街でそのことを知らぬ者などおりませんよ。テレシア王女がファーレの剣士として選ばれたということをこの工作場の皆も熱狂的に話しています。ウェイイの民に向けても披露があるということですね？」

「ああ、ウェイイの人々にファーレの剣士としての姿を見せ、今夜城で開かれる宴に出れば、やっと私の務めも終わる。まったく、ファーレの剣士は名誉なことだが、宴と儀式ばかりの毎日で参ってしまったよ」

「しかし、ファーレの剣士の本当の務めはエトルリアの危機を救うことでしょう？　儀式に出ることではなく。これから何か起こるのでしょうか……」

「おや。パリステス。お前はエトルリアの迷信など信じていないのではなかったのか？お前が信じているのはピタゴラスと数だけなのだろう？」

テレシアは目をぐるりと回して、いたずらっぽい笑みを浮かべた。

「私は信じていませんよ。ファーレの剣が何か特殊な力があるというのなら、剣を構成している成分の分析が重要で……」

「わかった、わかった。相変わらずだな、パリステス。正直、私にもなぜファーレの剣が私に反応したのかはわからない。でも、わからなくても当然なのだ。神が決めることだからな。それに理由は重要ではないのだ。重要なのは、私がファーレの剣士となることによって、ウェイイを始めエトルリアの人々が安心し、結束を固めることなのだ。エトルリアの危機といっても、今は戦争をしているわけでもないし、貿易や産業に問題があるわけでもない。ティレニア海の海賊達には手を焼いているが。もしファーレの剣士としての私が必要とされる時がこの先あるとしたら、それは神が示されることだろう」

　パリステスはそう言われてもまだ何か言いたそうであったが、話題を変えた。

「エトルリアの他の都市はどうでしたか？　私も、この半島のウェイイより北の地には行ったことがないのですが。同じように栄えているのですか？」

　パリステスの問いにテレシアは目を輝かせて答えた。

「ああ、どの都市も繁栄している。どこも灌漑設備が整備され、農業が盛んだ。製鉄所も幾つも作られ、新しい鉱山が次々発掘されている。鉄の生産量はまた増えたようだな。港町では山のように交易の品々が積まれ、色々な都市の人々が訪れている。ギリシャの人々もたくさんいたぞ。エトルリアの黒色陶器はギリシャでは大人気らしいな。堅苦しい儀式は嫌いだが、色々な都市の活況を見ることは面白かったな。知らない民や知らない言語が飛び交っていた。ポプロニアやタルクイニアの港町には、様々な国の船が泊まっていたな。ティレニア海を越えて、もっと遠くからやってきた船もあった。ティレニア海を越えた先の海に、いや、そのもっと先の海に行ってみたくなったよ。もしも私が王女でなければ、あの海の果てがどうなっているのか確かめるために航海に出たいものだ。どこまでも海が続くのか、どこかで崖になっているのか……」

テレシアは少し悲しそうに微笑んだが、すぐにまたいたずらっぽい笑みを浮かべた。

「まあ、海の果てを訪ねるとしても、途中で海賊に襲われたら困るからな。パリステス、衝角《しょうかく》の研究は進んでいるか？」

衝角とは、軍船の船首の部分に取り付ける攻撃用の角である。海戦では敵船の側面に衝角を突き刺し、大穴を開けた後素早く抜いて浸水させることにより、敵船を撃沈することを目的とする。衝角は丸太を削って先端を尖らせて作る木製もあったが、エトルリアでは豊富な鉄鉱石を使い、すべての軍船が鉄製の衝角を使用していた。衝角を使って敵船の航行能力を破壊し撃沈する戦法は、エトルリア人の最も得意とする海戦の戦い方であった。アラリア海戦でも、エトルリアの軍船は鉄製の衝角を使って多くのギリシャの軍船を沈めたのであった。

最近ティレニア海だけでなく、地中海のどの海域でも海賊船が頻繁に出没しており、エトルリアの商船が襲われることがたびたびあった。商船を警護するためにエトルリアの軍船が付くようにしているが、その軍船に装備する衝角を更に効果が高いものとするため、エトルリアの各都市では研究が続けられていた。ウェイイも例外ではない。交易の品を海賊達に盗られてはたまらないし、海賊達は商船の乗組員を海に突き落とすか、捕らえて奴隷として他都市に売り飛ばすので、手を焼いていた。ウェイイのトルティニアス王は海賊がエトルリアの商船を襲うことを諦めるくらいの強力な衝角が必要だと考え、工作場の技師達に強力な衝角の製造を命じていた。パリステスも雇われ技師として、その数学の知識を活かし、敵船を破壊する能力を最大化する衝角の形状、角度を研究していたのだ。

テレシアの問いにパリステスはてきぱきと答えた。

「エトルリアでは鉄鉱石が豊富に手に入り、高温が出せる高炉も多くありますから、鉄の純度を上げて最も硬い衝角を作れるでしょう。かつ、青銅製よりも軽い。軍船の漕ぎ手の負担を減らし、進行速度を妨げないでしょう。そして形ですが、敵船に深く突き入り、かつ素早く抜ける必要があります。このような円錐形にすると摩擦が少なく深く入りこみ、しかもすぐに抜くことができます」

パリステスはそう説明しながら、幾つもの大きさが異なる木製の円錐形をテレシアに示した。

「この木製の模型を使って様々な形状の円錐形を研究しましたが、この形のように高さが底の円の半径の五倍になる形が最も深く船に刺さり、かつ速やかに抜くことができます。後は円錐の表面をできるだけ滑らかにし摩擦を減らす必要があります。円錐の表面にオリーブの油を塗ると効果的ではないかと試しているところです。オリーブの油は高価ですが、エトルリアの国力を以てすれば問題ないでしょう」

テレシアは熱心にパリステスの話を聞いていた。

そんな彼女の姿を見守っていたエミリオンだが、太陽が地平線に近づいてきたことに気づき、そろそろ宴に参加する準備のために城へ帰らねばならないとテレシアを促した。

「ああ、もうそのような時刻か。わかった。宴に遅れると父上に大目玉をくらうからな。パリステス、さすがだな。感心した」

テレシアはそうパリステスに告げると立ち去っていった。テレシアの後を追おうとしたエミリオンをパリステスが呼び止めた。

「エミリオン、テレシア王女は大丈夫なのか？」

エミリオンは眉をひそめてパリステスを振り返った。

「大丈夫とは？　どういう意味だ？」

「ファーレの剣の仕組みがどうなっているのか、実物を見ていない私にはよくわからないが。テレシア王女が握ると白く輝くのだろう？　何かの熱量が剣から出ているのではないか？　テレシア王女の手に異常はないか？　あるいは体に異変は起きていないか？」

「テレシア様はいたって健康でいらっしゃる。お前が心配してくれるとは意外だな。数にしか興味がないと思っていたぞ」

「私には理解できないのだ。テレシア王女が手にした時だけ剣が光るなどと。どういう仕組みなのか理解できていないのだ。私なりに考えてみたが、剣から何かしらの熱量が発せられているのではないかと思ってな。それならば、テレシア王女にも影響があるのではないかと気にかかったのだ」

「パリステス。ギリシャ人のお前は知らないかもしれないが、ファーレの剣は何百年も昔に神からエトルリアに与えられたものだ。そしてファーレの剣士は神に選ばれた者しかなれない。テレシア様は神に選ばれたのだ。すべては神の定めた規律によって動いている。人間であるお前が理解できなくとも、不思議ではない」

「神の規律だとすべてを納得できるというのなら私が口を挟むことではないが。テレシア王女がいったいどのような役目を負わされるのか少し気になってな」

「テレシア様がどのような役目を負われようと、ファーレの剣士としてどのような定めを持っていようと、私が必ずお守りする。それにテレシア様はファーレの剣士としての務めを果たすことに誇りを持っておられる。余計な心配は無用だ」

「そうか。余計な話だったな」

エミリオンはパリステスのその言葉には応えず、工作場を去りテレシアの後を追った。


ギリシャ人とエトルリア人との違い、王女と雇われ技師という身分の違いはあれども、パリステスは自分よりも一回り年下のテレシアを弟子のように思っていた。

知の探究こそ、ギリシャ人、特に哲学を学ぶギリシャ人にとっては最も重要な生きる目的であったが、エトルリアの人々はそんなことに何の意味があるのかとまったく関心を示さなかった。だが、テレシアは例外で、この世を構成している理や自然の動きに大きな関心を寄せ、世界が何によって、どのように動いているのか知りたがった。テレシアはパリステスに次々と質問を浴びせ、それに答えることがいつしかパリステスの楽しみになっていた。

そんなテレシアがファーレの剣士に選ばれたことにより、エトルリアの神への盲目的な信仰のほうへ、知の探究とは正反対の世界へ引き寄せられてしまうのではないかと気がかりであった。

（ファーレの剣の正体は何なのだ……）

パリステスには、エトルリアの人々が敬うファーレの剣が、危うく、不気味な存在に思えて仕方なかった。


その夜、ウェイイの王城ではファーレの剣士の出現を祝う盛大な宴が開かれた。ウェイイの王族や貴族、有力な商人だけでなく、エトルリアの他の都市の王族や貴族、そしてエトルリア外の友好都市からも客が招かれていた。

テレシアは菫色の亜麻布の服に濃紺の布ベルトを腰に締めたファーレの剣士としての衣装を身に着け、様々な人々から祝福を受けていた。いつも少年のような口調のテレシアも、このような外交の場では気品をたたえた笑みを浮かべ、優雅に挨拶を返していた。しかし、剣士としての正装をして王族や貴族達との社交に努めなくてはならないことが、内心苦痛であった。

（ファーレの剣士として選ばれたことは誇りに思ってはいるが……。儀式と社交に明け暮れる日々がこうも続いてはやりきれないな……）

ウェイイの王女として生まれながらも、テレシアは城の中よりも、人々が行き交う街中や活気ある市場を歩いているほうが好きであった。海風を感じながら船旅をすることも好きであった。ウェイイの王女としての役割や期待はフルグラーレスである姉のレミルシアに集まっているし、自分までおしとやかに城の中で過ごす必要はないと思っていた。

ファーレの剣士に選ばれたことで、父のトルティニアス王と共にエトルリアのほか十一都市を回った旅で、テレシアの外の世界への憧れはますます膨らんだ。隣町のカエレには馬に乗ってたびたび行ったことがあったが、今回の旅では初めての都市を多く訪ねることができ、テレシアの好奇心は一層刺激されたのだった。

（エトルリアの外の国々にも行ってみたい。ギリシャの都市にも行ってみたいな）

テレシアはパリステスに聞いたギリシャの様々な植民地の様子を、自分の目で確かめたかった。エトルリアとは異なる住まいや衣装で暮らし、海の上を縦横無尽に行き交うというギリシャの人々。自分とは異なる考え方や習慣を持っている人々や世界は、テレシアにとって発見と驚きの源であった。

（ファーレの剣士の務めが終わったら、遠方への旅を父上に願い出てみようか……）

そう思った時ふと、テレシアはファーレの剣士の務めとは何だろうと考えた。儀式に参加して、エトルリアの民にファーレの剣士としての姿を見せて鼓舞する。エトルリアが神から守護されている象徴として、他国へ勢威を示す。ファーレの剣士が存在する限り、エトルリアは無敵であることを内外に知らしめる。それがテレシアが思いつくファーレの剣士の役割であった。

しかし、なぜ「今」なのだろうか。エトルリアに大きな変化や危機が訪れる時に、一周期に一人だけ出現するというファーレの剣士。もうすぐエトルリアに何かが起こるのだろうか。いつもは陽気なテレシアも、その疑問について考えると、落ち着かない気持ちになるのだった。

ローマの外交官であるカミルスも宴に出席して、テレシアに祝福を述べた。正直、カミルスにはまだ幼さが残るテレシアがファーレの剣士とは信じがたかった。賢そうな王女ではある。青色の瞳が輝きを放っている。しかし、細い体つきでとても剣を振り回すような筋力があるとは思えない。

（ファーレの剣士はエトルリアに大きな変化がある時に出現するというが。前回ファーレの剣士が現れたのはアラリア海戦の時だったと聞いた。その時も王女だったと。しかし、王女が付け焼刃に剣を振るっていったいどうなるというのか……）

ローマ人のカミルスにとって、戦いとは男性兵士の為すものであり、しかも兵士一人の力ではなく、団体として行動することにより戦で勝利を得ると考えていた。正直今のローマには十分な鉄製の武器もなく、兵士の組織力以外に武器はなかったからということもある。それにローマでは女性が武器を持つなど考えることもできなかった。エトルリアでは女性も宴や商売の打ち合わせに出席することが当然であるが、ローマでは考えられないことだった。ローマの女性は家の中で男性の庇護の元に静かに暮らすものと考えられていた。

（ところがエトルリア人ときたら、男も女も席を共にする。今宵の宴も半数が女ではないか。葡萄酒を飲んで大声でまくしたてている女達もいるぞ）

カミルスには、エトルリアの女達は活発すぎて辟易する思いだった。

（それにしても、これほど大量に食べ物と飲み物を供するとは。何という贅沢なのだ。エトルリアがそれだけ富んでいるということだろうが。彼らの交易はそれほどうまくいっているのか。エトルリアで精製される鉄製の剣や農具は各都市が欲してやまない。この富は鉄のおかげか。最近カンパニア地方のカプアやネアポリスも植民地化し、南にも支配権を拡大してきたが。カンパニア地方からは小麦や葡萄が豊富に収穫できる。かの地の葡萄酒はギリシャ人達も欲しがる最高級の酒だ。それに新しい鉄鉱山も発掘したと聞いている。ギリシャ人達が抵抗しているが、この半島のすべてをエトルリアが支配する日も近いかもしれん。しかし、そうなれば、わがローマはどうなるのか……）

カミルスは食べ物が山盛りにされたテーブルのほうを見た。テーブルには、牛、豚、猪の肉が盛られ、焼いたマグロも大きな葉の上に積み上げられていた。山羊の乳から作られたチーズ、数々の木の実、果物、そして大きな壺の中には葡萄酒がなみなみと満たされていた。宴に集まったすべての客をもってしても、とても食べ尽くせない量である。

カミルスは外交官らしく宴を楽しんでいるように見せながら、エトルリアの国力を測っていた。そこにレミルシアがこちらへ歩いてくる姿が目に入った。長い金髪を高く結い上げ、紫色の瞳によく合う水色のドレープがふんだんに入った長いドレスを身にまとい、金の飾り細工の首飾りをして、微笑みながら人々に挨拶をしていた。

(いつ見ても美しいお方だ……。テレシア王女はまだ子供っぽいが、レミルシア王女はまさに王女の名にふさわしい気品に溢れた美しさだ。しかもフルグラーレスとして稲光から神意を読み取れるというのだからな。どの都市の王も彼女が欲しいだろうな。しかし、どの婚姻の申し込みも断っていると聞く)

カミルスは自分がローマからウェイイに外交官として赴任する前に起こったヒメラの戦いで、レミルシアの許嫁であったカルタゴのハミトロバル王子が戦死したことを聞いていた。それ以降、レミルシアが誰との婚姻も望まないことも。

(それほどハミトロバル王子を愛していたということか。いや、エトルリア人は神の指示に従うはずだ。ましてやフルグラーレスであるレミルシア王女ならば尚更。神意がレミルシアに別の男との婚姻を示さないということか。惜しいことだ。彼女をわがローマの貴族と婚姻させローマに取り込めれば、ウェイイを攻略しやすくなるものを）

カミルスがレミルシアについて思いを巡らしているうちに、彼女が目の前にやってきていた。姿勢を正して、カミルスは彼女に挨拶をした。

「レミルシア王女、ローマの外交官、カミルスでございます。盛大な宴でございますな。そして、今宵もあなたは月の女神のようにお美しい」

「カミルス殿、ファーレの剣士を祝う宴へ出席頂き、ありがとうございます。テレシアにはもう会われましたか？」

「はい。先ほど挨拶させて頂きました。妹殿がファーレの剣士として選ばれるとは、驚かれませんでしたか？」

「確かに少し驚きましたが……。ファーレの剣士は代々ウェイイの王族から出現すると言われております。テレシアはファーレの剣を振るうにふさわしい器量を持つと神が見定めたのでしょう」

「エトルリア中の人々がファーレの剣士の出現を歓迎しているそうですな」

「はい。かれこれ六十年ぶりの出現となりますので、エトルリアの更なる繁栄を神が約束したものと皆喜んでおります。神がエトルリアの栄光を改めて保証したものであると」

「なるほど。エトルリアは神に守られているということですな」

「ええ、他の都市がエトルリアの神の怒りを買うような行動を起こさないことを願っております。彼らのためになりませんから」

最後の言葉をレミルシアはカミルスの瞳をじっと見つめながら言った。

「もちろん、神のエトルリアへの守護を疑う者などおりませんでしょう」

カミルスは微笑みながらそう返したが、レミルシアの言葉にはローマに向けて特別な意味が込められていると感じた。

「では、カミルス殿。宴を存分に楽しんで下さいませ」

そう言って優雅に歩き去るレミルシアの後ろ姿を見送りながら、最近ローマがウェイイの南西の国境沿いの村に歩兵を集結させていることを思い、レミルシアに勘づかれたかとひやりとした。

今のローマにウェイイを武力で攻略するような力はない。第一ウェイイと戦うということは、エトルリアの十二都市すべてと戦うことを意味する。エトルリアは同じ言語や宗教を基に結び付いた十二都市の連合体であるが、同時に軍事同盟でもあるのだ。一つの都市が攻撃されたら、他の十一都市も共に戦うという協定になっていた。ウェイイの豊富な農作地や鉱山が欲しいと思っても、ウェイイを侵略すれば、エトルリアの他の十一都市とも戦うことになる。ローマの兵力ではとても太刀打ちできるものではない。ただ、ウェイイと国境を接するローマの村人は、ウェイイの村人と土地の帰属をめぐってたびたび諍いを起こしていた。その村人達の保護という名目で小規模な兵隊を村に駐在させることにしたのだ。

（レミルシア王女はフルグラーレスの力をもって、ローマの兵力がどう動いているかも天啓から読み取れるのだろうか？）

エトルリアのフルグラーレスやハルスピキニなど神意を読む神官達の能力は侮れない。彼らの一部をローマの味方に付けられないだろうかとカミルスは常に考えていた。

カミルスはエトルリア人のように神のすべてを信じ、神に従うだけでよいとは考えていないが、神意を読み取りそれを戦争や産業の育成に活用することは重要であると考えていた。そしてローマの民を一つに結び付ける拠り所が必要ではないかと考えており、神意や天啓はその一つとなりうるのではないかと思っていた。ローマにも怪しげな呪いや偽の天啓めいたものを告げる者はいるが、そのような紛い物を必要としているわけではない。

カミルスは一段高い席に座っているトルティニアス王のほうを見た。賢明な王ではあるが、既に七十歳近く老いは隠せない。エトルリア人は長命であるというが、そろそろ後継者を定めなければならない時期だ。トルティニアス王に息子はいないが、三人の娘は皆聡明だ。長女はエトルリアの別の都市フフルナの王に嫁ぎ、賢妻として知られ、世継ぎを生んでいる。次女レミルシアはその美貌で有名であるとともにフルグラーレスとして天啓を読む能力を持っている。三女テレシアは学問に熱心でギリシャ語もラテン語も話すと聞く。そしてこのたびファーレの剣士として選ばれたというわけだ。レミルシアかテレシアが次の王になるのだろうか。女王などローマの人間としては考えられないが、エトルリアの人々にとって王は必ずしも男でなくてもよいのかもしれない。少なくともトルティニアス王の弟や甥達に比べれば、レミルシアやテレシアのほうが遥かにましだろう。

カミルスは、葡萄酒をあおりながら給仕をする女奴隷の腰に腕を回して酔い崩れているトルティニアス王の弟ヤルケニウスの姿に思わず眉をひそめた。彼の息子達も肉を頬張り浮かれ騒いでいた。過食ででっぷりと太っている。自分がエトルリアの神であったとしても、ファーレの剣士に彼らは選ばないだろう。

(自分達の恵まれた環境に浸りきっている)

カミルスは葡萄酒をたしなみながら、宴で騒ぐウェイイの王族達の姿を冷静に観察していた。

ふいにトルティニアス王の元に慌てた様子で侍従が駆け寄った。王に何かを耳打ちしている。王が驚愕の表情に変わった。そして椅子から立ち上がり、別室へと足早に去っていった。

（何か起きたのか？）

カミルスは不審に思いながら、トルティニアス王の去っていった方向を見ていた。すぐにレミルシアの元にも侍従が来て何かを告げ、別室へ連れていった。

（何だ？）

カミルスは王と王女の不可解な行動の理由を知りたかった。

ハミトロバル王子の帰還

宴を中座して王の私室である部屋にすぐ来るよう侍従から言われたレミルシアは、不可解に思いながらも指示に従った。

その部屋に入った瞬間、父であるトルティニアス王が大声で「神よ」と繰り返しながら、一人の青年を抱きしめている光景が目に入った。その青年が顔を上げてレミルシアを見た時、彼女の体は凍りついてしまった。声も出せなかった。青年がトルティニアス王の抱擁を穏やかに解き、レミルシアに歩み寄った。

「久しいな、レミルシア王女。お元気でいらしたか」

その青年はレミルシアの手を取って、その手に口づけをした。その口づけに促されたように、レミルシアはやっと口を開くことができた。

「ハミトロバル王子……あなたなのですか」

「レミルシア王女、またお会いできて実に喜ばしい」

「あなたは亡くなったと……六年前のヒメラの戦いで戦死したと聞いておりました……」

「ええ、あの戦で命を危うくしたが……やっとこの地へ戻ってこられた」

「今までどこに……いったいどうされていたのですか？」

「それは長い話になる。とにかく再会できて嬉しく思います、レミルシア王女」

目の前にかつての許嫁のハミトロバルがいることがまだ信じられず、レミルシアはその場に立ち尽くしていた。トルティニアス王が二人に近寄り、涙を浮かべた目で話しかけた。

「とにかく、ハミトロバル王子が生きていてよかった。これもエトルリアの神の恩寵であろう。レミルシア、積もる話もあろうが、まずはハミトロバル王子の部屋を用意して、旅の疲れを取ってもらおう。そして改めて話を聞こうではないか。サトリミル、お前も無事で本当によかった。ハミルカル王が亡くなられたことは悲劇だが、二人が帰還できたことは奇跡じゃ」

トルティニアス王は、ハミトロバルの影のように控えているサトリミルのほうを見た。レミルシアもサトリミルに気づいた。サトリミルはカルタゴ貴族の血筋で、ハミトロバルの幼馴染でもあり、彼ら二人は常に行動を共にしていた。六年前、ハミトロバルとレミルシアが許嫁としてたびたびウェイイの地で会っていた時も、常にサトリミルはハミトロバルの傍らにいた。サトリミルは静かに微笑み、レミルシアのほうに会釈した。ハミトロバルはサトリミルの肩を抱きながら言った。

「私がヒメラの戦いで大怪我を負い、その後シラクサ軍に囚われ奴隷として売り払われた後もサトリミルがずっと私を看護し守ってくれていました。彼は私の命の恩人です。こうしてウェイイの地に再び来ることができたのも、サトリミルのおかげです。王よ、どうぞ彼にも温情をおかけ下さい」

「おう、おう、もちろんじゃ。そなた達二人のこれまでの苦難を思うと言葉にならん……。レミルシア、二人を客室に案内して、温かい風呂を用意してあげなさい。そして着替えも。宴が終わった後、テレシアや他の王族達にも会わせよう」

「トルティニアス王、ありがとうございます。宴とはファーレの剣士の祝いですか?」

「おう、ハミトロバル王子もその話を聞いているのか?」

「はい、カエレの地に着いた時に、ファーレの剣士がウェイイに出現したと皆が騒いでおりました。テレシア王女がファーレの剣士として選ばれたと?」

「その通りじゃ。六十年ぶりのファーレの剣士の出現じゃ。今はそれを祝う宴の最中なのじゃ」

「ぜひ、テレシア王女にもお会いしたい。ずいぶん大きくなったでしょうな。六年前はまだ幼かったが」

「もちろん、テレシアにも会ってもらおう。あれもそなたの無事な姿を見て喜ぶだろう。本当に喜ばしいことじゃ」

トルティニアス王はハミトロバルとサトリミルの両肩を優しく叩きながら、涙を流し続けていた。

レミルシアは侍女達にハミトロバルとサトリミルのために風呂と新しい服を用意するよう言いつけて、二人を客間に案内した。

客間の中に入って、ハミトロバルの姿を見つめながら、レミルシアはまだ信じられない思いで表情を硬くしていた。婚姻を結ぶはずだった相手が、戦死してしまったと思っていた許嫁が、六年ぶりに生還したのだ。喜びの感情を爆発させてもよいはずだが、レミルシアには戸惑いの気持ちのほうが大きかった。

六年もの間どこで何をしていたのか。なぜ、もっと早く生きていることを知らせてくれなかったのか。そして、ハミトロバルの生還についてエトルリアの神は何の啓示もなかった。それともフルグラーレスとしての自分が、何か見落としていたのだろうか。

(六年前と同じだわ。ヒメラの戦いの結果についても、エトルリアの神は何もお示しにならなかった。何も警戒すべきことはないと私は思っていた。ハミルカル王が戦死することも、ハミトロバル王子が生死の境をさ迷うことも、天啓は降りなかった。カルタゴに何が起ころうと、エトルリアの神は関心がないということなのか……）

なおも無言でいるレミルシアをハミトロバルはじっと見つめた。彼の特徴的な緑の瞳の美しさは変わっていない。

「レミルシア、まだ信じられないという表情ですね。私の生還を喜んでは下さらないのか？」

「い、いいえ、ハミトロバル様がご無事で、嬉しく思っております。ただ、突然なことに驚いてしまいまして……」

「レミルシア、少し二人で話をしたいので人払いをお願いできないか？　サトリミル、お前も席を外してくれ」

（ハミトロバル様がサトリミル殿を自分の傍から遠ざけるなど珍しい）

レミルシアは不思議に思いながら、侍女達にしばらく部屋の外に出ているように伝えた。サトリミルも一礼した後、部屋を出ていった。

二人きりになると、ハミトロバルは服を脱ぎ始めた。

「ハミトロバル様？　何をなされます？」

レミルシアは予想外のハミトロバルの行動に慌てた。

「レミルシア、私の体を見て下さい」

ハミトロバルは上半身裸になって、レミルシアに向かい合った。彼の左胸から腹にかけて大きな刀傷があった。そして左肩から上腕にかけては火傷の跡が残っていた。右肩の付け根には矢が貫いた痕だろうか。赤黒い傷痕があった。ハミトロバルはレミルシアに自分の傷痕を確認させた後、背中を向けた。背中にも多くの矢傷と火傷の痕があった。

レミルシアは思わず小さな悲鳴を上げて、両目に涙を浮かべた。あまりにも痛々しい傷痕が、ハミトロバルの上半身に刻まれていた。ハミトロバルはレミルシアのほうを振り返って静かに語った。

「ヒメラの戦いでシラクサのゲロンが潜り込ませた間諜に父が殺された後、カルタゴ軍は大混乱に陥りました。何とか兵士達を落ち着かせ戦い続けようとしたのですが、シラクサの奴らが放った火に包まれてしまったのです。そこに大量の矢が降ってきました。その後は意識を失い、憶えていません。目が覚めた時は奴隷として囚われていました。満足に傷の手当てもされず、体は自由に動かなかった……。その後、ペルシアに奴隷として売られました。大勢のカルタゴの兵士達が殺されるか、奴隷としてペルシアに売られたのです」

「ハミトロバル様、なんとおいたわしい……」

「私を探し出して、奴隷の身から助け出し傷の治療をしてくれたのがサトリミルです。しかし、すべての傷を治せたわけではなく、このような醜い体になってしまいました。左腕はまだ動かそうとすると痛みがあります。私の傷がある程度治るのを待って、ペルシアからカルタゴへ戻ろうとサトリミルと辛い旅を続けてきました。カルタゴの王子であることがわかるとシラクサの奴らが何をしてくるかわからないので、ずっと身分を隠していました。カルタゴへ渡るにも船の手配ができず……。陸路でなんとかエトルリアの地に着いたのです。馬を買うこともできず、ひたすら歩くしかなかった。気づけば六年の月日が経っていました。しかし、父王を殺された恨みを忘れたことはありません。カルタゴの兵士達を殺し、奴隷として虐げたシラクサへの憎しみを忘れたことはありません。必ず奴らに復讐してやるという憎しみと……そしてレミルシア、あなたにもう一度会いたいという思いだけでこれまで生きてきました。このような醜い体になってしまったが、私を受け入れて下さるだろうか？　六年前の婚姻の約束を果たすことを承知して下さるだろうか？」

「おお、ハミトロバル様、もちろんでございます。私はあなたが私を恨んでおられるのではないかと思っていました」

「あなたを恨む？　なぜ？」

「私はフルグラーレスとしてエトルリアの天啓を読む力がありながら、あなたの危機も、ヒメラの戦いの帰趨もまったくわかりませんでした。エトルリアの神は何も示さなかったのです。いえ、神は何か示されたのかもしれませんが、私には何もわからなかった……。あなたを苦難からお救いすることもできず……何のお役にも立てませんでした」

「レミルシア、そのようなことを考える必要はない。ヒメラの戦いはエトルリアの神とは関係ないことだ。カルタゴとシラクサの戦闘であった。それに、あなたがフルグラーレスの能力があろうとなかろうと私は構わない。私はウェイイの王女であるあなたを大切に思っている。だからこそ、あなたに会いにこの地に戻ってきた。今こそ、私にはあなたが必要なのだ。私はシラクサの奴らに復讐し、カルタゴに帰国して国を建て直してみせる。私にはあなたの協力が必要なのだ」

「ハミトロバル様……」

「レミルシア、六年前、ヒメラへ旅立つ前にしたように、あなたに口づけてよいだろうか？　もし、今でも私を受け入れてくれるというのなら……」

「はい、ハミトロバル様。あなたが生きて帰って下さって、嬉しゅうございます」

「あなたがそう思ってくれて安心した」

ハミトロバルはレミルシアをその腕の中に抱いて、口づけをした。静かで、優しい口づけだった。

（六年前のあの時と同じ口づけ……）

慎み深い口づけの後、ハミトロバルの裸の胸に抱かれながら、レミルシアは六年前の口づけを思い出していた。

子供の頃から決められた許嫁。エトルリアとカルタゴの同盟関係を強化するための婚姻。ハミトロバルはカルタゴを率いる王族として、国のためにエトルリアの有力都市ウェイイの王女と婚姻を結ぶことを当然の務めと受け入れていた。レミルシアもカルタゴとエトルリアの結び付きを強化する役割を担う婚姻を、王女としての務めと信じていた。もともと王族の婚姻は、個人の恋情により成り立つものではないことを理解していた二人であった。

しかし、レミルシアにとって、ハミトロバルとの婚姻は王女としての義務以上のものであった。彼女はハミトロバルと初めて会った時から彼に魅かれていたのだ。褐色の巻き毛が浅黒い顔の周りを覆い、その目は緑色で吸い込まれるような美しさだった。魔力を持っているようなその瞳に見つめられると、体が痺れるようであった。凛々しく美しいカルタゴの王子は、レミルシアに一生を共にできる喜びを感じさせた。彼女はハミトロバルの妻となる日を待ち焦がれるようになった。

カルタゴが繰り広げる数々の戦闘にハミトロバルが参戦し続けたために、二人の婚姻は婚約から四年経っても実現しなかったが、ハミトロバルはたびたびウェイイを訪れ、レミルシアにもトルティニアス王にも常に礼節を以て接していた。ウェイイを訪れるたびに目を見張るような宝石の装飾品をレミルシアに贈り、トルティニアス王にも金銀を山のように贈った。ハミトロバルはエトルリア語に堪能だったので、レミルシアともエトルリア語で会話していたが、婚姻後カルタゴの地に住むならばカルタゴの言葉を話せたほうがよいとレミルシアはフェニキア語を熱心に学んでいた。ハミトロバルはそんなレミルシアに無理しなくてよいと優しく言った。レミルシアが望むなら、婚姻後もカルタゴとウェイイの地に半分ずつ暮らしてもよいし、エトルリア語とフェニキア語の両方を話す召使をつけると言ってくれた。

会うたびにハミトロバルは精悍さを増し、緑の瞳の輝きは強くなっていった。レミルシアは、たびたびウェイイの地を訪れてはすぐに次の戦いに旅立つ彼を見送ることに切なさを募らせていった。しかしウェイイの王女として、感情を表に出すことはためらわれ、別れの挨拶をするハミトロバルに「御武運をお祈りしております」と告げることしかできなかった。ハミトロバルもレミルシアにいつも優しく接していたが、彼女への感情を直接表すことはなく、二人でいる時も常に礼儀を守っていた。そのためか、レミルシアはハミトロバルが傍にいる時でも、彼を遠くに感じることがあった。しかし、許嫁といっても、一国の王子と王女の間柄である。市井の民のように熱情のままに抱き合ったり、愛を語り合うようなことはするべきではないのだという思いもあった。

だが、六年前ヒメラをカルタゴ軍が攻めることになり、父王であるハミルカルの軍に参加するためウェイイの地を旅立つことになったハミトロバルを、レミルシアは静かに送り出すことはできなかった。不吉な予兆があったわけではない。エトルリアの神が天啓により、カルタゴ軍の敗退を示していたわけでもない。ただ覆い隠していたハミトロバルへの恋慕がレミルシアの体の外へ溢れ出たように、彼女は王女であることも忘れてハミトロバルにすがった。

「ハミトロバル様、どうしても行かなければならないのですか？　行かないで下さい。ハミルカル王は勇敢なお方、大勢のカルタゴ軍が参戦していると聞いていますし、王子のあなたまで参戦する必要があるのですか？」

そう言ってすがるレミルシアをハミトロバルは少し意外そうに見つめながら、あやすように言った。

「レミルシア、どうしたのです？　あなたらしくないですね。天啓を読んだのですか？　私がヒメラの戦いで死ぬとでも？」

「そのようなことはありません！　私はフルグラーレスとして何の神意も読んでおりません。私はただあなたが心配なのです。あなたを失いたくないのです」

「レミルシア、私なら大丈夫です。一人の戦士として十分戦える自信があります。サトリミルも付いている。それにカルタゴの王子としてこの戦いを逃すことなどできない」

「あなたはいつも戦いにばかり心を奪われているのですね……あなたの心の中には私はおりませんのね……」

「レミルシア、何を言うのです？　あなたは私の妻になる方ではないか」

しかし、レミルシアは黙ってしまった。

自分がハミトロバルを思う気持ちと、ハミトロバルが自分を思う気持ちは、何かが決定的に異なっていると感じた。自分は愛されているのだろうか？　それとも愛を求めることなど、王女には許されないのだろうか？　レミルシアは自分の気持ちをそのまま言葉にした。

「私はあなたを愛しております。でもあなたは……あなたは私を愛して下さっていますか？」

レミルシアの問いにハミトロバルは驚いたような表情をした。しかし、すぐに笑顔を浮かべて言った。

「もちろんですよ、レミルシア」

そしてハミトロバルはレミルシアを抱き寄せて、そっと口づけをした。優しく、静かな口づけだった。口づけを受けても、レミルシアの中の何かが凍ったまま溶けずに心の奥底に沈んでいった。


六年の時を経て、あの時の口づけが甦った。

あの時と同じ、優しく遠慮深い口づけ。

しかし、今度はハミトロバルが自分を求めていると感じられた。

（私はハミトロバル様に必要とされている……）

レミルシアは婚約以来初めてそう感じることができた。この六年の間に降り積もったハミトロバルへの複雑な感情はすべて洗い流され、新しい愛情だけがレミルシアの心の中に降り始めたようであった。

（ああ、私はこれほどまでにこの方を愛していたのか……）

レミルシアはハミトロバルの胸に頬を摺り寄せた。


レミルシアが部屋を出ていった後、サトリミルが戻ってきて、二人で風呂に入り、旅の汚れを落として用意された新しい服に着替えた。

サトリミルはハミトロバルにレミルシアと何を話したのか、何も聞かなかった。黒く長い巻き毛を後ろでまとめて、サトリミルは着慣れないエトルリアの衣装を身に着けるのに苦労していた。

「ここで肩留めを付けるのだ」

ハミトロバルはサトリミルの着替えを手伝ってやった。

「ああ、そうか。すまん。このような正装はしばらくしなかったからな」

サトリミルは苦笑してみせた。そんなサトリミルに、ハミトロバルは静かに言った。

「今宵、トルティニアス王にシラクサがエトルリアに危機を運んでくると理解させねばならん。シラクサがエトルリアの地中海の制海権を奪おうとしていることを悟らせなければな」

「ああ。ファーレの剣士が出現したことは、我らにとって都合がよいな。彼らはシラクサがエトルリアを危機に陥らせようとしているからこそファーレの剣士が現れたと考えるだろう。彼らは神の啓示を重んじるからな」

「その通りだ。エトルリアを動かすには、まずウェイイの王を説得しなければならん」

「トルティニアス王はお前を可愛がっている。きっと耳を貸すだろう」

サトリミルは衣装を整え、ハミトロバルの肩をぽんと叩いた。

ハミトロバルはその手を掴んで、自分のほうにサトリミルを振り向かせた。

「シラクサに復讐するためにはエトルリアの協力が要る。そしてウェイイの王族の力が。レミルシアに私の味方になってもらう必要がある」

「わかっている」

「カルタゴの混乱を治め、私が王位につくためには、エトルリアの王女であるレミルシアを妻とすることが重要だ」

「もともと六年前に婚姻を結ぶはずだったのだ。レミルシア王女は六年間誰にも嫁がなかったのだ。お前を待っていたに違いない。婚姻は問題なく受け入れられるだろう」

「サトリミル、私はどうしてもレミルシアが必要なのだ。シラクサを叩くためにも、カルタゴを統治するためにも」

「わかっているとも」

サトリミルはそう言って小さく微笑み、ハミトロバルが掴んでいた手を離させた。

「お前の望むようにすればいい。お前の復讐が叶うよう、私も力を尽くす。お前の望みが私の望みだ」

「サトリミル、わかってくれるか」

「むろんだ」

そう一言返して、サトリミルは先に部屋を出ていった。

トルティニアス王は、ファーレの剣士の出現を祝う宴が終わるのを待って、王族と貴族達を謁見の間に集めた。そして死んだと思っていたカルタゴのハミトロバル王子が生還したことを告げた。サトリミルを従えて、皆の前にハミトロバルが姿を現すと、大きなどよめきが起こった。ハミトロバルの傍にはレミルシアが寄り添っていた。ハミトロバルは流暢なエトルリア語で、ヒメラの戦いから今まで彼がどう苦難を乗り越えてきたかを簡潔に説明した。

「本当によく無事に戻ってくれた、ハミトロバル王子。そなたは私にとって息子同然だ」

トルティニアス王はハミトロバルの両手を取って、再び涙を浮かべた。

「王のお気持ちに感謝致します。ご心配をおかけ致しました。そして、再び、レミルシアとの婚姻のお許しを下さい。今こそ十年来の婚約の約束を果たさせて頂きたいと思います」

「おう、むろんじゃ。レミルシア、そなたもそれを望んでいるのであろう?」

トルティニアス王の問いにレミルシアは微笑んで頷いた。そんなレミルシアにハミトロバルも微笑み返した。

テレシアも義理の兄となるはずだったハミトロバルの生還に驚きながらも、レミルシアの嬉しそうな表情を見てほっとした。

「ハミトロバル王子！　ご無事でよかった。姉上、本当によかったですね。姉上がそのように幸せそうに笑うのを久しぶりに見ました」

「ありがとう、テレシア」

レミルシアはテレシアの手を取って微笑んだ。横のハミトロバルもテレシアの姿を見て目を細めた。

「テレシア王女、大きくなられたな。このたびのファーレの剣士としての就任を祝わせてくれ」

「ありがとうございます」

その後は王族や貴族達がハミトロバルの生還を次々と祝い、彼のこれまでの苦労を労った。皆、エトルリアの同盟国であるカルタゴの王子が生きていたことを喜んでいるようであった。しばらく皆からの祝福を受けた後、ハミトロバルは居を正してトルティニアス王に向かい合った。

「王、私がウェイイの地に戻ってきたのは、レミルシア王女との婚姻の約束を果たすためと、もう一つ、エトルリアの危機についてお伝えするためです」

「なに？　エトルリアに危機が？」

「はい。私とサトリミルは山伝いに半島を南下してカンパニア地方を経てきました。その道々で、不穏な動きを察知しています。クマエの僭主とシラクサの僭主が手を結び、傭兵達を集めています。そしてクマエより南の海を封鎖し、ギリシャ以外の船を通さぬようにしようと動いています。シラクサの僭主、ヒエロンはカンパニア地方をエトルリアから切り離し、南ティレニア海の制海権を奪おうとしているのです。奴らが南ティレニア海を支配すれば、エトルリアはティレニア海の北に押し込められ海上交易の道を断たれます。その前に奴らを徹底的に叩く必要があります」

「なんだと！」

「ヒエロンが！」

ハミトロバルの話に、集まっていた王族や貴族達は一斉に声を上げた。シラクサの僭主ヒエロンの名は、エトルリアでは悪名高いものであった。

半島のつま先に接しているシチリア島には多くの良港があり、半島から南ティレニア海への玄関ともいえる島であった。そしてシラクサなど多くのギリシャの植民地が建設されていた。ギリシャ人は半島にも植民地を広げようとし、半島の長靴の先の裏の部分に植民地を築いたが、半島の上のほうには侵出できなかった。やっとティレニア海に面した良港を持つクマエの地に植民地を建設したが、ギリシャの植民地としてはクマエが北限だった。クマエより先の地にはギリシャ人はまったく上がることができなかった。エトルリアが支配していたからである。しかも、クマエはエトルリアのカンパニア地方における植民地ネアポリスに隣接しており、常に小競り合いが起きていた。

クマエとシラクサが共謀して、エトルリアとカンパニア地方のエトルリアの植民地を繋ぐ海上ルートを分断するというならば、もう小競り合いではすまない。クマエをギリシャ人の好きなようにさせておくことはできない。カンパニア地方の豊かな農産物や鉄鉱石はエトルリアの交易にとって重要であるし、南ティレニア海を通る鉄鉱石の海上輸送路は、他の国々への交易ルートとして最重要だ。クマエとシラクサのギリシャ人が同盟してエトルリアの交易を脅《おびや》かし国力に悪影響を与えるというのなら、もはや武力衝突も選択肢に入る。

しかもヒエロンは、ヒメラの戦いでカルタゴ軍を謀略によって敗走させた知恵者ゲロンの弟である。ヒエロンはギリシャの支配権を拡大し、自らの勢力をも拡大させようと常に好戦的な態度を取っていた。

エトルリアの各都市はシラクサとも交易をしていたのだが、ヒエロンが最近エトルリアからの交易品に過大な税をかけ始めたことも、エトルリアがヒエロンへの反感を強めている要因であった。彼はギリシャ人至上主義者であることを隠そうともせず、常にエトルリアに対し不遜な態度を取ってきたのである。ヒエロンをこのまま放置できまい。ハミトロバルの話を聞いて、謁見の間に集まっていた王族や貴族の多くがそう考えた。

エトルリア人は決して好戦的な民族ではない。他の民族や国を征服するのは、自分達にとって新しい市場や交易の可能性がある時のみであった。そしてその征服の方法も、軍事によることは稀であった。まずは交渉によって他の地を攻略しようとしてきた。農地を開拓する技術や農作物の収穫量を上げるための方法、職人や技師の育成や仕事場を設置するなどして、他の民族をエトルリア文明の下に包み込む方法が、エトルリアが最も多用した征服戦略だった。エトルリアが軍事力を行使するのは、自分達の安全が脅かされている時、つまり防衛の必要がある時に限られていたのである。それは後の時代に、軍事力で大帝国を築いたローマとの大きな違いであった。ローマ帝国は剣と血をもって領土を広げていったが、エトルリアは知識と文明を伝えることにより領土を広げていくことを第一義としていたのである。軍事力を持って他の地を征服したことも過去数回あったが、どの場合もエトルリアの神が支持したものであった。エトルリアの神の天啓が、他国との戦いをエトルリアを守るために必要と認めた場合のみであった。アラリア海戦の時のように。

しかし、もしハミトロバルの話が真実ならば、シラクサとクマエの陰謀は阻止しなければならないだろう。たとえ、軍事力を使ったとしても。

謁見の間に集まった人々がそうシラクサとクマエに対して怒りを感じているところに、ハミトロバルは重ねて言った。

「王よ、私に兵をお貸し下さい、私が先陣を切ってシラクサ軍を叩いてみせます。父ハミルカルの仇を取らせて下さい。シラクサを叩けば、クマエは震え上がり、すぐに降参するでしょう」

ハミトロバルは、燃え立つような緑の瞳でトルティニアス王に懇願した。

「ハミトロバル王子、そなたの言うことが本当ならば、エトルリアにとって誠に由々しき事態じゃ。しかし、事は重大じゃ。ウェイイの一存では決められぬ。他の十一都市とも話さなければならぬ」

「もちろんです。これはウェイイだけの問題ではない。エトルリア全体の存亡に関わる事態です。しかし、エトルリアの神はこの事態を予見していたのではないですか？　だからこそ、ファーレの剣士を出現させたのではないでしょうか？」

ハミトロバルの言葉に、皆の視線は一斉にテレシアに集まった。ハミトロバルは熱を持って語り続けた。

「エトルリアに危機が訪れる時、ファーレの剣士が出現すると聞いております。テレシア王女がファーレの剣士としてエトルリアの神に選ばれたのは、今こそシラクサの奴らを叩けという天啓では？　あのアラリア海戦の時のように、ギリシャを叩けという神意ではないのですか？」

「ファーレの剣士の出現はシラクサとの戦のためだったと……」

トルティニアス王がテレシアのほうを見ながら呟いたその時。

ドーン！

ドーン！

轟音が響いた。人々が驚くと同時に、窓から白い光が飛び込んできて、眩しさに人々は目を覆った。稲光であった。ウェイイの地に稲光が大音と共に落ちてきた。

レミルシアははっと息を呑み、窓辺に駆け寄った。白い稲光がまだ落ち続けている。十回、十一回、十二回……。ウェイイの街は稲光に照らされて真っ白になった。レミルシアは稲光から天啓を読もうと、窓の外に目を凝らした。

稲光は全部で二十回ウェイイの地に落ちた。雷鳴が収まった後も、レミルシアは窓から外を見続けていた。レミルシアがフルグラーレスとして稲光から天啓を読み取る能力があることは、この場に集まった全員が知っていた。レミルシアがどのような神の意図を読み取ったのかと、皆が彼女の言葉を待っていた。

トルティニアス王がレミルシアに声をかけた。

「レミルシア、この稲光は天啓か？　エトルリアの神は何を告げたのだ？」

レミルシアは王のほうへ振り向いた。ハミトロバルの緑の瞳が刺すような強さで自分を見つめていることにレミルシアは気づいた。彼女はゆっくりと口を開いた。

「父上、エトルリアの神の天啓が示されました。南に敵あり、南の海にエトルリアを脅かす者が現れる、と。そして、剣を取れ、船を走らせよと」

「なんと！」

トルティニアス王は目を見開き、一歩後ろへ下がった。南。クマエもシラクサもエトルリアの南である。ハミトロバルの言う通り、クマエとシラクサが共謀してエトルリアの南ティレニア海における制海権を奪おうとしているということか。それを阻止するためにファーレの剣士が出現したのか。

ハミトロバルは緑の瞳をらんらんと輝かせて、レミルシアを見つめ満足そうに微笑んだ。

一方、何人かの貴族は、ハルスピキニ達にも同じ天啓を読んだか確認する必要があると主張した。ハルスピキニは羊などの動物の肝臓を調べて天啓を読み取る役目を負っている。稲光から天啓を読み取るフルグラーレスのレミルシアの読んだ天啓と、ハルスピキニの神官達が読んだ天啓が合致するかを確認することが、正しい天啓を理解するために重要とされていた。トルティニアス王は彼らに答えた。

「もちろん、そうしよう。ダルフォン神官に直ちにこの稲光の意味するところを占わせよ。しかし、もし彼らの読み取る内容もレミルシアの読んだ内容と同じ天啓ならば……大変な事態じゃ。エトルリアのすべての都市にすぐに連絡する必要がある。カンパニア地方の植民地にも警戒させせなければならん。シラクサのヒエロンは侮れん相手じゃ」

「王、ぜひ、私に軍船の指揮を執らせて下さい。カルタゴ人は海戦に慣れています。それに私はヒメラの戦いでシラクサ近辺の航路に詳しい。なによりシラクサは私の父の仇です。ヒエロンはわが父を謀殺した憎きゲロンの弟。全身全霊をかけて、必ずシラクサを打ち負かし、クマエからギリシャの奴らを追い出してみせます。そしてエトルリアの栄光を守ってみせます」

ハミトロバルの瞳は今や燃え立つ緑の炎のようであった。戦と復讐にすべてを注ぎ込もうとする男の情熱が、ハミトロバルの全身から発せられていた。

二十回も続いた稲光にただならぬものを感じたのはハルスピキニ達も同じで、すぐに生贄の羊を用意し、その肝臓を調べた。肝臓の形や色を調べて神意を探るのだ。その結果、このたびの稲光はエトルリアの神の天啓であると判定された。

謁見の間に再び王族や貴族など重臣達が集められ、ハルスピキニの長であるダルフォンがトルティニアス王に読み取った天啓を説明した。

「王よ、由々しき事態でございます。エトルリアを脅かす者が南から来る。南の海にエトルリアの栄光を脅かす敵がいる。守りを固めよ。そう今回の天啓は読み取れました」

南に敵がいる。南の海に。それは、レミルシアの読んだ天啓と同じである。やはり、クマエとシラクサがエトルリアに対抗してくるのか。カンパニア地方のエトルリアの領土を侵略してくるということか。そして南ティレニア海への航路を封鎖し、エトルリアをティレニア海の北に閉じ込めようということか。

しかし、天啓の解釈の最後の部分が異なっていた。ハルスピキニ達の読みでは「守りを固めよ」であり、フルグラーレスであるレミルシアの読みは「剣を取れ、船を走らせよ」であった。

(この違いは何を意味するのだろうか？　それともこの違いに大きな意味はないのだろうか。いずれにしても戦いに備えよということか)

トルティニアス王はダルフォンとレミルシアの顔を交互に見ながら、エトルリアの他都市にどう伝えるべきだろうかと迷っていた。そんな彼の迷いを振り払うように、ハミトロバルが強い口調で言った。

「王よ。ハルスピキニの神官もレミルシア王女と同じく、南にエトルリアの脅威が迫っているという天啓を読んでいます。一刻の猶予もなりません。シラクサやクマエが軍隊を整える前に、我らが先に攻撃するべきです。どうぞ私に軍船をお与え下さい。必ずや、エトルリアのためにギリシャの奴らを叩いてみせます」

ハミトロバルは燃えるような瞳をトルティニアス王に向けた。

ハミトロバルの言いたいことはよくわかる。海戦ならばカルタゴ人の右に出る者はいまい。ましてやハミトロバルはかつてシラクサ軍と戦った経験がある。

トルティニアス王はハミトロバルの言葉に大きく頷いた。

「わかった。すぐに他の十一都市に南から危機が迫っている天啓があったことを伝えよう。他の都市の王達と話し合う必要がある。早馬を走らせてこの件を知らせ、ヴォルトゥムナ神殿で集まることにしよう。ハミトロバル王子、そなたはカルタゴ人であるゆえ、ヴォルトゥムナ神殿での集まりには加わることはできぬ。そなたはウェイイの地で戦いに備えていてくれ。テレシア、お前もファーレの剣士として戦いに参加する場合に備え準備しておきなさい」

「王、私はカルタゴからも援軍を送りたいのです。カルタゴはヒメラの戦いの後、王政が廃止され日和見主義の奴らが民を治め混乱していますが……私が生きており、ハミルカル王の仇であるシラクサを撃つ戦いとなれば、参戦を望むカルタゴ人もいるはずです。カルタゴの軍船が加われば更にエトルリアの勝利を確実なものにするでしょう。そのためにカルタゴにサトリミルを派遣したいのです。サトリミルはカルタゴ王家の血筋を引く貴族の生まれ。武勇の誉れも高い。彼の言葉ならカルタゴの兵士達は耳を傾けるはずです。どうかサトリミルに軍船を一隻お貸し下さい」

そう言いながら、ハミトロバルはサトリミルのほうを見た。サトリミルは黙って頷いた。

「承知した。サトリミルに最も速い軍船を一つ与えよう。カルタゴの味方を得ることができれば心強い。ヤルケニウス、そなたの息子達も兵士の召集と軍備に協力するように伝えよ。そなたは私がヴォルトゥムナに行っている間、留守を頼むぞ。レミルシア、ハミトロバル王子を助けて必要なものを用意してさしあげるように」

「承知しました、兄上」

太った体を苦しそうに曲げてヤルケニウスは答えた。レミルシアもわかりましたと返答した。

アラリア海戦以来、戦争らしい戦争がなかったエトルリアであったが、今、他国と剣を交える時が迫っているとこの場にいる誰もが感じていた。異様な数の稲光とファーレの剣士の出現、ハルスピキニとフルグラーレスにより示された天啓、クマエ・シラクサとエトルリアとの対立の激化、すべてが一つの方向を指し示していると思われた。ギリシャとの戦いという方向を。エトルリアの神がその方向を指し示し、それがエトルリアの栄光を守るために必要な戦いであるのなら、ためらう者はこの場にはいないだろう。なにより、神の加護を受けていると信じているエトルリアの人々にとって、天啓に従うことは最も重要なことであった。そうしてこそ、エトルリアの繁栄は継続されるのであり、神の愛はエトルリアを去らない。

それに、エトルリアはまだ第五周期である。『リブリ・リトゥアーレス』には、エトルリアは第十周期までの存続が神によって約束されていると記されている。エトルリアの歴史はまだ半ばなのである。今回のギリシャ人との争いが武器を交える戦争になろうとも、エトルリアが滅びることはないし、危機に陥ることもない。エトルリアの繁栄はまだこの先、五周期分、四百年か五百年続くのだから。その思いがエトルリアの人々の心の中にあった。ギリシャ人達との戦争になることになっても、その結果はエトルリアの繁栄を更に強固にするものであろう、アラリア海戦の時のように。

謁見の間に集まったウェイイの王族や貴族達は、大きな戦いの可能性を前にしても、恐怖や不安を感じるよりも、エトルリアの神の天啓に従って行動しているという満足感と自信を強く感じていたのである。

だが、エミリオンは少し違っていた。彼は、ハミトロバルのシラクサとの戦いにのめり込む様子に眉をひそめた。

（ハミトロバル王子の情熱は危うい。彼は、まるでシラクサと戦いになることを望んでいるようではないか）

レミルシアの婚姻相手であり、エトルリアの同盟都市カルタゴの王子が生還したことは喜ぶべきであろうが、ハミトロバルはシラクサと戦うことばかり主張している。自分の父が、自国の王が、謀殺という形で命を奪われ、無数のカルタゴの兵士達がシラクサ軍に殺され、あるいは奴隷として捕らえられ虐待された。ハミトロバル自身も瀕死の重傷を負い、奴隷として悲惨な経験をしてきたという。ハミトロバルがシラクサに憎しみを燃やすのは当然だろうが、エトルリアはこれまでシラクサと正面衝突したことはない。むしろ、盛んに交易を行っている相手である。

確かにハミトロバルの言う通り、シラクサとクマエが手を組んでティレニア海の南を封鎖し、クマエより南の海域をシラクサが支配すれば、エトルリアの植民地であるカンパニア地方の都市とエトルリア本国は分断されてしまう。せっかく植民地化したカンパニア地方の地が奪われてしまう。

加えて、クマエより南の海が通れないとなれば、エトルリアは北ティレニア海に押し込められることになり、他国との海上の交易ルートが閉じられてしまう。特に鉄鉱石や青銅などの鉱物は重いので、海上ルートでしか運べない。他国との海上交易の道が閉ざされれば、エトルリアの交易量は半分以下に減ってしまうだろう。エトルリアの繁栄をこれまで支えてきた富の源泉の多くが失われてしまう。それは防がねばならないとエミリオンも思う。しかし、防ぐ手立てが戦いだけとは限らないだろう。クマエやシラクサとまず交渉してみる必要があるのではないか。これまでもエトルリアは多くの国と交渉によって武力衝突を避けてきた。すぐに軍事力に訴えた例はない。

だが、数々の天啓と、ハミトロバルの煽る危機感によって、この場の人々はクマエとシラクサを撃つ、先手を打つという考えに支配されているようにエミリオンには思えた。

（確かにテレシア様がファーレの剣士として選ばれたことは天啓であり、その意味はあるはずだが、それは本当にシラクサとの戦いのためなのか……戦いを始める前に、シラクサかクマエに使者を送ってみたほうがよくないだろうか）

エミリオンは横にいるテレシアの顔を見た。彼女は、じっと何かを考えこんでいるような表情をしている。

（テレシア様はどう考えているのだろう。ファーレの剣士としてクマエとシラクサとの戦いに向かうことに納得されているのだろうか）

エミリオンは自分の考えを述べたかったが躊躇していた。この場にはテレシアの護衛武官として参加している。王族や貴族よりも一段低い立場だった。

その時、テレシアが一歩前に出て、トルティニアス王に向かって意見を述べた。

「父上、シラクサとクマエと戦うことがファーレの剣士としての務めだというのならば、私はその務めを全力を以て果たして参ります。しかし、戦いを仕掛ける前にまずクマエとシラクサの状況を調べてみたほうがよいのでは？　クマエとはここ数年小競り合いが続き、小さな武力衝突もありましたが、シラクサとの間は表向き良好です。シラクサに使者を送ってみては？　情報収集にも役立つでしょう。兵を動かす前に、交渉の場を設けてはどうでしょうか？」

エミリオンはテレシアが自分と同じ考えであることに驚き、そして嬉しかった。

トルティニアス王がテレシアに返答する前に、ハミトロバルが大きな声で言った。

「テレシア王女、戦いは先に仕掛けたほうが圧倒的に有利ですぞ！　相手の準備が整わないうちに叩けば、それだけ勝利が確実になる。それにあなたがファーレの剣士としてエトルリアの神に選ばれたのは、この戦いを勝利に導くためではないのですか？」

「確かにそうかもしれません。しかし、こうも考えられるのでは？　ファーレの剣士はその剣を抜けばすべての敵を光でなぎ倒すと聞いています。圧倒的な強さです。そのような武器を前に戦いを仕掛けるなど無謀だと、シラクサやクマエに戦いを仕掛けることを諦めさせるためにこそ、ファーレの剣士は出現したと考えられないでしょうか？　相手が無謀な戦いを始めないように抑止力として、ファーレの剣士が出現したとはいえないでしょうか？」

テレシアの言葉に皆が黙ってしまった。

確かにテレシアの言うことにも一理あるように思えた。それにハミトロバルからの情報だけでエトルリア全体の軍を動かすのはためらわれる。ハミトロバルを疑うわけではないが、クマエとシラクサの状況は更に探る必要があるだろう。シラクサへ使者を送るというのはよい考えかもしれない。交渉によってシラクサとの戦いを防ぐことができるなら、それに越したことはない。

その場に集まった者達の心にそのような思いが占め始めた。しかし、ハミトロバルはテレシアの考えを否定した。

「テレシア王女、ファーレの剣の威力は、六十年前のアラリア海戦で発揮されたきりです。その時の光景を実際に見た者で今生き残っている者は少ない。ファーレの剣はもはや伝説のようにはっきりしない記憶になっている。エトルリアのあなた方はむろんファーレの剣の力を信じておられるだろうが、ギリシャの奴らが信じているとは思わないほうがいい。ファーレの剣の威力を実際に見せなければ、ギリシャの征服欲を踏みとどまらせる抑止力にはならないでしょう。実際の戦いの場で、ファーレの剣の威力を見せるのです！」

ハミトロバルはテレシアに一歩近づいた。

「テレシア王女、ファーレの剣士としての力を示して下さい。私はあなたがその剣を存分に振るえるようお支えします」

エミリオンはテレシアに迫るように力説するハミトロバルに不快感を覚え、テレシアとハミトロバルの間に入ろうと体を動かしかけたが、その時イシクルスが低い、しかし周りを威圧する声で言った。

「ファーレの剣は正しく使わねばならぬ」

皆が一斉に老いた将軍のほうを見た。トルティニアス王が、アラリア海戦を戦った者として、そしてファーレの剣士であるラクロア王女に仕えた者として、この場にイシクルスを呼んでいたのであった。

「ファーレの剣が向かうところ、エトルリアに害を為すすべての者達の目を焼き、地に伏せさせ、海の彼方に追いやるであろう。ファーレの剣は、ファーレの剣士を傷つける者を許さない。ファーレの剣士の前に立ちはだかる者は恐ろしい罰を受けるであろう。エトルリアの民を守るためにファーレの剣は輝く。ただし、ファーレの剣士よ。ファーレの剣は正しく使え。正しき心で正しくファーレの剣を振るえ。さもなければ、神の罰が下り、ファーレの剣は剣士を切り裂くであろう」

イシクルスは『リブリ・リトゥアーレス』に書かれているファーレの剣についての神の言葉を暗唱した後、言葉を継いだ。

「ハミトロバル王子、ファーレの剣士は確かに出現しました。しかし、ファーレの剣をいつ、どのように、正しく振るうのか。それはファーレの剣士が決めることです。テレシア王女がファーレの剣士ならば、テレシア王女が正しいと信じる方法で剣を振るわなければならない。さもなくば、ファーレの剣はテレシア王女の命を奪ってしまうでしょう」

イシクルスの言葉を聞いて、王族達は一斉にラクロア王女の最期を思っただろう。ハミトロバルはラクロアがどうなったのか真実を知っているわけではないが、彼女がアラリアの戦いで命を落としたことは聞いている。ハミトロバルはイシクルスに反論する言葉が見つからず、唇を噛んだ。重苦しい沈黙がその場を支配する。

そこにレミルシアが口を開いた。

「私もダルフォン神官も、南に危機があり、エトルリアの敵が南の海に現れるという、同じ内容の天啓を読んでいます。天啓は神の警告です。南の敵に備えることは、神の意に沿うことでしょう。どう備えるかについては意見が分かれていますが、まずは他の都市に知らせ、エトルリアの十二の都市で話し合い連携する必要があるでしょう。それは急いだほうがよいのではないでしょうか？」

レミルシアの意見はもっともだったので、トルティニアス王はそれを肯定し、とにかくエトルリア十二都市連合の総意として、南の敵にどう備えるかを決定する話し合いを急ぐことにした。ハミトロバルは唇を噛んだまま俯いていた。


謁見の間を去る時、イシクルスがテレシアを呼び止めた。

「テレシア王女、少しお話できますかな？」

「イシクルス老将軍、もちろんだ。私の部屋へ行こう」

テレシアはイシクルスを自分の部屋に招き入れ椅子を勧めた。エミリオンはいつものようにテレシアのすぐ後ろに控えている。

「テレシア王女、ハミトロバル王子は復讐に心を奪われておりますな。彼は先のヒメラの戦いの復讐をすることで心が占められている。そして、レミルシア王女はハミトロバル王子への愛で心が占められている……」

「姉上は死んだと思っていたハミトロバル王子に奇跡的に再会できたのだ。姉上にやっと笑顔が戻った。この六年の間、姉上が本当の意味で笑ったことはなかったのだ。姉上はやっと幸せになれる。私はハミトロバル王子が生還してくれたことを心から喜んでいる。しかし、ハミトロバル王子はシラクサに戦いを挑むことばかり考えているようで気がかりなのだ」

「テレシア王女がファーレの剣士としてエトルリアの神に選ばれたことは事実ですが、その理由について天啓は下されていないのですか？」

「ダルフォン神官もレミルシア姉上も、ファーレの剣士の出現を告げる天啓は読んだが、なぜファーレの剣士が今出現したのかについての天啓は示されていないようだ。しかし姉上は南に敵がいることに加え、剣を取れ、船を走らせよという天啓を読まれた。剣を取れということはファーレの剣士に向けられた神意かもしれない」

「それはダルフォン神官の読んだ天啓とは少し異なりますな。ファーレの剣を守りの剣とするか、攻めの剣とするか……」

天啓はエトルリアに大きな変化や危機が訪れる時、神からの警告として稲光となって下されるとされていた。フルグラーレスは稲光そのものから天啓を読み、ハルスピキニは稲光を受けた羊の肝臓の様子を見ることによって天啓を読むとされていた。両者の読みが合致してこそ、正しく天啓を読み取ったとされるが、やはり稲光そのものから天啓を読み取るフルグラーレスの立場のほうが上と考えられていた。王女がフルグラーレスならば、尚更フルグラーレスの読んだ天啓のほうが、権威があると受け取られていた。レミルシアはこれまでも数々の天啓によって、エトルリアに起こる変化を予告してきたのだ。干ばつが起きる年、新しい鉄鉱石の鉱脈、川の氾濫、凶作の年など、事前に知ることでエトルリアに益をもたらす天啓をこれまで幾度も読んできた。エトルリア建国以来の優秀なフルグラーレスとして尊敬を集めてきたレミルシアであった。

「人を愛することは穴の底に落ちるようなものじゃな……」

イシクルスはぼそっとそう呟いた後、テレシアを見つめて言った。

「もしエトルリアがクマエやシラクサと戦うことになった場合、私もお供させて頂きます。老体の身ですが、テレシア様の盾くらいにはなれるでしょう」

「イシクルス、気持ちはありがたいが、そなたの年齢では……」

「テレシア王女、私を年寄りの役立たずにするおつもりか。なんの、まだまだ剣を振るうことはできます。それにかつてのファーレの剣士の傍に仕えた者で生きている者は私一人。テレシア王女がファーレの剣士として戦いの場に出る時が来たら、必ずお供させて頂きたい。もちろん、戦いを避けられればそれが一番よいことだが。ハミトロバル王子の言うことを横に置いておいても、クマエとシラクサの動きにはきな臭いものがある……ギリシャの奴らは常にエトルリアの領地をかすめ取ろうとしていますからな」

そう言ってイシクルスはエミリオンのほうへ顔を向けた。

「エミリオン、お前に見せたいものがある。テレシア王女、少しエミリオンをお借りしますぞ」

「え？　ああ、わかった」

イシクルスの意図はわからなかったが、ファーレの剣士の護衛武官という共通の立場からエミリオンに助言でもあるのだろうとテレシアは察した。

イシクルスに連れられてエミリオンはネクロポリスの王族の墳墓に向かった。しかし、王族の一員として認められていないエミリオンは王族の墳墓の中には入れない。

「イシクルス老将軍、私はこの中には入れないとご存じでは？」

戸惑うエミリオンにイシクルスは言った。

「王の許可は得ている。エミリオン、お前が知っておくべきことがあるのだ、テレシア王女を守るために」

イシクルスの言葉に、エミリオンは黙って彼の後について墳墓の中へ入っていった。

エトルリアの人々は死後の世界を信じている。現世と同じ暮らしを死後も続けられるよう、数多くの生活用品や楽器、宝飾品を置き、現世での楽しい日々を次の世でも繰り返せるよう、壁画やレリーフに自分達の姿を刻み付けていた。王族の墳墓であれば、中に積み上げられた財物は目を見張るほどで、周囲の壁画も色鮮やかでまるで宮殿のようであった。

目を丸くするエミリオンを、イシクルスは一つの石棺の所へ連れていった。ラクロア王女の棺である。

「エミリオン、ラクロア王女だ」

「え⁉」

棺の中を見たエミリオンは息を呑んだ。

褐色の髪を豊かに腰まで垂らし、目を閉じたラクロアが棺の中に横たわっていた。生きているのか、死んでいるのか、よくわからない。ただ、眠るように横たわっていた。

「イシクルス老将軍、ラクロア様はアラリア海戦で戦死したのではなかったのですか？　いえ、この方は本当にラクロア様ですか？　ラクロア様はアラリア海戦の時に二十歳を少し超えていたはず。今生きていれば八十歳を過ぎているはずです。それなのにこのお姿はいったい⁉　まるで……まるで二十歳の頃のようなお姿で……」

驚くエミリオンにイシクルスは頷いた。

「確かにラクロア様じゃ。私がアラリアからウェイイまでラクロア様をお連れした。ファーレの剣士としてエトルリア軍を勇敢に率いておられたが、突然意識を失って倒れたのじゃ。そのまま、ずっと眠り続けている。死んでいるのでもなく、生きているのでもなく。この世で生きることもできず、死後の世界に移ることもできない。王族の人々は、ラクロア様が神の罰を受けたのだと思っておる」

「これが神の罰なのですか？　しかし、なぜ、ラクロア様が、神に罰せられなければならないのです？　ラクロア様は、アラリア海戦でエトルリアを大勝利に導いたファーレの剣士ではありませんか⁉　私達は、アラリア海戦の勝利はラクロア様がファーレの剣士としてその身を犠牲にして戦ったからだと信じてきました」

「ラクロア様は確かにファーレの剣士として立派に戦われた。ラクロア様がファーレの剣をかざすと、剣が白く光り輝き、ギリシャの奴らが矢を放っても一本も当たらなかった。剣を持って挑もうとしても、ラクロア様には近づけなかった。ファーレの剣の放つ光で、ギリシャの兵士達は次々と倒れていった。まるで見えない光が体を射抜いたように倒れていったのだ。ラクロア様を先頭にエトルリアの兵達はギリシャの船を沈め、ギリシャ兵達を倒し、勝利を揺るぎないものにした。ギリシャ兵達は恐れおののき、ラクロア様の姿を見て逃走し始めた。そしてラクロア様の進撃を阻もうと、ギリシャの軍船の指揮官が年端もゆかぬ少年の漕ぎ手達を船の甲板の前面に押し出したのだ。ラクロア様を躊躇させ自分達が逃走する時間を稼ごうとしたのだろう。ラクロア様は少年達に気づいたが、一瞬遅かった。ファーレの剣の光は少年達も射抜き、全員命を失った。あの時のラクロア様の顔を忘れられない。敵国の漕ぎ手とはいえ、まだ年若い少年達の命を奪ってしまったと気づいたラクロア様は後悔の念を浮かべ……そのすぐ後だ、一筋の稲光が天より落ちた。眩しくてよく見えなかったが、ラクロア様に向かって落ちたように見えた。そしてラクロア様は意識を失って倒れてしまったのだ。それ以来、一度も目を覚まされない。一度も言葉を発しない。このようなお姿のまま六十年の時が過ぎた……」

「なぜ、そのようなことが……」

「私にもよくわからない。ずっと、なぜこうなったか考え続けてきた。そして私はこう考えるようになった。エトルリアの神は、ラクロア様がファーレの剣を正しく使わなかったと判断されたのではないかと。ファーレの剣士はファーレの剣を正しく使わなければならない。そうでなければ罰せられる。そう『リブリ・リトゥアーレス』に書かれている。エトルリアの神は、ラクロア様が敵国とはいえ兵士ではなかった少年達の命を奪ったことを許さなかったのではないかと」

「しかし、戦場での出来事です！　それに少年達を犠牲にしたのはギリシャの指揮官でしょう？　少年達を盾に使ったのだ。ラクロア様はどうしようもなかったはず」

「私もそう思うが。ラクロア様がこのようなお姿になった理由は他に思い当たらなくてな。ファーレの剣を正しく使わなかった……それがあの時ラクロア様に落ちた稲光の意味かと……。エミリオン、ファーレの剣の力は凄まじい。敵の兵士はその光に射られると一瞬で命を奪われて倒れていった。無数のギリシャ兵達が折り重なって倒れていくのだ。あの光景は忘れられぬ。あまりにも強力すぎる武器だ。まさに神が振るう剣だ。私にはファーレの剣は恐れの剣だ。それほど強力な武器には、大きな責任が伴うということかもしれん」

「ファーレの剣を正しく使わなかった……」

エミリオンは納得がいかなかった。ラクロア王女はファーレの剣士としてエトルリアを守るために、勝利に導くために戦った。ギリシャの少年達が犠牲になったのは不可抗力ではないか。第一少年達を犠牲にしたのはギリシャの指揮官だ。最も神の罰を受けるべきはそのギリシャ人ではないか。エトルリアのために戦ったラクロア王女がなぜ神の罰を受けなくてはならないのか⁉

エミリオンはイシクルスの皺が深く刻まれた横顔を見た。

（ああ、イシクルス老将軍はこの疑問をずっと繰り返してきたのだな……ラクロア王女を

見守りながら）

　そしてなぜイシクルスが自分にラクロアの姿を見せこの話をしたのか、エミリオンはその理由がわかった。

（テレシア様も同じ目に遭うかもしれぬ）

　エミリオンの胸の内を読んだように、イシクルスが頷いた。

「テレシア様はラクロア様によく似ておられる。ラクロア様も常にエトルリアの民のことを気にかけておられた。それに剣術が得意でいらした。ファーレの剣士として選ばれた時も、アラリアの戦いに出陣することになった時も、ためらいはまったく見せず、エトルリアの民と栄光を守るために与えられた使命を務めることに心を砕いていらした。テレシア様は、まるでラクロア様の生まれ変わりのような方だ。ファーレの剣士としての使命を果たすことにためらいはないだろう」

　イシクルスはエミリオンの肩に手を置いて続けた。

「ラクロア様がこのようなお姿になった理由は私の想像でしかないが。この話を今まで誰にもしたことはない。トルティニアス王にさえもだ。だが、エミリオン、お前には知っておいてもらいたかった。もしエトルリアとギリシャの戦いが始まり、テレシア様がファーレの剣士として出陣するのなら、必ずテレシア様がファーレの剣を正しく使えるよう守ってくれ。あの快活なテレシア様が、ラクロア様のように命を失った人形のようになるなど悲劇じゃ。そのような悲劇は一度で十分じゃ」

エミリオンももちろん同じ気持ちだった。

「わかりました。イシクルス老将軍、必ず、テレシア様をお守りします。テレシア様がファーレの剣を誤った形で使わないよう、お守りしていきます。テレシア様はラクロア様のことはご存じなのですよね？」

「ああ、ここにラクロア様が眠っていることは、王族達は知っている。ただ、ラクロア様の名誉を守るために、王族以外の者にはラクロア様は名誉の戦死をされたということにしているのだ。テレシア様も幼い頃から、ラクロア様のこのお姿を見ておられる。ただ、なぜ、こうなったのか、テレシア様は知らないわけだが。いや、本当に何が起こったのかは、実は誰にもわからないがな」

イシクルスはもう一度ラクロアのほうを見て辛そうに顔を歪めた。

「ラクロア様は気高く、凜々しかった。輝いていらした。あの美しい瞳でもう一度私を見つめてほしいものじゃ。もっとも、このように年を取って衰えた姿では、ラクロア様は私が誰だかわからないだろうがな」

イシクルスは自嘲するようにふっと笑った。

ネクロポリスから戻ったエミリオンに、テレシアは「戻ったか」と声をかけただけで、それ以上何も聞かなかった。無用の詮索はしないのが彼女らしい。あるいはラクロアのことを知ってまだ動揺しているのを隠しきれないエミリオンの様子から、そっとしておいたほうがよいと思ったのかもしれない。

テレシアは蝋板にスタイラスというペンで熱心に数字を書いて何かを計算をしている。数学はギリシャ人の数学者に教えを受けたが、パリステスがこの地に来てからは彼から更に詳しい数学の使い方を教わっていた。テレシアは今では軍船一隻の建造に必要な木材の量や、軍隊の一個師団を七日間養うために必要な食物量などを、自分で計算できるようになっていた。ピタゴラス教団に属したパリステスは、数学を解くことだけでなく、教えることも好きだったので、テレシアはパリステス仕込みで当時世界最高水準であったギリシャの数学の知識を吸収していた。

エミリオンは計算に熱中しているテレシアの横顔を見つめた。

(このお方の肩にファーレの剣士の使命が重くのしかかっている)

ファーレの剣士は一周期に一人、エトルリアの神がウェイイの王族から選ぶとされている。そして、テレシア王女は今のウェイイの王族の中で最もファーレの剣士にふさわしい。しかし、もしクマエやシラクサと戦いが起きれば、エトルリア軍の先頭に立たなければならないのだと思うと、エミリオンの胸は重苦しくなった。イシクルスの話を聞いた後では尚更だ。

（ギリシャとの戦争が避けられれば一番よいのだが……）

ハミトロバルのシラクサへの憎しみに燃えた瞳を思い出した。

（ハミトロバル王子にとっては、ファーレの剣は復讐の剣以外の何物でもない……）

エミリオンは、ハミトロバルがシラクサ憎しの感情に取りつかれて暴走するのではないかと警戒していた。しかし、どのような事態になろうとも、テレシアを守り抜くことに自分のすべてを賭けることに変わりはない。

（命に代えても、テレシア様をお守りする。それこそ私の使命だ）

十年前トルティニアス王からテレシアの護衛武官に命じられた時から、エミリオンの生きる目的はテレシアを守り、彼女の成長を見守ることであった。テレシアは好奇心旺盛で、新しいことを学ぶことが大好きな少女だった。瞳をきらきらさせながらギリシャ語、ラテン語の勉強をしていた。それに剣術、弓術、馬術、槍、小刀など、すべての武術を器用にこなした。特に馬術と剣術の腕前は王族一であろう。

そして、テレシアはいつもエトルリアの民が心安く暮らせるにはどうしたらよいかを考えていた。自分が王女として生まれてきたのは、エトルリアの民のために尽くせという神の意志だと考えていた。レミルシア王女ももちろんエトルリアの民を思っているだろうが、彼女はあまりにも気高く、王族という世界から外に出ようとはしなかった。だがテレシアは街の中に頻繁に出かけていき、民達と積極的に交流した。テレシアにとって、エトルリアとは民達と創る国だと言っていた。

今やテレシアは十八歳となり、婚姻の申し込みも来る年齢になった。まもなくウェイイの王族かエトルリアの他の都市の王族に嫁ぐことになるだろう。エミリオンはそう覚悟していた。ただトルティニアス王に願い出て、婚姻後もテレシアの護衛武官を続けるつもりだった。

賢く、好奇心に満ち、民のことを思いやる優しさに溢れた王女。

主人であり、尊敬する王女であり、成長を見守ってきた妹のようでもあり、そして…。

エミリオンはそこで自分の思いを断ち切り、首を振った。

（とにかく、テレシア様がファーレの剣を正しく使えるよう私がお守りしなくては）

「エミリオン、明日の朝、パリステスの所へ行こう。戦争は避けたいが……しかし、避けられなかった場合に備えておく必要がある。パリステスに製造を頼んでいた新しい衝角について確認したいことがある。シラクサと戦うとなれば海戦になるだろうからな」

テレシアがエミリオンのほうを見て言った。

「かしこまりました。馬に鞍をつけておきます」

テレシアはエミリオンをじっと見つめていたが、「もう休んでよい」と優しく言った。


一方、レミルシアの部屋にはハミトロバルが訪れ、まだ怒りが収まらず落ち着かない様子で歩き回っていた。

「レミルシア、今シラクサを叩いておかなければ、エトルリアが危機に陥りますよ。ヒエロンはクマエの僭主と組んで、南ティレニア海を封鎖するつもりです。エトルリアは北ティレニア海に閉じ込められることになり、カンパニア地方の領地を失いますよ。王がヴォルトゥムナ神殿で他の王達と話し合っている間に、シラクサの奴らは戦争の準備を固めますよ。なぜ、それがあの方達にはわからないのか。テレシア王女もなぜ、シラクサと交渉するなどと言い出すのか。ファーレの剣士としてエトルリア軍を率いるのが彼女の役目ではないのですか？　あなたが天啓も読んだというのに」

「ハミトロバル様、お気持ちを鎮めて下さい。テレシアは戦争を避けられるものなら避けたほうがよいと考えているのです」

「レミルシア、あなたは私の意見に同意して下さいますね？　あなたは剣を取るべきだという天啓を読まれたのだ。あなたは私を、カルタゴを、助けてくれますね？　あなたは私の妻となる方なのだから」

ハミトロバルはレミルシアの両手を握り、激しい口調で言った。緑の瞳が燃えるようだ。その瞳を見ているとまるで吸い込まれるようだとレミルシアは思った。

「ハミトロバル様、もちろん私はあなたの味方です。あなたをお支え致します」

ハミトロバルはレミルシアをその両腕の中に抱きしめた。

「ああ、レミルシア！　あなたがいるからこそ、私は戦えるのです！」

強く抱きしめられるほど、ハミトロバルが自分を必要としている、自分を愛しているとレミルシアは感じられた。

（ハミトロバル様……この方にもっと愛されたい……私がハミトロバル様を愛しているように、同じように、私を愛してほしい……二度とこの方を失いたくない）

レミルシアはハミトロバルの背に回した両腕に力を込めた。

戦争の影

翌朝、トルティィニアス王は数人の重臣を連れて、エトルリア十二都市すべての王が集まる会議を招集するためヴォルトゥムナ神殿に旅立っていった。

テレシアとエミリオンはパリステスがいる工作場を訪れた。ハミトロバルの生還や、ギリシャとの戦争が再び起こるかもしれないという噂が、ウェイイの街にも伝わっていた。

船の正面につける衝角の製造の進捗状況を確認したいとテレシアから聞いた時、パリステスは噂が本当なのかと思った。テレシアはパリステスに衝角の製造量を増やすように言った。

「衝角を製造するために必要な鉄やオリーブ油はすぐに運び入れる。製造する数を予定の三倍にしてくれ。百個は欲しい。手伝いの技師が必要なら増やそう。どれくらいでできると思う？」

「そうですね。既に型は作ってありますから、工作場の技師をあと四人増やして頂ければ五日ほどでできると思います」

「よし。すぐに増員する。できるだけ急いでくれ」

「はい……。テレシア王女、やはり戦争が始まるのですか？」

テレシアはパリステスの顔をじっと見た。

「まだわからないが、ギリシャの植民地と戦争になるかもしれない。パリステス、そなたはギリシャ人だな。この件、気が進まないということであれば……」

「いえ、そういうことでは……ギリシャといっても、それぞれの都市は独立しています。競い合い、たびたび敵対しています。スパルタとアテネは互いを不倶戴天の敵だと思っていますし。私はクロトンの出身ですが、他の都市を故郷とは思えません。それに、私は政治には関わりたくない。ピタゴラス先生は政治に関わって命を落としましたから。ただ、戦争となればこの工作場もギリシャ人の私を放逐するかもしれない、ウェイイの地を出ていかなければならないかと少し心配しています」

「パリステス、お前が気にしないということなら、ここにずっといてくれればよい。お前の技術や数学の知識はとても役に立つ。これまでも、お前のおかげで、船の軽量化や高速化が可能となった。それに、お前が工作場にいる以外の時間を、数学の研究に集中したいというのならそうしてくれてよい。数学の研究のための時間は確保したいというのが、お前を技師として雇った時のお前との約束だからな」

「テレシア王女、わかりました。私は技師として、数学の研究者として仕事を続けていければ満足です」

「パリステス、頼りにしている。それから、海水に最も浮きやすい木材とその形態を教えてほしい」

「海水に浮く?」

「ああ、もし海戦が起きて、衝角で敵船を沈めていくとしても、船の漕ぎ手や武器を失った兵士はなるべく救出したい。もちろん味方の兵士も。海に放り出された彼らが掴まることができる浮きを投げ入れたいのだ。どのような木の、どのような形の木材が浮きやすいか、人が掴まりやすいか、急いで調べてくれ」

「承知しました。樫がよいと思いますが、人間が掴まっても浮いているようにするためには木材の中に空洞を作るほうがいいでしょう。十分な浮力を持たせるために必要な空洞の大きさをすぐに計算します」

「うん、頼んだぞ。五日後、衝角とその浮き木を持ってカエレの港へ行き、実際に海で試してみたい。無理を言ってすまないが、どうか急いでくれ。カエレにはお前も同行してほしい」

「それほど、差し迫っている事態なのですか？」

「いや、まだわからない。しかし、備えておくべきだと思っている」

テレシアはそう言ってじっと前を見た。

テレシアの話を後ろで聞いていたエミリオンは、彼女が敵船の人間を救う方法まで考えていることを聞いて、テレシアなら必ずファーレの剣を正しく使えると確信した。やはりファーレの剣士にふさわしいのはテレシアしかいない。

（テレシア王女には、ラクロア様に起きたような変事は起こるまい）

エミリオンは少し安堵した。

「エミリオン、カエレにいるタルゴス海将に、五日後に軍船の演習をすると知らせるよう早馬を出してくれ」

「わかりました」

てきぱきと指示を出すテレシアを頼もしく思いながら、エミリオンはテレシアの頭の中で、起こるかもしれない海戦への備えが様々に練られていると感心した。

カエレへの使いを出すために歩き去ったエミリオンの背を見送って、パリステスはテレシアに問いかけた。

「テレシア王女、あなたがファーレの剣を持つと本当にその剣が白く輝くのですか？」

「ああ。私がファーレの剣を鞘から抜いた時、白い光が放たれた。それがファーレの剣士として選ばれた証だそうだ」

「他の人間が手にしても、剣は輝かないのですか？」

「王族が皆試してみたが、私だけに反応した。神官達によると『リブリ・リトゥアーレス』に書かれてある通り、ファーレの剣士は、エトルリアの一周期に一人しか出現せず、ファーレの剣士しかファーレの剣を輝かすことはできないそうだ」

「そのようなことがありえるのか……」

　パリステスは眉を寄せて呟いた。そんな彼の様子に苦笑しながら、テレシアは言った。

「エトルリアの神を信じないお前からすれば納得できないだろうな。お前の好きな数学でも解明できそうにないな」

「ファーレの剣が輝く秘密にも必ず仕組みがあるはずです。私の知識が不十分なだけで。今は神の御業としか思えないことでも、私達が知識を深め探究していけば、必ずその秘密を解明できるはずです。必ず数の論理で説明できるはずです」

「やれやれ、パリステス。お前には数字が神なのだな」

「神という言葉がふさわしいかどうかはわかりませんが。ギリシャの哲学者は万物の根源をアルケーと呼んでいます。アルケーはすべての始まり。それこそ、あなた方の言っている神に匹敵する存在だと思います。そして私は数こそ、すべての世の理を作っているアルケーだと信じています。この世界の森羅万象には数の繋がりが隠されている。それを発見していくことこそ真理の探究です。数こそ真理であるとピタゴラス先生は言われました。オリンポスの神など紛い物であると。愚かな営みばかり繰り返している神は、同様に愚かな人間が作り出した幻であると」

パリステスはテレシアの顔を真っすぐ見て、言葉を続けた。

「失礼だが、エトルリアの神も同様です。人間に似た神などいるはずがない。神さえ敬っていれば、死後の世界でも現世の暮らしを神が約束するなど、私には信じられません」

「おや、パリステス。お前は死後の世界があるとは信じていないのか？　ピタゴラスは命は永遠に繰り返していくと教えたと、先日言っていたではないか」

「ピタゴラス先生は、確かに命は繰り返されていくと言われました。しかし、それは今の私達の姿が死後も続いてくということではありません。私達が死ねば細かい粒子に分解されていきます。アトムという最小の粒子に。その粒子がまた新しい生命を作るのに使われていくのです。一つの命が終わっても、次の命を構成するのに使われていくのです。その輪廻が繰り返されていくというのが、ピタゴラス先生の教えです。ところがエトルリアの

郵便はがき

料金受取人払郵便

新宿局承認

2524

差出有効期間
2025年3月
31日まで
（切手不要）

160-8791

141

東京都新宿区新宿1－10－1

(株)文芸社

愛読者カード係 行

ふりがな お名前			明治 大正 昭和 平成 年生 歳	
ふりがな ご住所	□□□-□□□□			性別 男・女
お電話 番号	（書籍ご注文の際に必要です）	ご職業		
E-mail				
ご購読雑誌(複数可)			ご購読新聞 新聞	

最近読んでおもしろかった本や今後、とりあげてほしいテーマをお教えください。

ご自分の研究成果や経験、お考え等を出版してみたいというお気持ちはありますか。

ある　ない　内容・テーマ（　　）

現在完成した作品をお持ちですか。

ある　ない　ジャンル・原稿量（　　）

書　名			
お買上 書　店	都道　　市区 府県　　郡	書店名	書店
		ご購入日	年　　月　　日

本書をどこでお知りになりましたか?
1.書店店頭　2.知人にすすめられて　3.インターネット(サイト名　　)
4.DMハガキ　5.広告、記事を見て(新聞、雑誌名　　)

上の質問に関連して、ご購入の決め手となったのは?
1.タイトル　2.著者　3.内容　4.カバーデザイン　5.帯
その他ご自由にお書きください。
(　　)

本書についてのご意見、ご感想をお聞かせください。
①内容について

②カバー、タイトル、帯について

弊社Webサイトからもご意見、ご感想をお寄せいただけます。

ご協力ありがとうございました。
※お寄せいただいたご意見、ご感想は新聞広告等で匿名にて使わせていただくことがあります。
※お客様の個人情報は、小社からの連絡のみに使用します。社外に提供することは一切ありません。

人々は神さえ敬っていれば今の暮らしが死後も続くなどと信じている。そしてネクロポリスのような巨大な死者の街を作って財宝を溜め込んでいる。私はとても愚かな行為だと思います。死後の世界の幻想から離れてこそ、人間が作り出した偽の神から離れてこそ、真理の追究が可能になる。世界の真実が見えてくる。ですから、私にはエトルリアの神自体が信じられませんし、エトルリアの神が与えたというファーレの剣も、どうしても信じられないのです。テレシア王女には申し訳ないが」

「別に申し訳なく思うことはないが。お前はエトルリア人ではないし、エトルリアの規律に従う必要はないからな」

「神の規律ですか……神の指示だ、神の教えだ、で終わらせてしまっては、世界の理は永遠にわからない。神の支配する世界から外に出なくては、人間は前進できないと思うのですが。テレシア王女、あなたはエトルリアの神を本当に信じているのですか」

「私はエトルリアの王女だからな。エトルリアの規律に従うことは王女の務めだと思っている。それにファーレの剣士として選ばれたことも事実。だが、そうだな……死後も生きていた頃と同じように暮らしていけると、心から信じることはなかなか難しいな。幼い頃はそう信じていた。だが、色々な学問を学び、お前や様々な国の人達と話すにつれ、死んでもなおお生きていくということがありえるのか、疑問が生まれてきた……」

そこまで話して、テレシアはにっこりとパリステスに笑いかけた。

「もし私が王女でなければ、パリステス、お前のように、数の真理とやらを探究していきたいと思うかもしれないな。この世の中には、不思議なことや解き明かしたいことがたくさんある。死後の世界がどうなっているかもその一つだ。私がまだ知らないこと、わからないことがこの世界には溢れている。お前がこの前話してくれたこの空の仕組みのように。私達の立っているこの地面が実は丸いなんて。あの太陽の周りを私達の星が円状に回っているなんて。すぐには信じられないが、それも数の論理を突き詰めていけばはっきりするのだろうな」

「この星が球体状であることは数式で証明できますよ。水平線の距離と角度を計測すればわかります。太陽の周りを私達の星が回っていることも。ピタゴラス先生は早くから天が動いているのではなく、私達の星が動いていると主張しておられた。しかし、神に縛られている人々にとっては、まったく受け入れがたいようですが。自分達の星が世界の中心ではないとなれば、神の存在も危ぶまれますからな。神が創ったはずのこの星が、実は他の星の周りをぐるぐる回らせられているとなれば、神の権威は消え失せますからな」

「ははは。手厳しいな、パリステス」

「テレシア王女、ご指示の通り、衝角も浮き木も急いで準備します。あらゆる事態に備えておくことは賢明です。そのように賢明なあなたが、エトルリアの伝説の剣にすべてを頼ることがありませぬよう願っております」

そこにエミリオンが戻ってきた。テレシアは五日後の出立の時刻をパリステスに告げて去っていった。

（賢く、知性に溢れた王女なのに……ファーレの剣などという迷信の剣に支配されてしまうのか……その剣に振り回されて戦いを始めるつもりなのか……）

パリステスはテレシアの未来が危ぶまれて胸が痛んだ。


その頃ハミトロバルは、トルティニアス王から与えられた軍船でサトリミルがカルタゴへ旅立つのを見送るため、カエレの港に来ていた。

クマエやシラクサとエトルリアが戦うかどうかまだはっきりしないが、どのような事態になってもカルタゴの援軍があれば心強いだろう。そうトルティニアス王は考え、ヴォルトゥムナ神殿に旅立つ前に、サトリミルのためにウェイイの軍船を一隻提供したのだ。ヒメラの戦いの敗戦後、混乱の極みにあるカルタゴの重臣達にハミトロバルの生還を知らせ、その海軍の一部をエトルリアの港に移しておくことは、不測の事態に備えることになるだろうとトルティニアス王は考えたのだ。むろん、ハミトロバルの強い要請があったからでもある。

カエレの港には、ウェイイの海軍が駐在している。カエレからカルタゴまでは、ティレニア海を南西に下り往復七日余りの航路である。

「サトリミル、カルタゴに近衛兵団はまだ残っていると思う。私の生還を知らせ、彼らを運んできてくれ。だが、貴族らが王族を退けてのさばっていると聞く。妨害に遭う可能性があるから警戒を怠るな」

「わかっている。帰りの航路はシチリア島の南側を通って、シラクサを偵察してこようと思っている。少し遠回りになるが。カルタゴで近衛兵団を説得する時間も要するから、カエレへ戻ってくるのは十日後くらいになるだろう」

「承知した。くれぐれも気をつけてくれ。お前が帰ってくるまでには優柔不断なトルティニアス王が心を決めるよう説得に努める。レミルシアの力を借りて、トルティニアス王が開戦を決意するよう説得するつもりだ。本当は私も一緒にカルタゴに帰りたいのだが……」

そう言ってハミトロバルは水平線の彼方を見つめた。その先に懐かしい故郷カルタゴの地があるはずだった。爽やかな海風が吹き、波の音が心地よいカルタゴの街。港には大きな市が立ち、世界中から交易のために人々が押し寄せる。多様な言語が飛び交い、熱心に交渉を繰り広げる商人達。騒がしく、しかし生き生きとした街の風景。郊外には農地が広がり、豊かに作物が実っている。懐かしいカルタゴ。オレンジを齧りながら、石畳をサトリミルと歩いた。二人でカルタゴの未来を語り合った。

遠くを見つめているハミトロバルの肩に手を置いて、サトリミルは優しく言った。

「すぐお前もカルタゴの地を踏めるさ。お前がカルタゴに戻る時は、新しい王としてだ。ハミルカル王の栄光を受け継いで、カルタゴを再び地中海の覇者にする王としてお前は帰還するのだ。そのためにはエトルリアの協力が必要だ」

「ああ、わかっている。それに、私が今ここを離れると、レミルシアが考えを変えて不戦を言い出すかもしれない。妹のテレシアの意見に耳を傾けてしまうかもしれないからな」

「うむ。レミルシア王女の心をしっかりと捕らえておくことが大事だ。王女はフルグラーレスという神官であるし、トルティニアス王が最も意見を聞く人間だからな。それに……彼女はお前を愛している。きっとお前の味方になってくれる。お前には彼女が必要だ」

「そうだな……それはわかっている」

ハミトロバルは、肩に置かれたサトリミルの手に自分の手を重ねた。

「サトリミル、お前の帰りを待っている。お前とはずっと一緒だった。この六年間苦しい日々を共に耐えてきた。離れがたいが……ヒメラの戦いの復讐を果たし、カルタゴに再び栄光と秩序をもたらすためだ。お前を信じて待っているぞ」

「ああ。なるべく早く戻る。必ずシラクサへの復讐とカルタゴ復権を成し遂げよう。私はお前をずっと支え続ける」

ハミトロバルとサトリミルは互いをじっと見つめた。


カエレに駐在しているウェイイの海軍を訪れたテレシア達は、さっそくエミリオンとパリステスと共に、ウェイイの軍船の一つに乗り、新しい衝角の設置に問題がないかを確認した。ウェイイの海軍を率いるタルゴス海将も一緒である。エトルリアとクマエ・シラクサとの戦いが始まるかもしれない。その危機感はカエレにいる海軍にも共有されていた。

以前から工作場の技師達と協働し、軍船の機能向上のために様々な工夫を実践してきたテレシアには、タルゴスも一目置いていた。何より、自分の娘のような年齢のテレシアを可愛がっていた。

「この衝角であれば以前の物よりも軽量で、船の速度を落とすことはありません。敵の船に衝角を突っ込んだ後も、表面を研磨してオリーブ油を塗ってありますから素早く敵船から衝角を引き抜けます。それから縦に長い円錐形をしているので、敵船の奥深くまで食い込みます。深く刺して、素早く抜く。敵船を効率的に沈没させられるでしょう」

パリステスがエトルリア語で説明したが、あまりエトルリア語が得意でない彼の説明にはたどたどしいところがあり、テレシアがギリシャ語でパリステスに意味を確認し、補足説明を加えた。エミリオンはそんなテレシアを誇らしく思いながら傍で見つめていた。

「テレシア王女、この衝角は強力な武器になりますな。敵船の航行能力を瞬く間に奪うことができるでしょう。それでこちらの木材は何ですかな？」

タルゴスは、甲板に積まれた樫の木材を指さして尋ねた。

「こちらは浮き木だ。海に浮きやすいよう中に空洞の穴を開けてある。パリステスが木材の浮力を最大化させる大きさの穴を作ってくれた。もしも海戦になった場合、衝角を突っ込んで撃沈させた船の周りにこの浮き木を投げてくれ。そうすれば海に投げ出された人々は浮き木に捕まることができる」

「敵の奴らを助けるつもりですか？」

タルゴスは意外そうに言った。

「もちろん海に投げ出された味方を助けるためでもある。しかし、敵船も、我々の船と同様、二段櫂船か三段櫂船だろう。たくさんの漕ぎ手を乗せているはずだ。皆が兵士ではない。市民や奴隷達も漕ぎ手となっているだろう。兵でない者はなるべく救いたい」

「テレシア様は甘いですな。海戦ともなれば、敵に情けをかけている暇などありませんぞ」

タルゴスは眉を寄せてテレシアをたしなめるように言ったが、内心では彼女の優しさが好ましかった。

「そうかもしれないが。念のため、浮き木を二百本作るから各船に乗せてくれ。衝角は今ウェイイの工作場で製造中だ。五日後にはこちらへ運ばれてくる。百個用意するから、すべての軍船に衝角を設置してくれ」

「テレシア様のご指示ということであれば。しかし、本当に海戦になりますかな」

「できれば戦争は避けたいと思う。父上が他の都市の王達と話し合っているから、その結論を待つことにはなるが。備えだけは万全にしておいたほうがよいだろう」

「そうですね。まあ、こちらにはファーレの剣士であるテレシア様がおられるので、何も心配はしておりませんが。クマエやシラクサのギリシャ人達もファーレの剣士に盾突こうなどと考えますかねえ。ファーレの剣は無敵だと奴らも知らないわけではないと思いますが」

そう言ってタルゴスは首をひねった。

「タルゴス海将は、父上がアラリア海戦に参加されたのだったな？」

「はい。父も海将でしたから、ラクロア様の下アラリアの海で軍船を率いて戦いました。

死ぬまで、ラクロア様の勇姿とファーレの剣の素晴らしさを繰り返し話していましたよ。ラクロア様がファーレの剣を持った姿は、稲光の女神のようであったと。白い光が剣から放たれて、敵達は一瞬で崩れるように倒れていったそうです。それに、ラクロア様を狙った剣も矢もすべてが逸れて敵達は恐れおののいたそうです。あの海戦に参加した者の多くはもう死後の世界に旅立ったでしょうが、私が父から聞いたように、子孫に語り継いでいるでしょう。それはギリシャ側も同じだと思います。むやみにエトルリアに手を出してこないと思いますがねえ」

「そうであればよいと思う。ギリシャの植民地がファーレの剣を恐れて戦いを仕掛けることを思いとどまってくれれば、私もファーレの剣士となった甲斐がある」

「ファーレの剣士はその存在だけで敵を畏怖させるものがありますからな。ところでレミルシア様はお元気でいらっしゃいますか？　カルタゴのハミトロバル王子が先日カエレの港に来ておられました。トルティニアス王が軍船を一つ王子に提供せよということで用意したのです。六年ぶりに生還されたと聞いて驚きましたが、さぞレミルシア様は喜んでおられるでしょう」

「ああ、姉上はとても幸せそうだ。ヒメラの戦い以来、姉上は笑うことがなくなってしまったが……今はハミトロバル王子が傍にいて穏やかに笑っておられる。本当によかった」

「そのハミトロバル王子が、クマエやシラクサのギリシャ人達がエトルリアの南の植民地を侵略しようとしていると主張しているとか？」

「よく知っているな、タルゴス海将。カエレまでその話が届いているのか」

「ハミトロバル王子が生きていたとは大きな驚きですからな。皆その話で持ち切りでしたよ。ヒメラではハミルカル王も殺され、カルタゴ軍は壊滅的打撃を受けたと聞いていましたから。まさか六年の時を経てハミトロバル王子がウェイイの地に再び現れるとは。これは驚きを通り越して神の意志を感じますな」

「そうだな……これをきっかけにエトルリアとカルタゴの同盟が強化されることを願おう」

そう言ってテレシアはにっこりと笑った。

「タルゴス海将、私達は明日の朝ウェイイに戻るが、衝角が到着次第すべてのウェイイの軍船に設置してくれ。そして、父上の帰還を待って今後どうするか決めよう」

テレシア達は軍船から降りて、カエレの街中へ歩いていった。

カエレの海岸沿いには、商人達の市がぎっしりと立っている。テレシアとエミリオンは市を覗き込みながら並んで歩いていた。パリステスは二人のすぐ後ろを付いていった。

エトルリア人だけでなく、ギリシャ人やカナン人が色彩豊かなテントの下に様々な品々を並べて、大声で人々と商売の相談をしている。黒色陶器の壺、青銅の装飾品、鉄の小刀、美しい色合いの亜麻布、エトルリアで流行している婦人用の帽子、男性用の腰に巻く帯。様々な言語や身振り手振りで、商談をまとめようとする人達。生き生きと日々を営む人々の姿がそこにあった。パリステスは、ギリシャ語が聞こえてくると思わずその方向を見てしまう。

（コリントス訛りだ。コリントスからもカエレに交易に来ているのか。様々なギリシャの植民地からカエレに商売に来ているのだな）

ギリシャと言っても一つの国家としてまとまっているわけではない。アテネ、スパルタ、コリントス等それぞれの都市が独立していて、時には都市間で戦争もある。そして地中海の至る所に植民地を建設し、それらの植民地も独立国家のように王や領主、時には僭主が治め、各都市と同盟したり、争ったりしていた。ギリシャの民はギリシャの神に繋がる優れた民族であり、ギリシャ語とギリシャの高邁な文化を共有すると自負している。しかし、それ以外は自らの野望と欲望に従って、それぞれの土地で興隆を繰り返していた。

パリステスの生まれ故郷であるクロトンも半島の南端に作られたギリシャ植民地であるが、クロトン内部で権力闘争が絶えず、他のギリシャ植民地とも常に小競り合いが起きていた。

哲学者達もたびたび政治的内紛や各地の戦争に巻き込まれていた。いや、ピタゴラスのように自ら政治活動に身を入れていった哲学者も多い。しかし、そういった哲学者の中に非業の死を遂げた者や、牢獄に押し込められた者も少なくない。パリステスの師であるピタゴラスもその一人だ。

だからこそパリステスはウェイイの地に来て以来、政治的問題には関わらないように注意してきた。数学の研究に時間と労力を集中したかった。パリステスには生み出したい数式や、数学を活用して解き明かしたい自然界の法則がたくさんあった。ウェイイで技師として働くことで十分な生活の糧も住まいも与えられていたので、工作場の仕事が済んだ後は数学の研究に没頭することができた。

そして、テレシアと知り合うことで、パリステスのウェイイでの日々は明るいものになっていった。目を輝かせて、新しい知識を吸収しようと自分を質問攻めにするテレシア。自分を含めて工作場で働く人々に親しげに話しかけ、支援を惜しまないテレシア。パリステスが出した数学の演習を懸命に解き、正解だと言うと嬉しそうに笑うテレシア。パリステスにとって、テレシアは自分の哲学の弟子のような存在になっていた。だからこそ、テレシアがファーレの剣士に選ばれて、今後どのような道を歩むことになるのか気がかりであった。

(テレシア王女が傷ついたり、瞳の輝きが陰らないよう願っている。ファーレの剣士となることは、テレシア王女によいこととは思えないのだが……)

ましてや戦争となれば、多くの人が死に、傷つくことになる。テレシア王女は芯が強く、王女としての責任感に溢れていると思うが、多くの人が死ぬ光景など見たことはないだろう。パリステスはクロトンやメタポンティオンで内乱が起きた時にピタゴラス教団の人々が暴徒に殺されるのを目撃したが、その時の悲惨な光景は今思い出しても胸が塞がる。

(海戦ともなればもっと多くの人が死ぬだろう。テレシア王女に耐えられるのだろうか……)

パリステスは、エミリオンと並んで前を歩きながら市の様子を楽しそうに見ているテレシアを見つめた。

カエレの王族を訪ねるテレシアとエミリオンと別れて、パリステスは自由に過ごしてよいと言われ、久しぶりに港町を一人で歩いた。海風が心地よい。しかし、波が押し寄せる規則的な音を聞いているうちに、計算しかけの数式のことを思い出し、浜辺へ下りて砂浜に木の棒で数式を書き始めた。四角形の中に最大の面積を持つ円を作る時の数式を考案しようとしていた。砂浜に様々な数や記号を書いては消し、消しては書いているうちに、あっという間にあたりは暗くなり、砂浜に書いた数式が読めなくなった。

（もう少しで数式が完成しそうなのだが。だが、大分完成に近づいた。続きは明日だな）

立ち上がったパリステスに後ろからテレシアが声をかけた。

「パリステス！　こんな所にいたのか？　宿にいないし、どうしたのかと思ったぞ」

そう言ってパリステスに近づいたテレシアは、彼の足元の砂浜に書かれたたくさんの数式を見た。

「パリステス、また計算に夢中になっていたのか。お前らしいな」

テレシアは面白そうに笑った。

「すみません、つい夢中になって。テレシア王女はもう用事は済んだのですか？　エミリオンは？」

「エミリオンはタルゴス海将の所で軍船の整備について確認に行っている。私はお前と夕食を共にしようと宿に戻ったのだが、お前がいなかったので探していたのだ」

「それは失礼しました」

「気にするな。お前が計算を始めると時間を忘れることはよくわかっているからな。宿の近くに食事を出す店があったからそこに行こう」

歩き出すテレシアの後ろをパリステスは付いていった。相変わらず少年のような服装をしている。しかも、粗末な麻布の服を着ている。黄金色の長い髪は三つ編みにされて後ろに垂れている。外見だけ見れば、彼女がウェイイの王女とは誰も思わないであろう。それに王女が一介の技師を気遣い食事を共にするなど、通常は考えられないだろう。身分や地位は、テレシアにとっては特に重要なことではないようであった。

パリステスはふとテレシアの左腕の腕輪に目をやった。鉄製だろう。黒っぽい色で装飾はない。パリステスは市でふんだんに売られていた金銀の装飾品のことを思い、テレシアならもっと高価で美しい腕輪を手にいれられるだろうに、この素朴な腕輪以外は普段装飾品は身に着けていないなと思った。

パリステスは前を歩くテレシアに話しかけた。

「その腕輪、いつも着けていますね。鉄ですよね？　王女であれば、金や宝石の付いた腕輪も持っておられるでしょうに」

テレシアは自分の腕輪をちらっと見ながら、パリステスに答えた。

「私はもともと金や宝石は好まない。この腕輪は……私への戒めなのだ」

「戒め？」

「そうだ。この腕輪はもともと鉄の小刀だった。それを工房に頼んで腕輪に作り替えてもらったのだ」

「小刀を腕輪に？」

「ああ。私が十二歳の時だった。小刀を狙った場所に投げられるよう練習をしていたのだ。エミリオンが小刀の投げ方を教えてくれていた。だが私の手が滑って、小刀が思わぬ方向へ飛び、壁に当たって私のほうに飛んできたのだ。しかし私は無事だった。エミリオンが私を庇ったからだ。私の代わりにエミリオンの左肩に小刀は刺さった」

「エミリオンが……」

「傷はたいしたことはないと言っていたが……今でも小さな傷が彼の左肩に残っている。私の護衛武官として、エミリオンは平気で自分の身を投げ出す。だから私は強くならなければならない。武器も上手に使えるようにならなければならない。そうならなければ、エミリオンがまた私を庇って傷つく。だから私はあの時のことを忘れぬよう、その時の小刀を腕輪にして身に着けることにしたのだ」

「そうだったのですか。しかし、エミリオンは護衛武官ですから、王女を守ることが自分の役目と心得ているでしょう」

「そうだ。エミリオンは『ウェイイの王女』を守るために平気で自分の身を投げ出すだろう。だが、私はエミリオンが傷つくのは嫌なのだ」

パリステスははっとした。テレシアの言葉に隠された彼女の気持ちに触れた気がしたのだ。

「エミリオンを大切に思っているのですね……」

「もちろんだ。私の護衛武官だからな。私達はここ十年ずっと一緒に過ごしてきた。エミリオンは私に様々な武術を教えてくれた。幼かった私をよく鍛えてくれたと感謝している。あいつはいつもしかめっ面ばかりだが、あれで優しいところもあるのだぞ」

テレシアはパリステスを見て笑った。

パリステスは、テレシアとエミリオンが共に過ごしてきた年月の長さを垣間見た気がした。


カエレからウェイイに戻ったテレシアは、エミリオンに工作場で製作した衝角をカエレの港へ運ぶ手筈を整えるよう命じ、自分は一人ネクロポリスの王墓を訪ねた。

「私がついていかなくて大丈夫ですか？　誰か護衛をつけたほうがよいのでは？」

エミリオンはテレシアが一人で外出することを心配したが、ネクロポリスへ行くだけだし、イシクルスもそこにいるだろうから大丈夫だと彼を説得した。

ネクロポリスの王墓の中は、いつ訪ねてもその豪奢さと色彩の豊かさでテレシアを困惑させた。墓とは思えないような鮮やかな青色や金色で塗られた壁。山のように積まれた宝飾品。地中海の各地から取り寄せた異国趣味の家具類。叔父や従弟達が、死後の世界でも贅沢をできるよう、高価な品々を買い求めては墓の中に運び込んでいることをテレシアは知っていた。整然と置かれている石棺の群れと対照的に、騒々しいほどに煌びやかな調度品がうずたかく積まれている。

（これらの贅沢品を死後の世界まで持っていけると、皆は本当に信じているのだろうか……）

テレシアの祖父母や母、そして祖先の王族達も、石棺の中に眠っている。彼らは死後の世界で、この世と同じようにこれらの豪勢な品々を使っているというのだろうか。

テレシアがギリシャ人学者達から学んだ知識によれば、人間の魂が永遠に続いていくと信じる者はエトルリア外にもいた。死後人間は冥界の神が治める世界へ移って、現世での善悪を裁かれると信じる宗教もあった。パリステスのように、人間は死後はアトムという小さい粒に分解されて、他の命を作るために使われることを繰り返していくと唱える者もいる。生まれた地や信仰によって、人間が死んだ後どうなるのかは様々な説に分かれていた。しかし、この世界の贅沢や欲望を死後の世界にまで持っていけると信じる民は、エトルリアだけのようであった。神に愛されているエトルリア人だけの特権だと、ダルフォン神官はよく言っていた。

（エトルリア人だけが死後も生きられるなどということが、本当にあるのか……他の民はどうなるのだ。パリステスの命は、ギリシャ人であるがゆえに死んだら消えてなくなるのか？　エミリオンはエトルリア人の父とギリシャ人の母を持つが、彼はどうなるのだ。エトルリア人と同じ死後の世界に行くことができるのか？）

パリステスと知り合って以降、そのような疑問がテレシアの中で大きくなっていった。

テレシアは王墓の中をぐるりと見渡した。

（これほどの高価な品々を死後の世界のために溜め込むくらいなら、その富を馬を揃えたり、船を建造するために使えばよいものを。農民達のために作物の種を買い付けることに使うのもいい）

テレシアは自分の死後のために用意されている石棺の傍へ行った。石棺の側面には自分の名が刻まれている。自分が死んだら、この石棺に納められ、蓋をされ、永遠に眠るのだろう。他の王族達と共に。

「テレシア様」

イシクルスがテレシアに声をかけた。

「イシクルス老将軍、やはり来ていたか。ラクロア伯母上の墓守をしていると思っていた」

「はい。ギリシャ勢との戦いに参加するとなれば、しばらくここへは来れませんからな。ラクロア様のお顔をよく見ておきたいと思いましてな」

テレシアはイシクルスの傍へ行き、石棺に横たわるラクロアを見下ろした。時間が止まったまま眠り続けるラクロアは若々しく、美しかった。

「ラクロア伯母上の後を継いで私がファーレの剣士となったわけだが……私はラクロア伯母上のように戦えるだろうか。エトルリアの兵達を鼓舞し、そして守ることができるだろうか……」

テレシアは独り言のように呟いた。

「テレシア様はファーレの剣士にふさわしいお方です。必ずや、ファーレの剣でエトルリアを勝利へ導くでしょう」

「ラクロア伯母上の凛々しい戦いぶりは幼い頃からずっと聞かされてきた。イシクルス、お前はラクロア伯母上の護衛武官だったのだろう？　伯母上は立派に戦われたのか？」

「はい、それはもう。気高く、勇敢な方でございました」

「それならば、なぜ、伯母上はこのような姿になられたのであろうな。ファーレの剣を正しく使わず、エトルリアの神に罰せられたと聞いているが……」

「ラクロア様は、間違ったことなど何一つしておりません。エトルリアのために見事な戦いぶりでした。ファーレの剣をかざして、敵をなぎ倒し、エトルリアの兵達を守りました。エトルリアの神の罰だという者もおりますが……本当のことは誰にもわかりません。しかし、これだけは言えます。ラクロア様は立派にファーレの剣士としての使命を果たされました。アラリアの戦いを大勝利に導いたのは、ラクロア様のお力です」

「そうか。そうだな。しかし、このお姿は……生きているわけでもなく、死んでいるわけでもないようだ。いつか目を覚まされるのだろうか……」

「わかりません……しかし、私は、ラクロア様はいつか目覚めると信じております。ファーレの剣士として務めを果たされたラクロア様の魂を、神が永遠に凍らせておくとは私は思いません。だからこそ、私はこのような老いぼれになりながらも、ラクロア様がいつかお目覚めになった時にお傍にいたいと生きながらえておるのです。テレシア様、ファーレの剣士となることに迷いがあるのですか?」

「いや、ファーレの剣士としての使命を果たすことは私の望んでいることでもある。エトルリアの民を守るためなら、ファーレの剣を振るうことに迷いはない。ただ、もし、私もラクロア伯母上のように、突然意識を失い、眠り続けることになったらと思うと、少し不安になるのだ。私は石棺の中でずっと横たわっていたくはない。死後の世界も信じられぬしな」

「死後の世界を信じないと？」

「私には皆が言うような死後の世界は信じられない。この世で生きているように、死後の世界も生きられるとは、私にはどうしても思えないのだ。この世界で生きていた様《さま》が、死後の世界でも永遠に繰り返されるなんて、退屈極まりないことではないか。私はこの世界だけで十分だ。今いる世界で、存分に生きる。死後の世界には、何の広がりも可能性もないと思う」

「なるほど……それがテレシア様のお考えですか」

「生きていればこそ、新しい知識を学べるし、前へ進むこともできる。同じことが繰り返される死後の世界なんて、私は願い下げだ。私は今の世界を生ききる。それでいい。もっと多くのことを学びたいし、エトルリアの外にも行ってみたい。この世界の広がりを見てみたい」

「テレシア様は幼い頃から好奇心旺盛でしたからなあ。それにやんちゃでいらした。いつも城の外に出たがっていましたな。トルティニアス王がテレシア様が危ない目に遭わないか、いつもはらはらしておられましたな」

「父上は心配しすぎなのだ。私はこれでも王族一の剣の腕前だぞ。馬も私ほどうまく乗りこなせる者は王族の中にはいないぞ。それに、エミリオンがいる。いつも護衛武官として私を守ってくれているからな。エミリオンが傍にいれば、ずっと遠い国まで行くことにも問題ないぞ」

「エミリオンは頼もしい護衛武官ですな。確かに彼がついていれば安心です」

「ああ。護衛武官の任務を懸命に果たしてくれている。父上にも信頼されている。私はあちこち歩き回るから、護衛する立場としては大変だろうがな。エミリオンがいるおかげで、私は好き勝手できるのだ。たとえ死後の世界があったとしても、半分ギリシャ人のエミリオンは、私と同じ死後の世界に行けるかわからないからな。エミリオンが傍にいない死後の世界など、私には興味がない」

そう言ってテレシアはうーんと両手を上にして伸びをした。

「エミリオンと色々な国を訪ねてみたいなあ。海の向こうにも行ってみたい。ハミトロバル王子の故郷カルタゴにも行ってみたい。この世界を生きているうちに訪ねたい所、知りたいことがたくさんある。時間が足りるだろうか。私が興味があるのはこの世界だ。死後の世界ではない。石棺の中に横たわってなどいたくはないのだ」

イシクルスは少し眩しそうな表情でテレシアを見つめた。

(テレシア様は、やはりラクロア様に似ておられる。ラクロア様も好奇心に溢れたお方であった。生きることを楽しんでおられた。そして心が温かいお方だった。護衛武官の私に

もいつも優しく接して下さった）

　イシクルスは、昔、剣術の稽古で作った腕の傷の血を、ラクロアが丁寧に拭き取り、薬を塗ってくれたことを思い出した。王女であるラクロアが自分の腕を取って手当てをしてくれる姿に、イシクルスは緊張しつつ感動した。

「ラクロア様、恐れ多いことです！　このような傷、放っておけば治ります」

「何を言うのです、イシクルス。小さい傷から病気になることもあるのですよ。お前は私の護衛武官でしょう？　お前は私を守ることが務めなのでしょう？　それならば、お前の腕は私にとっても大切なものよ」

「はっ！　私の腕も、足も、すべて、ラクロア様をお守りするためのものです！　私の体はすべて、ラクロア様をお守りすることに捧げております！」

　イシクルスは近距離で顔を接しているラクロアに向けて、赤面しながらも大声で言った。ラクロアはそんなイシクルスの様子におかしさを抑えられないというふうに吹き出しながら、優しく言った。

「私のイシクルス。お前の体よりも、お前の心が欲しいのよ、私は」

「はっ！　私の心なぞ、とっくにラクロア様のものでございます！　心も体も、私のすべてはラクロア様に捧げております！」

ラクロアは彼の言葉ににっこりと微笑んで、そっとイシクルスに口づけた。真っ赤になっているイシクルスの耳元に、ラクロアは囁いた。

「愛しているわ、私のイシクルス」

私のイシクルス。そうラクロアが自分を呼ぶたびに、イシクルスは舞い上がるような気持ちになり、体中に熱が走った。甘く、熱いラクロアの息。六十年経った今でもまざまざと思い出せる。王女と護衛武官との密かな恋だった。

アラリアの戦いで必ず武功を立ててみせる。ラクロア王女を全力で守ってみせる。そして戦いが終わったら、ラクロア王女との婚姻を王に願い出て許してもらおう。イシクルスはそう思っていた。

王には歓迎されないかもしれない。しかし、イシクルスにとって、ラクロア以外の女性は考えられなかった。そしてラクロアも、イシクルスを愛していると言ってくれている。イシクルスは王族ではないが、ウェイイの名門貴族の出であった。王族と婚姻を結んだ一族の者もいる。イシクルスがラクロア王女との婚姻を望むことも可能であった。しかし、できれば輝かしい武功を立ててから、堂々と王に申し出たい。そうイシクルスは思い、アラリア海戦に向かっていったのだった。

（しかし、すべては幻と消えた……）

もしラクロアが命を失ったというのなら、イシクルスも迷わず命を絶ち、死後の世界へラクロアを追いかけていったであろう。しかし、ラクロアは死んでいるわけではない。一方、八十歳を超えた自分の命が尽きる日は遠くないだろう。自分の命があるうちに、もう一度ラクロアが目を開く姿を見たい。もう一度彼女が自分の名前を呼ぶ声を聞きたい。イシクルスはずっとそう願って、ラクロアの眠る石棺を守ってきた。

（結局、私の願いは叶いそうにないな……）

イシクルスは物思いに沈んでいるテレシアの横顔を見た。

（せめて、テレシア様がラクロア様の二の舞にならないよう、ファーレの剣士としての使命を無事果たせるようお守りしなくては。そして……テレシア様がエミリオンを思う気持ちが報われるとよいのだが）

イシクルスは、テレシアがエミリオンに護衛武官以上の感情を持っていることに気づいていた。自分とラクロアの恋を、テレシアとエミリオンに重ねていた。しかし、エミリオンは護衛武官としての立場から決してはみ出さない。エミリオンの出自を考えれば、彼の気持ちも理解できる。追放されたギリシャ人の奴隷を母に持つエミリオンは、人一倍エトルリアの神とウェイイの王族に忠実であることで、完全なエトルリア人になろうと努力していた。そのエミリオンの立場を慮って、自分の気持ちを表に出さないように努めているテレシアの姿がいじらしかった。

（二人がずっと共にいることが、周囲から祝福されるようになるとよいのだが……）

イシクルスは、自分とラクロアの恋が成就しなかった分、テレシアとエミリオンが王女と護衛武官という身分の差を超えて、互いの気持ちを表せる日が来ることを願っていた。

開戦宣告

テレシア達がカエレからウェイイに帰って三日後、トルティニアス王がヴォルトゥムナ神殿でのエトルリア十二都市の会議を終えて戻ってきた。

会議では南の植民地であるネアポリスからギリシャ植民地のクマエの動きが不穏である報告ももたらされた。

クマエの周囲はエトルリアの植民地で囲まれている。クマエのギリシャ人領主はエトルリアに侵略されるのではないかと恐れ、傭兵を多く雇い入れ国境を封鎖し始めたということだった。加えて海路から攻撃されないよう、シチリア島の最強ギリシャ勢力であるシラクサに援軍を頼んだことがわかった。更にエトルリアで最大の鉄鉱石貿易を行っている都市ヴォルテッラから、交易相手のシラクサの港の様子がおかしいという報告もあった。三段櫂船の軍船が集められ、五十隻ほどが集結しているという。ハミトロバルの主張の通り、クマエとシラクサは結託してエトルリアに対抗する姿勢を見せているようだ。

以前からクマエはエトルリアにとって目障りな存在であった。エトルリアの南の植民地の中に、ぽつんとクマエだけがギリシャ人の領土として存在している。クマエは良港を多く有しており、ここがエトルリアの領土となれば海上貿易は更に発展するだろうし、半島北側の十二都市連合から成るエトルリア本国と、南側のエトルリア植民地が一つに繋がり、半島のティレニア海側はすべてエトルリアの領土とすることができる。

それにティレニア海を航海するエトルリアの船をたびたび襲う海賊は、クマエの港から出ていることがわかっていた。エトルリアの商船を襲い、商品を奪うだけでなく、船員を殺したり、捕らえて他国に売り飛ばしたりしていた。

クマエのギリシャ人達をこのまま野放しにはできない。クマエ攻略こそ、エトルリアの神がファーレの剣士を出現させ、「南に敵がいる」という天啓を示した理由である。エトルリア十二都市の領主達はそう結論を出し、クマエを包囲し降伏させることで意見が一致した。

一方、シラクサのほうはクマエを援助しないよう、交渉で大人しくさせようということになった。シラクサと盛んに貿易を行っているヴォルテッラの王が、鉄鉱石貿易でシラクサに有利な条件を与えることを条件に、クマエに援軍を送らないよう交渉することになった。シラクサがあるシチリア島には、鉄鉱石をはじめとした鉱物資源がない。シラクサはこの交渉を呑むだろうとヴォルテッラの王には勝算があるようだった。

クマエには戦いを、シラクサとは交渉を。それがエトルリア十二都市の王達の結論だった。クマエに軍船を送り海側から攻撃し、陸上では陸軍によりクマエを封鎖し降参を迫る。ファーレの剣士は指揮船に乗り、軍船団を率いる。ウェイイ、カエレ、タルクイニア、ポプロニア、エルバ島、そしてコルシカ島のアラリアから船団を送り海軍を形成、陸上はヴォルテッラ、ヴェトゥロニア、フフルナ、ヴォルシニ、ウルチから大戦団を送り、陸軍を組織することになった。南の植民地であるネアポリス、カプア、ノラも兵隊を送りクマエ封鎖に協力する運びとなった。海、陸共に大兵力である。

一つ気がかりだったのがシラクサの出方だったが、ヴォルテッラの王が言ったように交渉はうまくいき、シラクサの僭主ヒエロンはエトルリアからの鉄鉱石を通常よりも三割安く手にいれることができるという条件で合意し、クマエに援軍を送らないことを約束した。

もはやクマエの命運は尽きたように思えた。エトルリアの王達も、クマエ攻略はもう成ったように感じていた。エトルリアの神の天啓は、エトルリアの脅威となるクマエを攻略せよということだったのだ。そのためにファーレの剣士を遣わされたのだ。王達はそう納得して、クマエとの戦いの勝利を疑わなかった。

トルティニアス王から会議の決定事項の報告を受け、ウェイイの重臣達は海戦の準備に取りかかることになった。圧倒的な兵力で、ギリシャの小さな植民地に襲いかかるのである。誰もがこの戦いはすぐに終わるだろうと楽観していた。もしかすると戦争にもならず、クマエの降参ですぐに片が付くかもしれない。そんな見方もあった。

「本当にシラクサがクマエ支援を諦めたのですか？　そう簡単にシラクサが引き下がるでしょうか」

ハミトロバルは首をかしげた。

「ヴォルテッラの王によれば、シラクサのヒエロンは剣を大量生産するために鉄鉱石を欲しているとのことだ。鉄鉱石さえ手に入るなら、クマエを支援してエトルリアと全面対決する必要はないと判断したのだろう。シラクサが戦いに参加しないのなら、クマエ攻略は容易だろう。陸海で我らに包囲され、シラクサから援軍も来ないとわかればクマエの領主も勝ち目がないとわかるだろう」

トルティニアス王の説明に、なおもハミトロバルは食い下がった。

「クマエは王のおっしゃる通りかもしれませんが、シラクサのヒエロンがそう簡単にクマエを諦めるとは思えませんが。奴はシチリア島全体を手中に収め、半島に進出しようと機会を狙っています。それに私とサトリミルがウェイイに来る前に集めた情報では、ヒエロンは傭兵を大量に雇い入れているということでした。軍船も自ら建造するだけでなく、各地から買い集めていると聞きました。簡単に諦めるような奴ではないと思いますが」

「シラクサ側も武器を製造するのには鉄が要る。我々の鉄鉱石を割安で手に入れられることはヒエロンにとっては好条件だろう。それにシラクサがいくら船を増やそうとも我々の海戦技術には敵わないだろう。衝角も新たに整備されたと聞くしな」

そう言ってトルティニアス王はテレシアのほうを見た。カエレから来ていたタルゴスが一歩前に出て、新しい衝角の威力の素晴らしさを賞賛した。

「テレシア様の指令で、新しい衝角をウェイイの軍船百隻すべてに取り付けてあります。カエレの港で衝角の威力を試しましたが、強大な力で船に穴を開け、素早く離れることができます。あの衝角なら、これまでの倍の速さで敵船を次々と沈めていけるでしょう。テレシア様の功績です。さすが、ファーレの剣士でいらっしゃる」

タルゴスはまるで自分の娘を自慢するように、誇らしげにテレシアを褒めた。

「そうか、テレシア、よく備えておいてくれたな」

トルティニアス王も満足そうにテレシアに頷いた。

「いいえ、私ではなく、工作場の技師達が頑張ってくれたのです。初めは海賊対策に作っていたのですが。しかしクマエとの戦いになるというのなら、新しい衝角は海戦でエトルリアの優勢を揺るぎないものにするでしょう。今、工作場に追加で衝角を急ぎ作らせています。ウェイイ以外の都市の軍船にも取り付けるようにしましょう」

「うむ。それがよかろう。ハミトロバル王子、サトリミルはカルタゴへ向かったのだな?」

「はい。カルタゴからも援軍を送るようにカルタゴ軍を説得にあたっています」

「カルタゴの民もそなたが生きているとわかれば喜ぶだろう。しかし、サトリミルの援軍が着く前に事は決着するかもしれんな。タルゴス海将、エトルリア全体の軍船団の指揮を取ってくれ。ファーレの剣士を有するウェイイの軍船が、エトルリアの軍船団を率いることになっている。テレシアはファーレの剣士として、タルゴス海将の乗る指揮船に同乗するように。タルゴス海将、海軍の編制を頼む。それからクマエを海側から包囲する作戦を立ててくれ。三日後、開戦の儀を行い、ウェイイの市民にクマエへの出陣を知らせる。レミルシア、儀式の準備をダルフォン神官と共に進めてくれ」

トルティニアス王の指示に各々が従い、動き出していった。

シラクサとの戦争は避けられたが、クマエとの戦争は避けられない。しかし戦争というよりも、クマエを征伐するという思いのほうがウェイイの人々の間には強かった。南の植民地を守るため、エトルリアの繁栄を守るため、クマエの横暴は許さない。正義が自分達にあることを疑う者はこの場にはいなかった。エトルリアの神の天啓を受けている。エトルリアの神に守護されている。その思いが彼らに勝利と正しさを確信させていた。ただ一人、ハミトロバルだけを除いて。


「エミリオン」

テレシアと共に去ろうとしていたエミリオンを、トルティニアス王が呼び止めた。

「はい。御用ですか」

エミリオンはトルティニアス王の声に振り向き、王の前に立った。テレシアも足を止めて二人を振り返った。

「エミリオン。ファーレの剣士はエトルリアの神に守られ無敵だと言われているが……それでも戦いの中では何が起こるかわからない。どうかテレシアを守ることに力を尽くしてくれ」

「もちろんです。戦いの最中もテレシア様の傍を片時も離れません」

「うむ。頼むぞ、エミリオン。お前はずっとテレシアの護衛武官として尽くしてくれた。大変感謝している。キルゴリ将軍の娘とお前の婚姻を進めようとしていたところだったが……これで当分延期になってしまったな。すまない」

「気になさらないで下さい。それにキルゴリ将軍のお嬢様なら、私よりももっとふさわしい相手がおられるでしょう。この話は忘れて頂いて結構です」

「何を言う。キルゴリ将軍もその娘も、お前のことを大変気に入っていてぜひ婿に来てくれと言っているのじゃ。名門キルゴリ家の一員になることはお前にとっても望ましいことじゃぞ。だが、とにかく、今は婚姻どころではないな。まずはこの戦いを終えなくてはならぬ」

「おっしゃる通りです。まずはカエレを屈服させ、エトルリアの繁栄を揺るぎないものと致しましょう。テレシア様の身は必ず私がお守り致します。どうかご安心下さい」

「頼んだぞ、エミリオン」

トルティニアス王はエミリオンの両肩に手を置いて、彼を見つめた。

その様子を少し後ろで見ていたテレシアは、先に自分の部屋へ戻っていった。


一人自室に戻ったテレシアは、三年前の出来事を思い出していた。

エトルリアには、十五歳になった夏至の夜に恋しい人に気持ちを告げると結ばれるという言い伝えがある。テレシアは十五歳になった夏至の夜、エミリオンに好きだと告げた。

エミリオンは子供の頃から常に傍にいてくれた。時には厳しく、時には優しく、テレシアを指導し、武芸やギリシャ語を教えてくれた。テレシアにとって、エミリオンはずっと一緒にいる相手だと信じていた。あの頃のテレシアは、自分の婚姻が何を意味するのか、エミリオンの置かれた立場がどういうものか、まったく理解できていなかった。ただ、好きな相手と結ばれることが当たり前だと思い込んでいた。父のトルティニアス王に甘やかされて育ったテレシアは、自分が父王に望めば自由に婚姻相手を選ぶこともできると思っていた。あまりにも幼かった。

あの夏至の夜、私の一生の伴侶になってほしい、一生傍にいてほしいと、エミリオンに告げた時の、彼の顔はいまだに忘れられない。彼はテレシアの告白を喜ぶどころか、怒ったように険しい表情をして、テレシアに厳しい口調で言ったのだ。

「そのようなことは今後一切口に出してはなりません。私はテレシア様の伴侶にはなれません」

取り付く島もない冷たい言葉に、テレシアは何も言い返すことができず、うつむいてしまった。そんなテレシアを見て、エミリオンは表情を少し和らげて言ったのだ。

「テレシア様はウェイイの王女です。王女にふさわしい婚姻相手を選ばなければなりません。私はふさわしくないのです。私はテレシア様の伴侶にはなることはできません。しかし、伴侶になれなくとも一生を共にすることはできます。護衛武官として、テレシア様を一生お守りすることはできます。テレシア様が許して下さるのなら、テレシア様が将来誰かと婚姻を結んでも、テレシア様がウェイイ以外の国に嫁ぐことになっても、一生護衛武官としてお傍にいてお守り致します」

一生を共にすることはできる。

エミリオンから拒絶されたと失望しながらも、彼のその言葉に、テレシアは一筋の希望を見出したのであった。そして、その言葉通り、エミリオンはずっとテレシアの傍にいる。常に彼女に寄り添い、見守り、時には苦言を呈し、よき相談相手にもなってくれている。

その後、姉のレミルシアや侍女達の話から、エミリオンの母親はギリシャ人の奴隷で、王族である父親を誘惑した罪でエトルリアから追放されたことを知った。父親は既に亡くなり、追放された母親は行方知れずだが亡くなっているのではないかと言われていた。母親がエトルリア人ではないこと、そして奴隷の身分であったことから、エミリオンは王族の一員として認められていなかった。トルティニアス王に引き取られるまではかなり貧しい生活をしていたそうで、エミリオンは王に大きな恩義を感じているようだった。

テレシアはエミリオンの母親がギリシャ人であろうが奴隷の身分であろうが気にしないが、自分がエミリオンを望めば、彼は母親のように王族を誘惑したとして批判されるだろう。ウェイイの地を追放されるかもしれない。罰を受けるかもしれない。テレシアがエミリオンを望むことは、彼を追い詰めることになると悟ったのだった。

それに、テレシアがエミリオンを慕っていると父王に知られれば、エミリオンはテレシアの護衛武官ではいられないだろう。トルティニアス王は優しい父親だったが、テレシアにはウェイイのために役立つ相手と婚姻を結んでほしいと願っていることは、ここ数年テレシアにもわかってきた。最近はエトルリアの都市や、エトルリアの友好国の王族から自分あての婚姻の申し込みが入り始めていることも聞いていた。

エミリオンの言う通り、彼に傍にいてもらいたいなら、彼を慕ってはならない。エミリオンを苦しめないためには、彼を愛してはならない。十五歳のあの夏至の夜以来、そうテレシアは自分に言い聞かせていた。

二人とも、あの夏至の夜のことは、一度も話題にしたことはない。

エミリオンはテレシアの告白など忘れたように、護衛武官としての任務を熱心に果たしていたが、あの夜以来、彼が時折女性の元を訪れるようになったことにテレシアは気づいた。夜中に城を出ていき、朝帰りする日もたびたびあった。城の外に恋人がいるようであった。侍女達がエミリオンの相手は夫を亡くした貴族の奥方だ、いや、特定の相手はおらず、複数の女性と密会しているようだと様々に噂していた。

テレシアはそのような噂を耳にするたび悲しくなったが、自分にエミリオンを責める権利はないとわかっていた。エミリオンが誰かに恋しても、自分にそれを止めることはできない。自分がエミリオンを恋い慕うことは、エミリオンを追い詰めるだけなのだから。それに自分の彼への気持ちは、あの夏至の夜にはっきりと拒絶されている。

（だが、エミリオンは必要な時いつも傍にいてくれる。常に私を守ってくれている。一緒にいてくれる）

護衛武官としてなら一生を共にすることができるとエミリオンが言ったように、自分の気持ちに蓋をすることこそ、エミリオンと一緒にいるために必要なのだとテレシアは思い定めていた。


しばらくしてエミリオンがテレシアの部屋へ戻ってきた。何の表情も浮かべていないエミリオンの顔を見て、テレシアは思わず問いかけてしまった。

「父上から縁談の話が来ていたのか？　キルゴリ将軍の娘だと聞こえたが……。私に何も話してくれなかったな」

「キルゴリ将軍が親切に申し出て下さったようです。しかし、もうお断りしました。第一、婚姻など今の情勢下で考えられるわけがありません。ギリシャ勢との戦いが始まるというのに」

エミリオンは無表情のまま答えた。

「では戦いが終われば婚姻を考えるということか?」

テレシアの重ねての問いに、エミリオンは彼女の顔を見つめて言った。

「私はテレシア様の護衛武官です。その任務のために役立つのならば婚姻も結びましょう。テレシア様をお守りするために役立つという相手であれば、妻にしましょう。しかし、キルゴリ将軍の御令嬢は美しいだけで小刀一つ使えませんからな。エトルリア語以外の言葉を話すこともできません。竪琴を奏でることに優れていると言われましてもね。それではテレシア様のお役に立ちますまい」

眉をしかめてそう話すエミリオンの様子に、テレシアは思わず吹き出してしまった。

「エミリオン、お前は婚姻でもう一人私の護衛武官を作るつもりなのか?」

「私が婚姻を結ぶならば、妻もテレシア様をお守りできる能力がなくてはなりません。私はテレシア様をお守りするためにこそ、こうして生きているのですから」

エミリオンはまっすぐにテレシアを見つめた。しかし、すぐにその目を逸らして言った。

「さあ、テレシア様、剣術の稽古をしましょう。クマエとの戦いが始まるのなら尚更、剣の腕は磨いておかなければなりません。いくらファーレの剣は無敵といっても、海戦では何が起こるかわかりませんからな」

エミリオンはテレシアを急かして剣術の稽古場へ連れていった。

三日後、出陣の儀式を王城内でダルフォン神官が執り行った後、城のバルコニーに王族や将軍達が姿を見せて、城の周りに集まった民にクマエとの開戦とファーレの剣士の出陣を告げた。加えてカルタゴのハミトロバル王子が生還し、クマエとの戦いが終わった後、レミルシアと婚姻の儀式を行うことも告げられた。

ファーレの剣士としての誉れを担うテレシア。美しく優雅なレミルシア。そしてレミルシアの傍らに立つ精悍なハミトロバル。彼らの姿にウェイイの民は歓声を上げた。エトルリアは戦いに負けたことはない。エトルリアの規律を守り、エトルリアの神に愛されている自分達が戦争で負けることなどありえない。それがウェイイをはじめエトルリアの人々の信じるところだったので、戦争が始まることへの不安は微塵も感じられず、更なる栄光を求めて戦いに出る美しい王女、王子の姿に人々はただただ熱狂したのである。

トルティニアス王に促されて、テレシアは一歩前に出た。今日はファーレの剣士としての正装をしている。そしてファーレの剣を鞘から抜いた。

その途端、白い光がその剣から放たれ、テレシアの周囲はまるで太陽に囲まれたように輝いた。テレシアがファーレの剣を高く掲げると、ますますその剣は白く光るようであった。

「おおっ！　ファーレの剣だ！」
「ファーレの剣士様だ！」
「ラクロア様の再来だ！」
「テレシア様に栄光あれ！」

バルコニーの前の広場に集まった人々は熱に浮かされたように口々にファーレの剣士を讃える声を上げた。

「ファーレ、エトルリア！」

エトルリアの栄光を讃える言葉が唱和された。

エミリオンはテレシアの後ろに控えていたのだが、ファーレの剣の威力に目を丸くした。テレシアがファーレの剣を抜くのを見たのは初めてだった。

（このような輝きを放つ剣があるのか！　まさにこれは神の剣だ）

テレシアはファーレの剣を高く掲げたまま、広場の人々に向かって微笑んでいる。その姿はエトルリアの守護神のようだ。

その時、広場の数か所で悲鳴が上がった。数人が地面に倒れ伏したようだった。すぐに広場にいた守衛武官達が騒ぎの場へ駆けつけ、倒れている人達を抱き起こして、担架に乗せて広場の外へ運び出していった。

バルコニーにいた王族達は何事が起きたかと不審に思ったが、興奮しすぎて気を失った人が出たのだろうくらいにしか考えなかった。しかし、実は警戒すべき事態が起こっていたことが後からわかった。

ローマの外交官カミルスも広場に集まっていた。トルティィニアス王によるクマエとの戦いを始めるという宣告にも驚いたが、カルタゴのハミトロバル王子が生きていたことにも驚いた。

（いつぞやの城での騒ぎはハミトロバル王子だったのか）

カミルスはファーレの剣士の出現を祝う宴から、急にトルティィニアス王とレミルシアが姿を消したことを思い出した。

（ヒメラの戦いでハミルカル王が殺されカルタゴ軍が大敗してから、カルタゴは内紛続きだ。強力な指導者が現れず、カルタゴの軍事力は弱体化した。カルタゴはティレニア海に浮かぶサルディニア島を押さえ、ティレニア海から地中海全域の海上貿易を支配していたが、ヒメラの海戦後はすっかり勢いを失っている。だが、ハミトロバル王子が生還し王位に就けば、カルタゴは再び勢いを盛り返すかもしれぬ。しかし、当面はローマの敵になるわけではない。領地はまったく重ならない。それよりもクマエだ）

クマエはローマよりも更に南に半島を下ったカンパニア地方にある。エトルリアがカンパニア地方に展開した植民地の都市に囲まれるように、ぽつんとギリシャ植民地として存在していた。クマエはエトルリアに反抗的で常にエトルリアの商船を襲い、エトルリアの人々を人質にして身代金を取ったり、時には無残に殺したりしてきた。周囲のエトルリア植民地とも武力衝突を起こしてきた。いつかエトルリアとの全面衝突になるのではないかと思っていたが、ついにエトルリアはクマエを征伐すると決めたわけだ。

たとえエトルリアがクマエを占領し、ギリシャ人を追い出して新たに自分達の植民地としてもローマとしては構わない。ローマは良好な港が欲しいので、エトルリアの地になろうと、ギリシャの地になろうと、クマエとは対立しない方針だ。

しかし、エトルリアがクマエを自分達の南の領土とした場合、半島の北から南までティレニア海に面する広大な地域がすべてエトルリア領土で繋がることになる、ローマはぽつんと半島の真ん中あたりでラテン人の都市として取り残されることになる。エトルリアの領地に取り囲まれたような状態になる。

(エトルリアがローマまで植民地化しようという野心を持たないだろうか)

カミルスにとってはカルタゴよりも、ギリシャよりも、エトルリアのほうがローマの存在を脅かす脅威に思えてきた。そんなカミルスの考えをますます強める出来事が次の瞬間に起こった。テレシアがファーレの剣を鞘から抜いて高く掲げたのである。

強い白い光がファーレの剣から放たれた。

(なんだ、これは⁉)

眩しさに目を細めながら、カミルスはテレシアのほうを見た。ファーレの剣が白く輝いている。

(これが、ファーレの剣士しか操れないというファーレの剣か……)

カミルスは恐ろしさを感じた。

(人間の力ではない……)

テレシアが掲げる剣から煌々と光が四方に放たれている。

(ファーレの剣のような強力な武器がエトルリアだけに与えられるのか……どこまで神はエトルリアを贔屓されるのだ)

カミルスがエトルリアに妬ましさを感じている時、すぐ近くで一人の男性が膝から崩れ落ちて地面に伏してしまった。周囲の者が体を揺り動かすが、何も反応がない。そのうち守衛武官達がやってきて倒れた男を担架に乗せて運び出していった。

周囲を見ると、同じように倒れた人間があと数人いるらしい、数か所で悲鳴や騒ぎが起こっていた。

(なんだ?)

カミルスは不審に思いつつも、興奮しすぎて失神したのかくらいにしか考えなかった。

だが、しばらくしてトルティニアス王の言葉によって、カミルスは一層の驚きを抱えることになった。

広場で倒れた人達を運び出して調べた守衛武官達の報告を受けたトルティニアス王は、広場の民達に語ったのである。

「皆、よく聞くのじゃ。ファーレの剣士であるテレシア王女が掲げたファーレの剣が、さっそくエトルリアの敵を倒した。今日この広場にギリシャ人の間諜が紛れ込んでいた。エトルリアの情報を盗もうとしていたのだろう。しかし、ファーレの剣の怒りに触れ、その者達は命を失った。ファーレの剣の光により、エトルリアの敵は倒された。皆の者、安心するがよい。ファーレの剣はエトルリアの民は傷つけない。エトルリアに害を為す者の命だけを奪うのじゃ。ファーレの剣が我々を守ってくれる。今度の戦いでも、ファーレの剣がエトルリアの民を守るだろう。エトルリアの兵士達を守るだろう。神はエトルリアを守護している。エトルリアに栄光あれ！　ファーレ、エトルリア！」

　王の言葉に熱狂した人々は大声を上げた。

「ファーレ、エトルリア！」

「ファーレ、エトルリア！」

「ファーレ、エトルリア！」

　エトルリアの栄光を讃える声が広場に鳴り響いた。

　カミルスはファーレの剣の不思議な力を目の当たりにして、あまりにも強力すぎる武器を手にしたエトルリアが、果たしてクマエ攻略で踏みとどまるだろうかという不安が心から消えなかった。


　パリステスも広場にいた。そして彼もファーレの剣の威力を目撃した。

（この光はどう理解すればよいのだろう。ギリシャ人の間諜だけを光で倒したというのか。ファーレの剣はどのように敵を選別するのだ……）

　パリステスにとってファーレの剣は謎だらけだった。神を信じていない彼には、エトルリアの神の恩恵で剣が光るとは思えない。何か仕掛けがあるはずだと思った。

　パリステスはバルコニーに立ってファーレの剣を掲げているテレシアのほうを見上げた。

距離があるので彼女の表情はよくわからないが、広場の人々が叫ぶエトルリア礼賛の熱狂に浮かれることもなく、静かに遠くを見ていた。

（この剣を携えて、テレシア王女はクマエとの戦いに臨むというのか……）

パリステスにはいくら王女とはいっても、二十歳にもならないテレシアが担う責務が重すぎると感じた。

（この国の人々はそうは思わないのだろうか。ファーレの剣士として神に選ばれたから当然だと思っているのだろうか）

人間としての心よりも、神の意志と信ずるものを優先している。それがパリステスには受け入れがたかった。


開戦宣告の行事を終えた後、テレシアは少し疲れたから部屋で休むと言って自室に戻った。エミリオンはその後に付いていった。民の前でファーレの剣を光らせたテレシアの勇姿が目に焼き付いていた。エミリオンは自分の主人への誇らしさと尊敬の念で頬を紅潮させていた。

（やはりテレシア様はエトルリアの神に選ばれた方だ。ファーレの剣士にふさわしい方だ）

エミリオンはテレシアの護衛武官を務められることに、改めて喜びを感じていた。

自室に戻ったテレシアはファーレの剣をテーブルの上に置き、窓の傍へ行った。

「テレシア様、お疲れになったでしょう？　柘榴水を運ばせましょうか？」

エミリオンはテレシアに声をかけたが返事はなかった。彼女はこちらに背を向けたままで、窓から外を見ているようだ。

「テレシア様？」

エミリオンははっとした。テレシアの肩が小刻みに震えていた。両腕を交差させて自分の体を抱きしめている。

「テレシア様、大丈夫ですか？　いかがされました？」

心配したエミリオンは、テレシアのすぐ後ろに近寄り問いかけた。

「何でもない。心配はいらない」

テレシアは振り返らないまま答えた。しかし、体は小刻みに震え続けている。

エミリオンはその理由に思い至った。

ファーレの剣で敵の命を奪ったのは今日が初めてだ。ギリシャが忍び込ませた間諜とはいえ、テレシアにとっては初めて人の命を奪ったことになる。エトルリアの敵を倒しただけであるが、それでもテレシアにとっては衝撃的な出来事だったのだろう。

（細い肩だ……）

エミリオンはテレシアの震える肩を見た。いつも少年のように活発で明るく振る舞っているテレシアであったが、実際に参戦するのは初めてなのだ。

エミリオンはそっとテレシアを後ろから抱きしめた。

「エミリオン？」

テレシアが驚いたようにエミリオンを振り返った。

「しばし失礼致します。テレシア様が震えておられるので。ご無礼をお許し下さい。しばし私にあなたを温めさせて下さい」

そう言って、テレシアの体に回した腕に力を込めた。

「テレシア様、エミリオンがいつもお傍におります。テレシア様がファーレの剣士としての務めを果たせるよう、私がテレシア様をお守り致します。私の命に代えても、テレシア様をお守り致します。私はあなたのためならばいつでも命を捨てる覚悟です。あなたが死後の世界へ旅立つなら私もお供致します。死後の世界でもあなたにお仕え致します」

「ありがとう、エミリオン」

テレシアは自分に回されたエミリオンの両腕に手を置いた。そして無言でエミリオンに背中を預けていた。

しばらくして、エミリオンは腕を解き、テレシアから身を離した。

「ご無礼を致しました。落ち着かれましたか？」

「ああ、もう大丈夫だ。気を遣わせてすまなかった」

テレシアは振り返って、海を思わせる青色の瞳でじっとエミリオンを見つめた。

「エミリオン、お前に言っておくことがある」

「はい、何でしょうか」

「先ほど、私を守るために自分の命を捨てると言ったが、私のために命を捨てるなどやめてくれ。命に代えても私を守るなどと二度と言わないでくれ」

「テレシア様……」

「私は武術の腕を磨いてきた。自分の身は自分で守れる。それにファーレの剣があれば、私を傷つけられる者などいない。むしろ、お前のほうが心配だ。私がお前を守らなくてはならないかもしれないな」

テレシアはいつものようにいたずらっぽい笑いを浮かべた。

「テレシア様！　私も武術の腕には自信がありますぞ！　それにテレシア様をお守りするのは護衛武官である私の務めです」

「わかっている。しかし、だからといって命を投げ出すなどやめてくれ。共に生きるのだ。

共に死ぬことなぞ考えないでくれ。クマエで何が起ころうとも、共に生き抜くことを考えてくれ」

「テレシア様……」

「死んだ後は死後の世界でこれまでと同じように暮らせる。ネクロポリスで永遠の時をあちらの世界で生きていく。そう私達は教わってきた。父上達も皆そう信じている。ネクロポリスの王族の墳墓には私の眠る石棺もある。だが、エミリオン、私は死後の世界を信じてはいない」

「何をおっしゃいますか⁉　テレシア様はエトルリアの神の約束を信じないと？」

「かつては信じていた。だが、色々な国々の文化や信仰を知るにつれて、人間の死後の世界はないと思うようになったのだ。パリステスもそう言っていた」

「パリステスはギリシャ人です。エトルリアの神のことをわかりはしません」

「エトルリアの神を信じる者だけに死後の世界が与えられるとはおかしいと思わないか？信じる神によって、人間が死んだ後どうなるのか変わってくることはおかしくないか？」

「それは……」

「私にもよくわかっていないのだが。それに私もエトルリアの神は信じている。エトルリアの規律は信じている。ただ私はエトルリアの神が約束したという死後の世界を、もう信じることはできないのだ。私達が生きられるのはこの世だけ、ただ一度きりの世界だけだと思っている。だから、死に急ぐな、エミリオン。たとえ私を守るためでも命を投げ出すな。私達は共に死ぬことではなく、共に生き抜くことを目指すのだ」

テレシアはエミリオンに真剣な眼差しを向けた。

「エミリオン。お前は私に言ってくれたな。護衛武官として私をずっと守ってくれると。それはお前の命を犠牲にしてよいということではない。私もお前も生きる道を探すのだ。いいな。約束してくれ」

エミリオンはエトルリア人ならば誰もが信じている死後の世界をテレシアが信じていないと知り動揺していたが、彼女が共に生きたいと切望している気持ちは伝わってきた。共に生きる。それは、エミリオンが心から願っていることでもあった。

「わかりました。テレシア様を支えて共に生きることを約束致します」

「そうだ。頼むぞ、エミリオン。その言葉を忘れないでくれ。たとえ死後の世界があったとしても、それを信じていない私を迎え入れることはエトルリアの神が拒むだろう。だから、死んだ後の世界で私をいくら探しても、私はそこにいないぞ、エミリオン。私とお前が共にいられるのはこの世界だけだ」

そう言って、テレシアはエミリオンに微笑んだ。

その夜、寝台に身を横たえたテレシアは、なかなか寝付くことができなかった。起き出して、ファーレの剣を手に取ってみる。何の装飾もない、白く細長い剣だ。しかし、自分が鞘から抜いてこの剣をかざせば、昼間の出来事のように、白い閃光を放ち、エトルリアの敵を倒すのだろう。

広場の群衆に紛れ込んでいたギリシャの間諜達は、眠っているように死んでいたと聞いた。血を流すわけでもなく、傷を負うわけでもなく、ただ意識を失い倒れたそうだ。テレシアは、ファーレの剣がその閃光で彼らの魂を一瞬で突いたように感じた。

（エトルリアの神の力なのか……）

テレシアは、ウェイイの王女として、ファーレの剣士として、自分に与えられた役割を精いっぱい務めることに迷いはなかった。ウェイイの民を、エトルリアの民を守る。それは王女の身分に生まれた者が当然負うべき役割だ。だが、自分がその役割を果たすことで、クマエの人々の命を奪うことになるかもしれないと思うと、平然とはしていられなかった。

（できれば戦いは避けたい。しかし、それが無理だというのなら、なるべく早く、犠牲者を少なくして戦いを終わらせたい。ファーレの剣の威力を敵側に知らしめて、早急に降伏

させ、停戦に持っていきたい)

テレシアはそのために自分の知恵と工夫を総動員するつもりであった。これまで学んできた知識、情報、技術、武術、すべての能力は、この戦いの早期終結のためにこそ役立てるべきだと思っていた。

テレシアは窓からウェイイの街を見下ろした。ふと、昼間のエミリオンの温もりを思い出した。震えている自分を後ろから抱きしめてくれたエミリオン。彼の温かい腕が自分に回されて、テレシアの中に渦巻いていた恐れや不安が凪いでいくようであった。自分は戦える、乗り越えられると勇気も湧いてきた。たとえエミリオンが護衛武官の務めとして自分を慰めてくれただけだとしても、彼の優しさや力強さがテレシアを十分支えてくれた。そして、それはまた、自分のエミリオンへの恋心を改めて認めることにもなった。エミリオンの存在が、自分を強くしてくれている。

(愛している、ということか……)

しかし、その言葉は口には出せない。エミリオンと共にいたいのならば。それに、戦いが始まるというのに、自分の恋慕の情などに構ってはいられない。

そう自分に言い聞かせながらも、テレシアはエミリオンの腕の温かさを思い出すように、両腕を自分の体に回した。

次の日、ウェイイの王城の前の広場に集まった人々の中に忍び込ませた間諜が全員ファーレの剣の威力によって命を落としたという報告が、シラクサのヒエロンにもたらされた。ファーレの剣の光に射抜かれて、その場に崩れ落ちたという。間諜の死体はウェイイ側に回収されて、せっかく収集した情報が書かれた羊皮もウェイイに没収されてしまった。ファーレの剣士であるウェイイの王女テレシアが剣を高く掲げた途端、白い光が発せられて間諜達の命を一瞬で奪ったらしい。

(こしゃくな。妖しい技を使いおって……)

ヒエロンは苦々しく思いながらも、ファーレの剣がどのように輝くのか詳しく知りたかった。広場にいた間諜達はファーレの剣の光を浴びて命を落としたが、広場に行かなかった間諜達は無事であった。つまりファーレの剣の光を直接浴びなければ、エトルリアに敵対する者でも無事なわけだ。ウェイイにはシラクサから五人の間諜を忍び込ませていたが、更に間諜の人数を増やすことにした。ファーレの剣についてもっと情報を集めるよう、そしてファーレの剣士であるテレシア王女の人物像について調べるよう、間諜達に指示を出すことにした。

すべての戦いは、まず情報を集め、それらを分析し、利用できるものは利用し、対抗策を一つずつ打っていくことで決まる。それが偉大な兄ゲロンの教えだった。ファーレの剣士を倒すためには、ファーレの剣とその使い手についてよく知らなければならない。

「ファーレの剣の威力は恐ろしいですな。エトルリアの交渉を受け入れクマエを見放して正解でしたな。ファーレの剣の前では、クマエの兵士達の命は吹き飛んでしまうでしょう。沈むとわかっている船に手を貸す必要はありません。それよりエトルリアから大量に鉄鉱石を運ばせ、鉄製の剣の製造を加速させましょう。クマエよりカルタゴです。カルタゴのハミトロバルが生きていたとは驚きです。ハミトロバルがカルタゴ兵を率いて再びシラクサに攻めてくればやっかいな事態になります」

副官のアスランが言った。ヒエロンは眉をひょいと上げて冷たい笑みを浮かべた。亜麻色の髪に縁どられた整った顔立ちのヒエロンが笑うと、その紺碧の瞳の冷たさが一層増すようであった。

「アスランよ。お前までファーレの剣なぞを信じているのか？　あんなもの、エトルリアの田舎者が勝手に崇めている古ぼけた剣さ。それが光を放つだけのことだ。それにハミルカル王亡き後のカルタゴなど恐れるに足らん。カルタゴの軍隊は今統率がまったく取れていないと聞いている。ハミトロバルとかいう若造が生きていようがいまいが関係ない」

「しかし、実際ファーレの剣によってこちらの間諜が倒されてしまいました。エトルリアに敵対する者はファーレの剣によって命を奪われてしまうとなれば、立ち向かう者はいないでしょう。クマエは戦いが始まる前に降参するのではないですか」

「クマエは自分で自分の首を絞めたのだ。それよりアスラン、言いつけておいた物はできたのか?」

「はい。技師達が夜を徹して作っていますが。何に使うのか、皆不思議がっていました。三本爪の錨など、錨にならないと」

「ふん、そのうちわかる。それともう一つ作りたい物がある。金物工場の長を呼んでくれ」

「わかりました」

アスランはヒエロンの指示を伝えるため技師達が集まっている金物工場へ向かった。

一人王の間に残ったヒエロンは王座に座りながら、忙しく頭を動かしていた。

(クマエはエトルリアに攻められ陥落するだろう。ファーレの剣士とやらの噂がここまで届くくらいだから、クマエの連中は脅え切っているだろう。戦争前にエトルリアに降伏するかもしれんな。クマエは良港を持つ半島唯一のギリシャ植民地だ。クマエがエトルリア側の領土になるのは惜しいな。それにあの田舎者のエトルリア人達がファーレの剣を振りかざして神のお告げだか、呪いだか、迷信を撒き散らし放題にするのを見ているのは不愉快極まりない。それに私の野望の妨げになる)

ヒエロンはシチリア島の一都市シラクサを治めてはいたが、僭主という立場であり正統な統治者ではなかった。王族でもない。兄ゲロンと共に政敵を倒し、シラクサを数々の敵から武力で守ったことから、実質的な統治者としてシラクサの貴族や軍隊に認められているだけだ。

兄と共に一介の弱小貴族から成りあがった彼は、自分の野望を着々と実現していく愉楽を知っていた。そして彼の野望はシラクサの僭主にとどまらなかった。シラクサがあるシチリア島には、シラクサと敵対する他のギリシャ植民地もある。まずはシチリア島全体を手中に収める。そして半島に進出し、鉱物資源と農産物の豊かな南側の土地を占領する。その後半島を北へ上がっていって、エトルリアの都市を粉砕していく。ティレニア海に臨むすべての土地を自分の支配下に置き、一大帝国を築く。そうなれば、もう僭主だろうが、正統な王だろうが関係ない。武力を以て君臨する者が王だ。そのためならデルフォイの神託であろうが、ファーレの剣だろうが、利用できるものは徹底的に利用する。人間の知恵は、古臭い神々を凌駕するはずだ。そのためにこそ、ゼウス神は自分達に似せて人間を創ったのだろう。いつか神を超えた存在に人間がなるように。

(自分がどこまで行けるか存分に試してやる)

ヒエロンは、自分の前に広がる野望の可能性に身震いするほど興奮していた。


ウェイイの軍隊は海将のタルゴスに率いられてカエレへ向かい、他の都市から集まった軍船団と合流し共にクマエの沖に向けて出航することになった。

テレシアもタルゴスと共にカエレへ向かう。ハミトロバルはカルタゴへ向かったサトリミルの帰りを待っていたが、出発の日までにサトリミルが帰還しない場合は、トルティニアス王から提供された軍船を指揮して海戦に参加することになっていた。


明日はカエレへ向けて旅立つという日の夜、テレシアはエミリオンと共に工作場のパリステスを訪ねた。しばらくはウェイイの地を離れ、工作場を訪ねることもできない。テレシアはパリステスに別れを伝えておきたかった。そして彼が心置きなく数の研究に没頭できるよう、生活の糧の心配をしなくて済むように銀の粒が入った袋を彼に渡した。

「パリステス、お前のおかげで新しい衝角をすべての軍船に設置することができた。礼を言う。これはその褒美だと思ってくれ。これだけの銀があれば、ここの技師の仕事をしなくても一年は暮らせると思う。どうかお前の好きな数の研究を続けてくれ」

「テレシア王女、お心遣いありがとうございます…。もうカエレへ発つのですか？」

「ああ、明日の朝発つ。しばらくはこちらに来ることができないな。パリステス、体に気をつけるのだぞ。お前は数に夢中になって夜もよく寝ないことがあるからな。お前には本当に多くのことを教えてもらった。お前の話は面白かったなあ。戦いが済んだら、またゆっくり話したいな」

「テレシア王女、ファーレの剣を使うつもりなのですか？」

「私はファーレの剣士だからな。エトルリアの兵達を守るためにファーレの剣は必要だろう」

「私も先日広場でファーレの剣の威力を見ました。眩い光が剣から放たれて……。私にはファーレの剣の仕組みがまだわかりませんが、あの剣からは大きな熱量が発せられていると思われます。なればその熱量と平衡を保つために、何らかの別の熱量がどこかで失われているのではないかと思うのです。熱量は出力と引力とで平衡を保とうとします。ファーレの剣をテレシア王女が振るう時、剣から放たれる大量の熱量と同等の熱量がどこかで失われているのではないでしょうか。それがテレシア王女の体に悪影響を与えるのではないかと懸念しています。剣を使うと、ひどく疲れを感じたりしませんか？」

「案ずるな。私の体は何ともない」

「そうですか……」

「パリステス、そう心配するな。私はファーレの剣士としての使命を果たすだけだ」

テレシアはそう言ってパリステスの肩をぽんと叩いて、にっこり笑った。

「達者でいるのだぞ、パリステス」

テレシアはエミリオンを従えて、工作場から出ていった。

パリステスはしばらく無言でそこに立っていたが、急に外へ走り出した。そしてテレシアとエミリオンが馬に乗る前に彼らに追いついた。

「どうした？　パリステス」

テレシアが不思議そうに尋ねた。

パリステスは、自分の中にずっとあったエトルリアの人々に感じる不条理さを吐き出すように言った。

「テレシア王女、あなたは本当にファーレの剣士として剣を振るうことに迷いはないのですか⁉　エトルリアの天啓に、ご自分の運命を任せてしまってよいのですか⁉　私は知性という機能を使って、数の真理を追究することを生きる目的に選びました。それは神が定めたことではありません。私自身が決めたことです。テレシア王女、あなたはウェイイの王女であり、ファーレの剣士に選ばれたかもしれない。しかし、だからといってあなたが生きる目的を、エトルリアの規律が定めるまま、エトルリアの天啓とやらが示すままに決める必要はないのではないですか？　どのように生きていくのか、それはあなた自身が決めてよいことではないですか？　ファーレの剣士に選ばれたからといって、本当にファーレの剣を振るわなくてはいけないのですか？　もう一度、あなたに問いたい。ファーレの剣士として戦いに臨むことに、あなたは本当に納得しているのですか？　それは本当にあなたの意志なのですか？」

パリステスの真摯な問いに、テレシアはすぐには答えることができなかった。青い瞳をじっとパリステスに向けている。

エミリオンが前に出てパリステスをテレシアから遠ざけた。

「パリステス、無礼だぞ」

「エミリオン、お前にも問いたいのだ。お前は、テレシア王女をファーレの剣士としてエトルリアの神に捧げてしまうのか？　テレシア王女をエトルリアの規律とやらの犠牲にして、お前は平気なのか？」

「なにっ⁉　テレシア様はファーレの剣士としてエトルリアの神に選ばれたのだ！　ウェイイの王女として、ファーレの剣士として、テレシア様は使命を果たそうとしておられる。

エトルリアの繁栄のために、民のために。その尊いお心を侮辱するつもりか！」

エミリオンは怒りで顔を赤くしながら、パリステテスに詰め寄った。

エミリオンとパリステテスは睨み合い、今にも互いを殴りそうな勢いだ。

「エミリオン、パリステテス、やめなさい」

テレシアは二人の間に体を入れて、二人を引き離した。そしてパリステテスに言った。

「パリステテス、私は自分が犠牲になるなどとは思っていない。ファーレの剣士となることは私が望んだことではないが……しかし、たとえファーレの剣士とならなくても、エトルリアに危機が訪れれば、私は戦いに自ら加わっただろう。一振りの剣、一張りの弓でも、戦いに加わっただろう。私はウェイイの王女として生まれた。王女としてできることをすべきだと思っている」

「テレシア王女、あなたはもっと違う生き方を選ぶことができる。王女の身分があなたをがんじがらめにしている。あなたは一人の人間だ。王女という身分の前に、あなたは人間として何を望んでいるか考えたほうがいい」

パリステテスは、いつになく感情が抑えられないままテレシアに反論した。

「パリステテス、私が望んでいるのは、大切なものを守ることだ。ウェイイの街を、エトルリアを、そこの民達を、父上を、姉上を、守ることだ。私がファーレの剣士であろうとなかろうと、私は大切にしているものを守るために戦う。戦争は避けたいが……しかし戦うしかないのなら、私は剣を取る。そこに迷いはない」

テレシアは少し微笑んだ。

「私はウェイイの王女として生まれた。そしてファーレの剣士となった。そのことは変えられない。しかし、私が自分で決めて自分で動ける部分もあるはずだ。与えられた使命や義務は変えられないかもしれないが、私に許される自由の中で私は精いっぱい動き回り、自分ができることをしていくつもりだ。だから決して運命や神の犠牲になるとは思っていない。人間誰もが何らかの制約の中で生きているだろう。王女でなくとも、ファーレの剣士でなくとも、別の制約や義務を負って生きているはずだ。そうした制約や義務の中でも、それぞれが決断して行動できることはあるはずだ。自分で組み立てられる部分は必ずあるはずだ。私はそう信じている」

テレシアはパリステスに優しく言った。

「パリステス、心配してくれてありがとう。お前の心遣いは忘れない。お前が教えてくれた知識は私には新鮮で夢中になれるものばかりだった。お前のおかげで、私の世界は広がった。この戦いが終わってファーレの剣士の役割を終えたら、またお前とアルケーとやらの話をしよう。私はお前に聞きたいことが、まだまだたくさんあるのだ。海の向こうは本当に果てがなく、ずっと球状に続いているのかどうかも確かめてみたいしな」

「テレシア王女……」

パリステスは、どうあってもテレシアがファーレの剣士として戦いに行くことを止められないのだと悟った。胸の底がずしんと重くなった。

（ああ、私は、このお方を好いていたのだな……）

パリステスは、自分がテレシアを一人の女性として好きだったことに今やっと気づいた。いや、女性としてだけではない。一人の人間として好きだったのだ。

テレシアはエトルリアの王女として生まれたが、その好奇心と知性によって、神への盲目的な信仰や規律から離れようとしていると感じられたのだ。神の呪縛から解き放たれ、人間としての自由を手にしようとしていると感じられたのだ。自分と同じように、この世界を真に動かしている真理を探究しようと一歩踏み出したと感じられたのだ。

（それなのに……再びエトルリアの因習の中へ戻ってしまっているのではないか）

パリステスの横では、エミリオンがまだ憤慨して彼を睨んでいた。

（エミリオンはわかっていない。それともこれが、神意が絶対だとするエトルリア人である彼の限界なのか。テレシア王女を一番理解しているはずなのに……。エトルリアでは、人を想う心さえ神の規律に縛られるのか……）

パリステスは、エミリオンがエトルリアの神への信仰の中でしかテレシアを思いやっていないと感じ、彼に対して怒りを感じた。

馬に乗ろうとするエミリオンに、パリステスは挑むように言った。

「エミリオン、お前には、神を信じる心とテレシア王女を大切に思う心のどちらかを選択する時がくるぞ。どちらかを捨て、どちらかを選ぶ時が必ず来るぞ。その時、お前がテレシア王女を選ぶことを私は切に望む。お前がエトルリアの神から離れ、一人の人間として最も大切な存在を選ぶことを心から願う」

パリステスの真剣な口調に、エミリオンはすぐには言い返さなかった。

エミリオンの脳裏にふとラクロア王女に起こった悲劇が甦った。ファーレの剣士としてエトルリアを救ったにもかかわらず、剣を正しく使わなかったとしてエトルリアの神の罰を受け永遠に眠り続けるラクロア王女。この世で生きることも叶わず、死後の世界に旅立つこともできない。

（いや、テレシア様はラクロア様とは違う）

エミリオンは横たわるラクロア王女の姿を脳裏から追い払うように首を振った。

「パリステス。すべてお前の杞憂だ」

そう言って馬に乗り、テレシアの後を追った。

一人残されたパリステスは、二人が馬で走り去った後もしばらくその場に立っていた。テレシアに話したいことはまだまだたくさんある。テレシアに教えたい知識はまだまだある。彼女にもっと様々な知性の扉を開かせてあげたい。

（テレシア王女が無事にウェイイに戻ったら……その時は世界を見に旅をしないか申し出てみよう。エトルリア以外の場所を、ギリシャや東の国々を訪ねる旅をしてみないかお誘いしてみよう。エミリオンも付いてくるだろうが、それもいい。テレシア王女の見聞と知識を広げるために私ができることをしてさしあげたい。テレシア王女と世界の仕組みについて様々な問答を繰り広げたい。ピタゴラス先生と弟子のように、私もテレシア王女と真理の探究について論じていきたい）

一国の王女が外の世界を歩き回るなどテレシア以外なら考えられないが、普段からエトルリアの色々な都市を旅しているテレシアなら、パリステスの申し出も受け入れられるかもしれない。パリステスはテレシアが無事に帰国して、彼女にこの計画を話すことができるよう心から願った。

明日はカエレに発つため、ハミトロバルは海図を見ながら船を航行させる海路を確認していた。クマエはカエレから南にティレニア海を下ればすぐである。クマエの軍船団が向かってくるだろうから、それをどの場所で駆逐すべきか考えていた。それにウェイイの人々は信じないが、ハミトロバルはこのままシラクサが大人しくしているとは思えなかった。謀略と野心で聞こえたゲロンとヒエロンの兄弟である。クマエの救援に兵を送らないというエトルリアとの協定に調印したというが、ハミトロバルはシラクサのヒエロンが、エトルリアがクマエを攻めるのを黙って見ているとはどうしても思えなかった。

そして、シラクサが戦いに加わってくることをハミトロバルはむしろ望んでいた。クマエも憎いギリシャの植民地である。戦いで征服できるなら彼の復讐心が多少は慰められるが、何と言っても最も憎いのはシラクサである。父のハミルカルを謀略によって殺し、多くのカルタゴ兵の命を奪い、自分を奴隷の身に落としたシラクサの奴らを叩きつぶす。そうすることで初めて、ハミトロバルの心の中でずっと燃え盛っている復讐の炎は鎮まるのだ。これまでの六年間の苦痛に満ちた月日が慰められるのだ。

ハミトロバルは、カルタゴからシラクサの動きを探って戻るはずのサトリミルの帰りが待ち遠しかった。

（明日カエレの港を出立するまでにサトリミルは間に合うだろうか）

サトリミルがいない部屋はがらんとして、寒さを感じるほどであった。

（サトリミルが無事カルタゴで兵を招集できているとよいが……）

ふとサトリミルが置いていった彼のマントが目に入った。緋色のマントは目立つので今回の航海では必要ないと置いていったものだ。ハミトロバルはマントを手にとり顔を埋めた。

（サトリミルの香りがする）

サトリミルはいつも潮風の香りがした。カルタゴの街を渡る渇いた潮風の香りだ。カルタゴの街を共に歩いた時も、船の上で寒さをしのぐために寄り添った時も、ペルシアからウェイイまでの辛い旅で弱っていたハミトロバルの体を温めた時も、サトリミルは潮風の香りがした。

ハミトロバルはサトリミルのマントを胸に抱いた。

（サトリミル。無事に帰ってきてくれ。そして早く帰ってきてくれ）

「サトリミル……」

声に出して名前を呼んだ。名前を呼ぶと一層会いたさが募るようであった。

ハミトロバルに船上で使ってもらおうと、レミルシアは新たに縫った服をハミトロバルの部屋まで届けにきた。明日ハミトロバルはカエレへ旅立ってしまう。もう一度顔を見ておきたかった。もう一度彼に抱きしめてほしかった。

レミルシアがハミトロバルの部屋に来て入口から声をかけようとした時、ハミトロバルがマントに顔を埋めて肩を震わせている姿が目に入った。声をかけるのがためらわれて、ハミトロバルの様子を見ていた。

(あのマントはサトリミルが開戦の儀式の時に着ていた……)

ハミトロバルはマントに顔を埋めたまま何か呟いているようだった。

レミルシアは心臓の鼓動が速くなるのを感じた。

見てはならないもの、知ってはならないものを見たような気がした。

レミルシアの視線を感じたのか、ハミトロバルがマントから顔を上げて彼女のほうを見た。

「レミルシア？　どうしたのです？」

ハミトロバルがマントをそっと寝台の上に置いて、レミルシアのほうへ歩み寄った。

「もう夜も更けましたが。何かあったのですか？」

「何かなくては会いにきてはいけませんか？　明日あなたは遠くの海での戦いのために旅立つというのに」

レミルシアの口からそんな言葉が出た。しかし、すぐに後悔した。

「申し訳ありません。失礼なことを申しました。船の上で着るための服を縫いましたのでお持ちしました」

「それは……ありがとう、レミルシア」

ハミトロバルは服を受け取りながら、レミルシアの顔を覗き込んだ。

「戦いのことが心配なのですか？　顔色が優れないようだが。心配いりませんよ。クマエなどひとひねりです」

「ええ。エトルリア側が圧倒的に有利だと思います。でも、戦いでは何が起こるかわかりませんので。テレシアも出陣しますし、やはり気がかりです」

「そうですね。しかし、テレシア王女はファーレの剣を持っていますからね。あの剣の威力は素晴らしかった。あれほど強く光り輝くとは。まさに無敵の剣だ」

「ええ、ファーレの剣は必ずファーレの剣士を守るはずです。でも、私はあなたのことも心配です」

「私のことは心配する必要はありませんよ。カルタゴ人にとって海は自分の庭です。海戦は陸上の戦いよりも自信があります。どうぞ心を落ち着けて、勝利の報告を待っていて下さい」

「この戦いに勝利したら……この戦いから帰ってきたら、私達は婚姻を結ぶのでしょうか？」

「なぜそのようなことを聞くのです？　レミルシア、何か気になることでも？」

「ハミトロバル様、あなたは私がウェイイの王女でなくとも婚姻を結ばれますか？」

「え？　レミルシア、何を言われる。あなたは現にウェイイの王女ではないか。あなたもカルタゴの王子である私との婚姻を望んでいるのでしょう？」

「……………」

レミルシアは自分の中に渦巻いている疑問をうまく口に出せず、黙ってしまった。そんなレミルシアをあやすようにハミトロバルはその手を取った。

「さあ、レミルシア。おかしなことを考えるのはやめて。何も心配はいりませんよ。あなたは少し疲れているのでしょう。眠れば疲れが取れますよ」

ハミトロバルはレミルシアの手に接吻した。

ハミトロバルの部屋から自分の部屋へ戻る途中で、レミルシアはテレシアの部屋へ寄った。テレシアがちょうど工作場から帰ってきていた。

「姉上、どうかされましたか？」

レミルシアの体は震えていて、様子がおかしいとテレシアは気づいた。レミルシアはテレシアの顔を見ると、その瞳に涙を溢れさせて、彼女の足元に崩れ落ちてしまった。

「姉上、どうなさったのです⁉」

テレシアは慌ててレミルシアの体を支えた。

「テレシア、私は愚かだわ。それに私は恐ろしいことをしてしまったわ……私は、天啓を偽ってしまった……」

「姉上⁉」

「あの稲光の天啓……確かにエトルリアの敵は南にいると読めた……でも剣を取って船を走らせて戦えとは神はお告げにならなかった……守りを固めよと告げられた。ダルフォン神官の読みが正しいの。でも私はシラクサへの復讐を望むハミトロバル王子のために、天啓の内容を変えてしまった」

レミルシアはそう言ってテレシアの足元に泣き崩れた。

「私の偽りのせいであなたが戦いに巻き込まれてしまった……危険な海戦にあなたを追いやってしまった……私はなんてことをしてしまったの……許して、テレシア。私を許して……」

「姉上……」

テレシアはレミルシアの告げた内容に驚いたが、レミルシアに手を貸して彼女を椅子に座らせた。そして彼女の前にひざまずいてその手を握りながら言った。

「姉上、たとえ姉上が天啓の内容を変えずに伝えていたとしても、結果は同じだったと思います。クマエを征伐するという決定は、クマエの最近の所業を思えば遅かれ早かれ避けられなかったでしょう。エトルリア十二都市の総意として決定されたことです。それに私がファーレの剣士として選ばれたことは姉上のせいではありません。たとえ、ファーレの剣士として選ばれなかったとしても、クマエと戦うとなれば私はウェイイの王女として戦いに加わったでしょう。ですから、お気になさることはありません。クマエを攻めることはダルフォン神官も同意したことです。今回の戦いは、姉上が天啓の内容を変えたからではありません」

「でも、テレシア……」

テレシアはレミルシアの手を強く握った。

「姉上、ハミトロバル王子を深く愛しているのですね。その愛を大事になさって下さい」

「テレシア……私はハミトロバル王子に愛されたかった……あの方に必要とされたかった……」

「ハミトロバル王子は姉上を大切にしているではありませんか。戦いが終わったら婚姻を結ばれるのです。姉上は幸せになられるのですよ」

「テレシア……ハミトロバル様は私など望んでいないわ。それに私は幸せになる資格などないわ。天啓を偽り、あなたを戦いに追いやり……」

「姉上、そのようなことは考えないで下さい。姉上はこれまでずっとフルグラーレスとして立派に務めを果たされてきました。父上を支え、ハミトロバル王子をヒメラの戦いで失った悲しみにもじっと耐えてこられた。これからはハミトロバル王子と共に一層父上を支え、エトルリアとカルタゴの民を守っていって下さい。そして幸せになって下さい。私からのお願いです」

「テレシア……」

十歳近く年下の妹は自分の偽りを責めることもなく、励ましてくれている。そう思うとレミルシアは自分が恥ずかしかった。

自分とは母も違い、性格も好む物も違う妹。幼い頃から活動的で城の外に出ることを好んだ妹。武術と学問が大好きな妹。その妹はファーレの剣士として明日遠い戦いの地に向けて旅立つ。そうさせたのは自分かもしれないというのに。

(すべてはハミトロバル様の愛が欲しかったから……)

王女と王子の婚姻に愛情など求めるべきではなかったのかもしれない。でも、レミルシアはどうしようもないくらいハミトロバルに恋焦がれていた。ハミトロバルにも自分を愛してほしかった。ハミトロバルも自分を愛していると言ってくれた。しかし、ハミトロバルのその言葉が真実だと信じ切ることは、レミルシアにはもうできなかった。

（でも、ハミトロバル様の言葉が偽りかもしれないと、心のどこかで私は気づいていた気がする。ハミトロバル様が必要としているのはエトルリアの王女という肩書きだけだと、私は以前から気づいていたのでは……。だからこそ、私はハミトロバル様の愛が欲しかった……そのために天啓を偽ってしまった。なんて愚かなの……）

レミルシアは、自分の心の奥の闇を見てしまった気がした。

テレシアは、涙を流し続けるレミルシアに優しく話しかけた。

「姉上、もし悔いることがおありなら、これからそれを正していけばよいのです。悔いや間違いのない人間などおりましょうか。姉上が天啓を偽ったと悔いておられるのなら、その事でご自分を責めておられるのなら、次は正しい天啓を読んで下さい。そしてウェイイの、エトルリアの民を正しくお導き下さい。ハミトロバル王子と婚姻を結ばれたら、カルタゴの民も優しく見守ってあげて下さい。過ぎたことを嘆くのではなく、これからできることをお考え下さい」

「テレシア……」

テレシアはレミルシアの体をそっと抱きしめた。

「姉上は昔から私の誇りです。美しく、誇り高く、賢明な方です。一度の間違いですべてが否定されるわけではありません。それに、姉上のように心から愛する人を持つことは素晴らしいことだと思います。どうかエトルリアとカルタゴの民を正しく導いて下さい。私がカエレへ発った後、父上を支えて下さい」

（せめて姉上だけでも、心から愛する人と幸せになってほしい。王女としても、一人の女性としても……）

テレシアは心の中でそう呟きながら、レミルシアの背中を優しく撫でた。

しばらくテレシアの腕の中で涙を流していたレミルシアだったが、テレシアに慰められて涙を拭い、顔を上げた。

「ごめんなさい、テレシア。取り乱してしまったわ。そうね、父上をお支えしなくては」

「そうですよ。父上は姉上を頼りにしておられます」

レミルシアはテレシアが戦場に向かった後、自分が父であるトルティニアス王を支えていかなくてはならないと思い直した。

（ハミトロバル様のことも、二人の婚姻のことも、この戦いが終わった後に考えよう）

レミルシアは心の奥に疼いている疑問には、戦いが終わるまで触れないでおこうと決めた。

（テレシアもファーレの剣士として務めを果たそうとしている。私もウェイイの王女としての役割を果たさなければ。テレシアの言う通り、天啓を偽ってしまった私が、これからできる償いをしなくては）

レミルシアはテレシアの手を強く握り返した。


翌日、カエレの港にはカエレ、ウェイイ、タルクイニア、ポプロニア、エルバ島、そしてコルシカ島のアラリアの軍船が集結していた。港に入りきれない軍船は沖合に停泊している。五百隻を超す大船団である。ファーレの剣士を有するウェイイのタルゴス海将が大船団の指揮船に乗って、夜明けの少し前からクマエに向けて出港していくことになっていた。そして夜明けと同時にクマエを攻撃する計画だった。

エトルリアの兵達を鼓舞するために、テレシアはファーレの剣士としての正装をしていた。菫色の亜麻布の服の上に白銀の鎧を身に付け、黄金色の長い髪を一つにまとめて青銅の兜を被り、ファーレの剣を左腰に吊るしていた。ファーレの剣士としてテレシアが指揮船の船首に立つ姿は、その気高さで見る者を圧倒した。

「ラクロア様の再来だ」

「神の使いだ」

エトルリア兵達はテレシアの姿を見て感動し、ファーレの剣士と共にあれば勝利は間違いないと勢いづいた。

港に集まって軍船の船出を見守る人々も、ファーレの剣士に守られたエトルリアの勝利を疑わなかった。エトルリアの栄光の歴史がまた一つ加わる。神に愛され、神に守護されたエトルリア。神の規律が繁栄と安定をもたらしたエトルリア。誰がこのエトルリアの隆盛を妨げられるだろうか。

港に集まった人々は、これから始まる戦いがエトルリアの勝利で終わるという楽観に浸っていた。


ローマの外交官カミルスも、カエレの港に来ていた。そして海を埋め尽くしている大船団に息を呑んだ。

港に浮かぶ軍船の先頭には鋭い円錐形の金属が付いていた。衝角と呼ばれる海戦用の武器で、敵船を突き刺し撃沈する。エトルリアが海戦で得意とする戦法だ。しかも、カミルスが見たことがある衝角よりも、鋭く細長い形になっていた。

(まるで伝説の一角獣の角のようだ)

カエレの港にはエトルリアの各都市の軍船が三段櫂船という見る者を圧倒する巨大さで浮かび、沖合のほうまですべて軍船で埋まっている。その軍船のすべてにこの一角獣のような衝角が付けられているようだった。

（クマエはひとたまりもないな……。一つの目的のためにエトルリアの十二都市が結束すると、これほどの大船団を形成できるのか……陸路でも大兵力がクマエに向かっているという……）

エトルリアの十二都市は、一つの都市が攻撃されたら他の都市も団結して十二都市全体で対抗する軍事同盟を結んでいる。そして南のカンパニア地方に築いた植民地の都市も、その軍事同盟の中に入れようとしている。今回のクマエ攻撃が終われば、カンパニア地方の植民地も軍事同盟に参加し、半島の北と南を繋ぐ巨大なエトルリア軍事同盟が完成されるだろう。それほど強力な軍事同盟が築かれれば、もう誰もエトルリアに盾突こうとは思わないだろう。しかも、エトルリアはファーレの剣士を有している。カミルスは開戦の儀式の時に見たファーレの剣の威力を思い出した。エトルリアに敵対する者はすべてあの剣で倒されてしまうという。

（もし、ローマがエトルリアの繁栄を妨げる者とされれば、我々も排除されてしまうのか……）

ローマは表面上エトルリアとの友好関係を保っている。しかし、ローマがエトルリアの都市と植民地に囲まれていることも事実である。クマエのように。

(十二都市の結束が揺るぎ、ファーレの剣士がいなくならないと、エトルリアには対抗できない……)

カミルスはそう考えながらも、そのための策は思いつかなかった。あまりにもエトルリアの力が強大すぎた。

クマエの戦い

夜明けの海は美しかった。

まだ多くの星が空に輝きながらも、水平線の近くは赤く染まり始め、まもなく太陽が昇ることを告げている。戦いが始まる直前の静けさの中で、テレシアは甲板に出て濃紺から赤色へ変化していく空を眺めていた。エミリオンが後ろから声をかけた。

「テレシア様、お体は大丈夫ですか？　ずいぶん船が揺れましたが、少しはお休みになれましたか？」

「大丈夫だ、私は何ともない。昔から船酔いはしたことがないからな。それより、美しい光景だな、エミリオン。これからこの海で戦いが起きるとは思えないほどだ。パリステスによると、水平線に終わりはなくあの向こうにも海がずっと続いているそうだ。ティレニア海の向こうにも、カルタゴの向こうにも、ずっとこの海は続いているのかな」

「パリステスの言うことなど、あてにはなりません」

「ははは、パリステスの言ったことをまだ怒っているのか？　パリステスは彼なりに私のことを心配してくれたのだ」

「いえ、あいつの言うことなど気にしていません。ただ……ファーレの剣を使うことは確かにテレシア様のお体を疲れさせるかもしれないと少し心配になりましたが」

「案ずるな。ファーレの剣を掲げても、私の体には何の変化もない。私はエトルリアのためにファーレの剣士としてこの剣を振るうだけだ」

「はい。テレシア様ならば必ずファーレの剣士としての務めを立派に果たされるでしょう。ただ……」

「どうした？　エミリオン」

「いえ……」

珍しく口ごもるエミリオンを見て、テレシアは彼の心配の源に思い当たった。

「お前は私がラクロア伯母上のようになることを案じているのだな？　イシクルスからお前にラクロア伯母上がどうなったか話したと聞いた」

「はい。ラクロア様がなぜあのようなお姿になったのか、はっきりしたことはわかりませんが、エトルリアのために戦ったことは確かです。それなのに神の罰を受けたように生きることも死ぬことも奪われてしまった……。私には納得がいかないのです」

「そうだな。それは私にもよくわからない」

「神の意志は我々にはわからないものかもしれませんが……もちろん、テレシア様は誰より正しくファーレの剣をお使いになると信じておりますが」

「うん。私にもエトルリアの神の意図はわからない。なぜ私がファーレの剣士として選ばれたのかもわからない」

「それは、テレシア様がウェイイの王族の中で最もファーレの剣士にふさわしいからだと思います」

「そうかな……でも、ファーレの剣士として選ばれたからには、エトルリアのために精いっぱい使命を果たすつもりだ。もしも……もしもの話だが、エミリオン、お前に頼みたいことがある」

「何でしょう?」

「もしも私がエトルリアの神の怒りに触れ、ラクロア伯母上のように意識を失って眠り続けることになったら、私をネクロポリスの墓の中に入れないでくれ。私を船で海に送り出してほしい」

「テレシア様、何をおっしゃるのです!」

「もしもの話だ。もし私がラクロア伯母上のように永遠に目覚めぬ姿になったら、あの王墓の冷たい石棺の中に横たわっていたくない。私を船に乗せて、水平線の向こうへ送り出してくれ。私は水平線の向こうに行ってみたい。パリステスの言うように、水平線はどこまでも続いているのか、本当にこの海は球形なのか、永遠の時間をかけて確かめたい。だから船に私を乗せて、海へ送り出してほしい」

「テレシア様、そのようなことをおっしゃらないで下さい！　テレシア様にそのようなことは起こりません！　私が必ずあなたをお守りします！　共に生き抜くと約束したではありませんか！」

「エミリオン、もしもの話だ。私はもちろん生き抜くために戦う。ただ、ファーレの剣という私達の理解を超えた剣を使う限り、何が起こるかわからない。ラクロア伯母上も、自分に何が起こったのかわからなかっただろう。だから、もしもの時、私が何を望んでいるか、お前に伝えておきたかった。これは、お前にしか頼めない。他の誰にも頼めない」

「テレシア様……」

「お前には重荷を背負わせてしまうかもしれないが……私の最後のわがままだと思って聞いてくれないか」

「テレシア様、わかりました。そのような事態が起こるはずはないと思いますが。テレシア様の望みは私が必ず叶えます。ですから心置きなくファーレの剣を振るって下さい」

「ありがとう、エミリオン」

テレシアはにっこり笑って、再び暁の空と海に目を向けた。

エミリオンの心にパリステスの言葉がふいに甦った。

――エミリオン、お前には、神を信じる心とテレシア王女を大切に思う心のどちらかを選択する時がくるぞ。どちらかを捨て、どちらかを選ぶ時が必ず来るぞ。

あの時はパリステスの言葉に耳を貸さなかったエミリオンだが、ラクロアのようになりたくないというテレシアの話を聞いて、パリステスの言葉が妙に心にひっかかった。


空から星が消え、太陽が水平線を赤く染めながら顔を見せ始めた時、クマエ沖に結集したエトルリアの軍船団は一斉にクマエの港を目指して航行し始めた。先頭は軍船団の指揮を執るウェイイの海将タルゴスが乗った指揮船である。タルゴスは指揮杖を持ち船首に立っている。青銅の鎧と兜を身に着け、厳しい目で前方を見ている。タルゴスの横にはテレシアが立っていた。エミリオンはテレシアのすぐ後ろに剣を持って立っている。イシクルスも、テレシアの傍に控えていた。

次第に強くなる太陽の光がテレシアの兜と鎧を照らし、黄金色に輝かせた。テレシアは真っすぐに前を向いていた。彼女はまるで太陽から祝福されているように、眩い光に包まれていた。テレシアの神々しい姿にエトルリアの兵士達は感動し、テレシアを拝む者までいた。

ハミトロバルはタルゴスの指揮船の左横で軍船を指揮していた。海風が心地よい。ハミトロバルはカルタゴ人の血が騒ぐ気がした。カルタゴの民は海の民である。海に出ると懐かしささえ感じる。そして、これから始まるギリシャ植民地を叩く戦いを前に、ハミトロバルの緑の瞳は興奮で満ちていた。一つの気がかりはサトリミルがまだ現れないことであった。

（しかし、サトリミルのことだ。必ずカルタゴ兵を連れて船を駆って現れるに違いない）

ハミトロバルはサトリミルに全幅の信頼を置いていた。

陸地では、クマエの都市の後ろ側をぐるりとエトルリアの兵が取り囲んだ。海戦でクマエの軍船を破壊した後、港を封鎖し、陸路も封鎖されたクマエに降伏を迫る計画だった。陸上封鎖が完了した印に、クマエの背にある小高い丘の上から狼煙《のろし》が上がった。

その狼煙を見てタルゴスは指揮杖を振り上げ、全軍船に速力を上げ、クマエの港に突っ込むよう指示した。漕ぎ手達は一斉に櫂を回す速度を上げた。舳先に鋭い円錐形の衝角を付けた五百隻を超える三段櫂船がクマエへ向かって海を突き進んでいく。クマエの海はエトルリアの軍船で埋め尽くされた。

　クマエ側は迎え討とうと軍船を向かわせたが、エトルリアの軍船の衝角に突っ込まれ、瞬く間に穴から海水が流れ込み沈んでいった。衝角が鋭く船の奥深くにまで突き入れられ、一瞬で穴を開け、そして離れる。軍船の扱いになれたエトルリアの兵士達が漕ぎ手に的確に指示をして縦横無尽にクマエの海を動き回り、クマエの軍船に大穴を開けて次々と沈めていった。しかしクマエ側も為すすべもなくいたわけではない。甲板から弓を放ち、槍を投げエトルリアの軍船に対抗しようとした。まずは指揮船にいる指揮官を倒そうと、船首で海戦の指揮を執っているタルゴスに狙いを定めて大量の矢を放ってきた。

　テレシアは腰に吊るした鞘からファーレの剣を抜いて高くかざした。その途端、ファーレの剣から白い光が放たれ、テレシアの周囲を輝く光で包んだ。タルゴスを狙った矢はすべて勢いを失いぽとぽとと海上に落ちた。そしてクマエの軍船にいた兵士達は皆膝から崩れ落ちるように倒れてしまった。つい先ほどまで弓や剣を振り回していたクマエの兵士達は、今は人形のように甲板に転がっていた。

「おおっ！」

「ファーレの剣の威力だ！」

「ファーレの剣士のお力だ！」

「ファーレの剣士に栄光あれ！」

エトルリアの兵達は興奮して大声を上げた。

次々に撃沈されていくクマエの軍船からは漕ぎ手達が海に投げ出されていった。軍船の漕ぎ手は兵士の場合もあるが、傭兵であったり奴隷であったりもした。あるいは金で雇われた一般の市民であることもあった。軍船の漕ぎ手には高い報酬が払われる習わしだったのだ。

テレシアは、海に浮かぶ漕ぎ手達に向けて積んであった浮き木を投げ込むよう兵達に指示した。

「ファーレの剣の光を浴びても命を失わないのなら、彼らはエトルリアに害を為す者ではないということだ。浮き木を投げて、海上に浮かんでいられるようにしなさい」

「しかし、彼らは敵ではありませんか？」

兵士の一人が不満げにテレシアに言葉を返した。

「我らはクマエのすべての人を滅ぼそうとしているのではない。兵の戦闘能力を奪って降伏させれば十分だ。彼らはファーレの剣がエトルリアの敵ではないと判別した者達だ。命を奪う必要はない。助けてやるのだ」

テレシアは問いただしてきた兵士に諭した。そこにイシクルスが言葉を重ねた。

「ファーレの剣士のご指示であるぞ。従うのじゃ。クマエが降伏した後、クマエの人々をうまく治めていくためには余計な血は流さぬほうがよい」

威厳ある歴戦の老将軍の言葉にその兵士も納得して、積んであった浮き木を次々と海へ投げた。クマエの軍船から投げ出された漕ぎ手達は、それらの浮き木に必死に掴まった。

テレシア達が乗っている指揮船の左側ではハミトロバルが指揮を執って向かってくるクマエの軍船と戦っていたが、テレシアがファーレの剣をかざしてその光を放つと、クマエ側の兵達は次々と倒れ、あっけないほどすぐに戦いの決着がついた。ファーレの剣の光が届く所にいたすべてのクマエの兵達は命を失ったようで、甲板に倒れたまままったく動かなかった。無人のようになった軍船に衝角で穴を開け、次々と沈めていく。クマエ側の敗北はもはや明らかだった。

（ファーレの剣の前ではエトルリアの敵は生きられないのだな。なんという威力だ）

ハミトロバルは、隣の軍船の船首で光り輝くファーレの剣を掲げているテレシアのほうを見た。光が眩しくて彼女の表情はよくわからないが、真っすぐに前を見ている。

（あの娘しかあの剣を扱えないとは惜しいな）

ファーレの剣はエトルリアの神に選ばれたファーレの剣士しか使えないという。テレシアにもしものことがあればどうなるのだろう。

（テレシアではなく、レミルシアがファーレの剣士として選ばれていたら、もっと容易にシラクサへ攻勢を仕掛けられるのだが）

ハミトロバルは、許嫁のレミルシアであれば自分の意志と願望を支持してくれるだろうにと思った。テレシアはレミルシアの妹ではあるが、どうも考えが読めないところがある。

と、あちこちで兵士達の大声が上がった。

「狼煙だ！　降伏の狼煙が上がったぞ！」

「クマエの陥落だ！」

「エトルリアの勝利だ！」

クマエの海岸に青い煙が上がっている。クマエが降伏したら陸路を封鎖しているエトルリア軍が上げる手筈になっていた青色の狼煙だ。海戦の壊滅的敗北を見て、クマエは早々に降伏することにしたらしい。

狼煙を見たタルゴスは指揮杖を大きく回して、すべての軍船に停止を命令した。船首から大声でエトルリアの軍船団に呼びかける。

「皆の者、クマエは早くも降伏した。陸でクマエを周囲から封鎖しているエトルリアの軍からの知らせが上がった。もはや勝利は決まった。皆、よく戦ってくれた。エトルリアに栄光を！　ファーレ、エトルリア！」

タルゴスの呼びかけに合わせて、エトルリアの兵達はエトルリアを讃える歓喜の声を上げた。

「ファーレ、エトルリア！」

「ファーレの剣士を讃えよ！」

クマエの海を埋め尽くしたエトルリアの軍船団は、勝利に酔いしれたようにエトルリアを讃え続けた。

「テレシア様のおかげで思ったよりも早く決着がつきましたな。ファーレの剣の威力は素晴らしい。さすが神に選ばれたお方だ」

タルゴスは目を細めてテレシアを見た。テレシアはファーレの剣を鞘に収めた。

「思ったよりも短時間で勝負がついてよかった。タルゴス海将、海上に浮いている者達を拾い上げてやってくれ。捕虜として連れていこう」

「承知しました」

タルゴスは、浮き木に捕まって浮かんでいるクマエの漕ぎ手達を拾い上げて捕虜とするよう、兵達に指示した。

「テレシア様、見事な戦いぶりです」

エミリオンはテレシアを誇る気持ちで溢れそうになっていた。

（やはり、テレシア様はファーレの剣士にふさわしいお方だ。パリステスの世迷言など、まったく関係ない）

「エミリオン、倒れたクマエの兵達は皆息絶えてしまったのだろうか？」

「ファーレの剣の光を受けて倒れてからまったく動きませんので、命を失ったと思いますが」

「そうか……ファーレの剣はやはりエトルリアの敵にとっては恐ろしい剣なのだな……こんなにも多くの兵の命を奪ってしまったか……」

テレシアは少し俯いて言った。

「しかし、テレシア様がファーレの剣を振るったおかげでエトルリアの兵達は誰一人傷ついていません。それに短い時間で勝負が決しましたから、結果的にはクマエの兵の被害もわずかであったでしょう。その上、テレシア様はクマエ側であってもエトルリアの害にならない者は救おうとなさっています。テレシア様がいたからこそ、戦いの被害は最小限に抑えられたと思います」

エミリオンはテレシアを励ますように言った。開戦宣告の儀式においてファーレの剣でギリシャ側の間諜の命を奪った時、肩を震わせていたテレシアだったが、今は静かな瞳をクマエの海に向けている。落ち着いているようだ。

(そう、テレシア様がファーレの剣士だったからこそ、クマエ側の被害も最小で済んだのだ。テレシア様はファーレの剣を正しく使われたのだ)

エミリオンはテレシアが無事にファーレの剣士としての役割を果たすことができて安堵した。

イシクルスはテレシアの様子をじっと見つめていたが、タルゴスのほうを向いて尋ねた。

「これから陸のエトルリア軍がクマエ側と降伏の調印をするのですな?」

「はい。ヴォルテッラのタリス将軍が陸軍を率いておりますので、彼がクマエの領主と交渉に当たります。しかし、これだけのクマエの大敗です。エトルリア側は譲歩する必要はないでしょう。恐らく命を奪わない代わりにクマエの領主を追放し、クマエを新しいエトルリアの植民地に加えることで決着するのではないでしょうか。クマエの市民を傷つけることは避けたいと我々も思っていますので、クマエの街での戦いを避けることができたのはよかったです。降伏の調印が終われば、もう一度青い狼煙が上がります」

タルゴスの説明にイシクルスは頷いた。

やがて、クマエの海岸に二度目の青い狼煙が上がり、クマエが正式に降伏し、エトルリアに従うことに同意したことを知らせた。海上のエトルリアの兵達にもクマエの降伏が伝えられ、再び歓喜の声が沸きあがった。

しばらくしてクマエの海岸から一隻の船が出て、タルゴスの乗っている指揮船に近づいてきた。

その船にはエトルリアの陸軍を率いるヴォルテッラの将軍タリスとその護衛の兵士達、そしてクマエの重臣の一人が乗っていた。タリスが船からタルゴスに呼びかけた。

「タルゴス海将、素晴らしい指揮ぶりでした。そしてテレシア王女のファーレの剣士としての力は素晴らしい。陸の上からもクマエの海がファーレの剣の光で白く包まれるのが見えましたぞ。クマエの領主達はエトルリアの強さを思い知り、全面的に降伏すると申しております」

タリスは満面の笑みを浮かべてタルゴスとテレシアの活躍を賞賛した。

「タリス将軍、それではクマエ側はエトルリアの領土となることを承知したのですね？」

タルゴスが聞くと、タリスは大きな声で答えた。

「エトルリア海軍のあの圧倒的な強さを見て、ひれ伏さない者などおりましょうか！　クマエ側はタルゴス海将とテレシア王女を城へお迎えして、これまでエトルリアに盾突いた無礼と罪を詫びたいと言っています。そしてファーレの剣士の姿をぜひ拝みたいと、ファーレの剣士に頭を下げたいと申しております。そうだな、ユーリス殿？」

タリスは横に立っているクマエの重臣に問いかけた。

「はい。ファーレの剣士様に盾突くなど、誠に愚かなことを致しました。深くその罪を認め、ファーレの剣士様にお詫び申し上げたいとわが主が申しております。ぜひファーレの剣士様の神々しいお姿を拝ませて頂きたいと。クマエの民達もファーレの剣士様のお姿を拝することができれば、動揺も収まり、無駄な抵抗をする者も出なくなるでしょう。ぜひ、タルゴス海将と共にファーレの剣士様にもクマエの城に来て頂きたいとわが主が願っております。そして、クマエの民達にこれからはエトルリアの民となることを知らしめたいと申しております」

ユーリスは流暢なエトルリア語で、慇懃に語った。彼がエトルリア語を話せるということで降伏の使者に選ばれたのであろう。

「そういうことでお迎えに上がった次第です。タルゴス海将、テレシア王女、クマエの城までご案内致しましょう」

タリスの言葉にタルゴスは快諾の返事を返し、テレシアのほうを振り返った。

「テレシア王女、それでよろしいですよね？　ファーレの剣士としてのお姿を見れば、クマエの人々はその高貴さに圧倒されるでしょう。もちろん念のため護衛は連れていきましょう」

「わかった。私としてはこの戦いをなるべく早く終結させたい。これ以上の命を奪うことを望んでいない。ファーレの剣士としての姿を見せることで、平和裏にクマエの人々が降伏してくれるならそれに越したことはない」

「ありがとうございます。あの、失礼なことを申してすみませんが、ファーレの剣の威力をクマエの民は恐れています。あなた様がファーレの剣を抜くと、自分達が光で焼き殺されてしまうと……どうか、クマエの街中ではファーレの剣を抜かないで下さいますようお願い致します」

ユーリスの頼みにテレシアは頷いた。

「もちろんだ。私とてこれ以上クマエの人達の命を奪いたくない。ファーレの剣はこの身から離せぬが、鞘から抜かないことを約束しよう。私はクマエの街に戦いに行くわけではないのだから。一刻も早く戦いを終わらせるために行くのだから」

「あなた様の気高きお心に感謝致します」

ユーリスは深く頭を下げた。

タルゴス、テレシア、エミリオン、どうしても同行すると言い張ったイシクルス、そして五人の屈強な護衛の兵士を連れて、一行はタリス、ユーリスと共に船に乗り、クマエの街に向かった。港から城までの道は、エトルリアの兵士ですべて守られ、クマエのエトルリアへの降伏に納得しない兵が武力を行使することを警戒していた。クマエの民達はファーレの剣士見たさに、道沿いにぎっしりと詰めかけていた。ファーレの剣の恐ろしさに不安を感じつつも、その不思議さに引き寄せられるように通りに集まっていた。ユーリスは馬上から民達に呼びかけた。

「民達よ、エトルリアのファーレの剣士が城までお進みになる。道を空けるのだ。ファーレの剣士は街中ではファーレの剣を振るわないと約束された。お前達が恐れることはない」

カエレの民達の好奇に満ちた視線を浴びながら、テレシア達の一行は各自に用意された馬に乗った。


タルゴスとテレシアの一行がクマエの海岸に降り立った頃、勝利に沸き立つエトルリアの軍船団の横に一隻の船が近づいてきた。帆が半分破け、所々に矢が刺さっている。よろよろとした航路で軍船団の脇を通り、ハミトロバルが乗った軍船の左側の海に進んできた。兵達は警戒して船に向かって弓を構えた。その船を見下ろしたハミトロバルははっとして、兵達に待てと命令した。

「あれは……サトリミル！」

船の中には傷を負いながらも何とか舵を取っているサトリミルがいた。他に二人の兵士が甲板に倒れている。

「あれはカルタゴの武将サトリミルだ！　わが副官だ！　彼を救出する！　梯子を降ろせ！」

ハミトロバルは大声で叫んで、梯子を飛び下りるようにしてサトリミルが乗っている船に降りた。

「サトリミル！　どうした！　しっかりしろ！」

サトリミルの体は血だらけで、左腕はずたずたに切り裂かれていた。自由が利く右手で何とか舵を握っていた。

「ハミトロバル、すまない、カルタゴの近衛兵達を失ってしまった。シラクサを偵察中に襲われ……近衛兵達の奮戦で何とか脱出できたが、大勢の仲間を失ってしまった。彼らはどうだ？　手当てをしてやってくれ」

サトリミルは甲板に倒れている二人のカルタゴ兵のほうを見た。

「わかった。すぐに手当てする。それよりもお前だ。左腕の出血がひどい。お前こそすぐ手当てをしなくては」

ハミトロバルは自分の服の裾をちぎって、サトリミルの左腕に巻き付けた。骨まで見えている深い傷もある。すぐに出血を止めなければ命が危ない。

「ハミトロバル、私のことよりも、シラクサだ。奴らが来る。クマエの降参は罠だ。シラクサは大量の軍船でクマエへ向かっている。ヒエロンはエトルリアとの約束など守る気はない。早くエトルリア側に知らせなければ……」

「なに⁉　クマエは先ほど降伏したぞ。奴らの海軍は大敗した。もう戦える軍船など残ってはいない。ファーレの剣があっという間に大勢のクマエ兵の命を奪ったのだ。今降伏を確認するためにタルゴス海将達がクマエの城に向かっているぞ」

「それは罠だ。シラクサは油断したエトルリア軍を襲うつもりだ。奴らはシラクサの奥まった港に多数の軍船を隠していた。私が偵察した時、既に兵士達が大勢軍船に乗りこんでいた。奇妙な物を積んでいた。金属の大きな板のような……ヒエロンは何か企んでいるぞ」

そこまで言うとサトリミルは口から血を吐いて倒れ込んだ。

「サトリミル！　しっかりしろ！　まずお前を助ける」

ハミトロバルはサトリミルを抱え梯子を登り、軍船に連れていった。すぐ医者を連れてきて手当てするよう兵に命じ、船で倒れている二人のカルタゴ兵も連れてくるように言った。

そして、横の指揮船でタルゴスの留守を預かっている海将カラリオに叫んだ。

「カラリオ海将！　シラクサが来るぞ！」

勝利に酔いしれ、既に鎧を脱いで葡萄酒を兵達と飲んで騒いでいたカラリオは、ハミトロバルの声に眉をひそめた。船べりに来て、不審げに問いかけた。

「ハミトロバル王子？　何を言っているのだ？　シラクサはクマエとエトルリアの戦いには関わらないと約束している」

「シラクサの奴らに約束など意味をなさない！　わがカルタゴ兵達が命がけでシラクサを偵察して得た情報だ。間違いない！　クマエの降伏は罠だ！　すぐにタルゴス海将に知らせるのだ！　そして彼らを船に呼び戻せ！」

「何をおかしなことを……ハミトロバル王子、あなたはカルタゴの王子であり、レミルシア様の許嫁であられるが、エトルリア軍を指揮する権利はないですぞ」

「そのような悠長なことを言っている場合か！　シラクサはファーレの剣士であるテレシアを狙ってくるはずだ！　早くタルゴス海将に知らせて……」

ハミトロバルの言葉は途中で途切れた。空から大量の矢が降ってきたのだ。百本、いや数百本という矢が、新たに現れた軍船から大きく弧を描いてエトルリアの軍船に降り注いだ。カラリオは鎧を脱いでいたので、その背に矢を何本も受けて倒れてしまった。甲板でくつろいでいたエトルリア兵達にもどんどん矢が突き刺さっていく。クマエが降伏したことで勝利に浸っていた兵達は突然の矢の攻撃に慌て、叫び声を上げて逃げ惑った。

ハミトロバルはマントで体を覆って矢を防ぎながら、隣の指揮船に飛び移った。カラリオを抱え起こすが、既に事切れていた。見回すと甲板の上は矢から逃げようとする兵達で大混乱している。ハミトロバルは大声を出した。

「皆、落ち着け！　私はカルタゴの王子、ハミトロバルだ！　カラリオ海将は戦死された。これから私がこの船の指揮を執る。弓隊に盾を持たせろ。そして船尾に進め！　敵船に矢を打ち返せ！」

ハミトロバルは動揺する兵達を鎮めて指示を出した。

大量の矢を放った敵の船は、クマエ沖からこちらへ波を切るように進んでくる。シラクサ軍を示す旗が揚がっている。

「シラクサだ！」

ハミトロバルは叫んだ。サトリミルの言う通り、シラクサはクマエの戦いに介入しないというエトルリアとの約束を無視して、軍船団を送ってきたのだ。

（五十、七十……いや、百隻に近いか）

シラクサの軍船団が黒い山のようにクマエの港を目指して海を突き進んでくる。船の先頭では弓隊が次々とエトルリアの軍船に向かって矢を射ている。

（奴らはファーレの剣士がここにいないことを知っているな。やはりクマエと繋がっているな）

ハミトロバルは各部隊の指揮官に次々と抗戦の指示を出しながら、軍隊用ラッパを兵に吹かせた。ラッパの甲高い音は緊急事態が起こったことを知らせる合図だ。

「シラクサの軍船が約束を違えて攻めてきた！　しかし、まもなくタルゴス海将とファーレの剣士が船に戻られる！　ファーレの剣士が剣を抜けば、エトルリアの敵であるシラクサをすぐに倒すだろう！　皆、それまで持ちこたえよ！　衝角をシラクサの船に刺せ！撃沈するのだ！」

ハミトロバルは剣を抜いて、兵達を鼓舞した。兵達も不意打ちの矢の攻撃から立ち直り、形勢を建て直していった。クマエの街に向いていた舳先を反転し、向かってくるシラクサ軍船団に向けた。鋭い衝角を敵船に突き刺すために、シラクサ軍に向かっていった。

クマエの城へ向かっていたタルゴスとテレシアの一行は、海から甲高く響くラッパの音を聞いて馬を止めた。タルゴスとテレシアは顔を見合わせた。

「これは……タルゴス海将、このラッパは我らの船からの知らせだな」

「はい、テレシア様。これは何事でしょう……」

テレシアの決断は素早かった。馬を返し、海岸への道を駆け出した。

周囲は慌てて、テレシアがいったいどうしたのかと驚いた。エミリオンは馬を返してテレシアの後を追った。

海岸まで来たテレシアとエミリオンは、エトルリアの軍船団に向かってくる黒山のような大量の軍船を見た。

「これは……」

エミリオンは驚愕のあまり言葉を失った。

敵船からエトルリアの軍船に向けて雨のように矢が降り注いでいる。エトルリア側も対抗しようと矢を放っている。

「シラクサ軍ですな」

テレシアの後を追ってきたイシクルスが、敵船の旗印を見て言った。

「シラクサはエトルリアとの約束を破ったということか」

テレシアは驚きと共に聞いた。

「初めから、シラクサ側は約束を守るつもりなどなかったということですな。このクマエでエトルリアに決戦を挑むつもりだったようですな。謀られましたな」

イシクルスは落ち着いた口調で言って、腰から下げた鞘から剣を抜いた。

「テレシア様、クマエの奴らもシラクサの謀略に絡んでいるでしょう。降伏も見せかけでしょう。すぐ船に戻られたほうがよい。エミリオン、テレシア様を船へ！」

イシクルスの言葉を裏付けるように、海岸のあちこちから弓を構えたクマエの兵達が姿を現した。クマエの街では既にエトルリア兵とクマエ兵の戦闘が始まっているようだ。お互いを罵倒する大声と、剣と剣がぶつかる音が聞こえてくる。

「タルゴス海将はどうした⁉　タリス将軍は⁉」

「クマエの兵達と戦っているようです。テレシア様、あなたは早く船へ……」

イシクルスの言葉は途中で途切れた。彼の左腕に矢が刺さったのだ。

「イシクルス！」

痛みに思わず片膝をついたイシクルスだったが、すぐに立ち上がった。

「これしきの傷、何でもありません。それより、テレシア様はここから早く立ち去るのです」

「しかし、皆を置いていけぬ」

そう言っている間にも大量の矢が彼らに向かって降ってきた。イシクルスとエミリオンはテレシアを守りながら剣で矢を払いのけた。

テレシアは意を決し、鞘からファーレの剣を抜こうとした。

「テレシア様、いけません！」

イシクルスが強い口調でテレシアを止めた。

「なぜだ？　私がファーレの剣を掲げれば、クマエの兵達を倒せる。エトルリアの皆が助かる」

「今ここでファーレの剣を抜けば、集まっているクマエの民達も皆ファーレの剣の光を浴びます。エトルリアに敵意を持ち、占領を拒む民達もいるでしょう。その者達をファーレの剣はエトルリアの敵とみなして殺すかもしれません。あまりにも多くの人々の命を、兵士でない者の命を、その剣は奪うかもしれません。テレシア様はそれを望まないでしょう」

「しかし、私がファーレの剣を抜かなければエトルリアの皆が危ない……」

「案じなさいますな。ファーレの剣抜きでも十分クマエの兵の相手はできます。もともと、エトルリアの兵力はクマエの兵力を上回っているのです。クマエ郊外にはエトルリアの大軍隊がいます。クマエの降伏が偽りとわかれば、彼らが進軍してくるでしょう。それより クマエはシラクサが付いていると思うからこそ、エトルリアに反撃に出たのです。シラクサ軍を叩くことが肝要です。それがファーレの剣士であるテレシア様の役目です」

イシクルスはエミリオンのほうを見た。

「エミリオン、わかっておるな？　テレシア様に正しくファーレの剣をお使い頂くのだぞ」

「はい、イシクルス老将軍！」

エミリオンはイシクルスが何を言いたいのかわかった。

――テレシア様にラクロア様の二の舞を踏ませるな。

イシクルスはそう言いたいのだとエミリオンは確信した。

テレシアはなおもイシクルスを置いて立ち去ることを躊躇して、剣に手をかけたままだった。その姿を見て、イシクルスは言った。

「テレシア様、トルティニアス王は息子が欲しくて、末娘のあなたが生まれた時、男のように凛々しく育てと無理な願いをかけました。しかし、王の願いは叶いましたな。あなたは勇敢で、気高い剣士となられましたな。王はさぞ満足でしょう。さあ、行きなさい。あなたがファーレの剣を振るう場所はここではない」

その時、一艘の小舟が海岸に向かってくるのが見えた。小舟が海岸に着く前から、兵士が浅瀬に飛び降りて叫びながら走ってきた。

「テレシア様！　指揮船へお戻り下さい！　ハミトロバル王子がシラクサ軍に対抗しておりますが、カラリオ海将は戦死されました！　ファーレの剣が必要でございます！」

テレシアはイシクルスの顔を見た。イシクルスは大きく頷いて言った。

「行って下さい！　私がここでクマエの奴らを引き止めます。その間に船へ！　老いたといえども私も名をはせた武将です。クマエの腰抜けどもの相手くらいできます」

「わかった。イシクルス、死ぬなよ！」

テレシアはエミリオンと共にクマエ兵が放つ矢をかいくぐりながら、小舟に乗り海に出た。


クマエの海ではエトルリアとシラクサの激闘が繰り広げられていた。

突然のシラクサの軍船団の出現に最初は慌てたエトルリア軍であったが、ハミトロバルの的確な指示のもと態勢を立て直し反撃に出ていた。エトルリアの海軍が得意とする衝角を敵船に突っ込み素早く撃沈させる戦法で、数隻のシラクサの軍船を海に沈めた。

シラクサの指揮船と思われるひと際巨大な軍船の船首には、青銅の鎧で身を固めた大柄な男が長い剣を持ち、エトルリアの軍船を見下ろすように立っていた。不敵な笑いを浮かべて冷徹な瞳で戦いの様子を見下ろしている。

（ヒエロンだな！）

ハミトロバルはその男に見覚えがあった。ヒメラの戦いでゲロンの指揮船に同乗して戦いを指揮していた男だ。憎いシラクサの象徴のような男だ。

怒りと憎しみと復讐心で、ハミトロバルの目は吊り上がった。

(自ら出陣してきたか、ヒエロン！　どこまでも高慢な奴だ。このクマエの海をお前の墓場にしてやる)

ハミトロバルは兵達に命じて、シラクサの指揮船に衝角を突っ込むよう命じた。

しかし、ヒエロンが乗った指揮船に近づく前に数隻のシラクサの軍船が立ちはだかった。

「突っ込め！　奴らを海の底に沈めるのだ！」

ハミトロバルの号令のもと、エトルリアの軍船は敵船の腹に衝角を突き刺した。その瞬間、敵船から巨大な物体が飛んで、甲板に大きな音を立てて落ちてきた。

(何だ⁉)

ハミトロバルは甲板に食い込んだ物体を見たが、まるで錨のような鉄の塊だった。三本の爪がついており、甲板にざっくりと食い込んでいる。その錨に付いた鎖がぴんと張り、ハミトロバルが乗った軍船はシラクサの軍船にぐっと引き寄せられた。敵船の兵達が鎖を引っ張って、こちらの船を引き寄せ、二隻の軍船をぴたりとくっつけた。

ハミトロバルははっとした。これでは衝角を引き抜けない。衝角を引き抜けなければ、敵船に穴を開け海水を流し込むことができない。

（しまった！）

周囲を見ると、周りのエトルリアの軍船も同じように衝角をシラクサの軍船に突き刺したはいいが、三本爪の錨を次々に甲板に投げ入れられ敵船に引き寄せられていった。エトルリアの軍船とシラクサの軍船がぴたりとくっつくことになり、衝角で穴をあけ撃沈する戦法が使えなくなった。二つの軍船がくっつくことで、甲板の上は地上戦のように剣や矢での白兵戦となっていった。

その様子をシラクサの指揮船の船首に立ったヒエロンが、冷たい笑みを浮かべて見下ろしている。

（ヒエロンめ！）

ハミトロバルは悔しさに唇を噛んだが、白兵戦になろうともとにかくシラクサの兵達を、ヒエロンを倒すだけだ。予想外の事態に慌てる兵達を励まし、剣と矢でシラクサの兵達を倒すよう声を荒らげた。

（今こそ、ファーレの剣士が必要だというのに。テレシアはまだ戻らんのか⁉　使いの舟はクマエにたどり着けなかったのか⁉）

繋がった船の甲板の上では、地上戦が展開されているようなものであった。そこかしこで剣と剣、矢と矢、槍と槍が衝突し、エトルリアの兵とシラクサの兵が入り乱れている。

ハミトロバルも両手に剣を持って、シラクサの兵達を次々と斬り倒していた。

そのハミトロバルの背を狙ってシラクサ兵から矢が放たれた。しかし、その矢はサトリミルの剣で二つに折られ、ハミトロバルは無事だった。

「サトリミル！」

「ハミトロバル、背中ががら空きだぞ！　油断するな！」

サトリミルは傷ついた左手を布で首から吊るしながら、右手だけで剣を振るっていた。

「お前、何をしている！　大怪我を負っているくせに。傷の手当てを受けているのではなかったのか？」

「左手はだめだが、右手は使える。右手さえ動けば大丈夫だ」

「サトリミル、無茶だぞ！　お前は血を大量に失っている。戦線から離れろ！」

「馬鹿なことを言うな、ハミトロバル。やっとシラクサ軍が出てきたのだぞ。憎いシラクサを倒す機会が訪れたのだぞ。カルタゴの恨みを晴らすのは今だ！」

「サトリミル……」

「それにお前の横には私がいないとな、ハミトロバル」

そう言ってサトリミルはにやりと笑った。だが、彼の顔は既に多くの血を失って青白い。左腕には布が巻き付けてあったが、まだ出血が続いているようで新しい血が滲んでいる。

このまま動き回れば、彼はまもなく失血で動けなくなるか、最悪命を失うだろう。

(サトリミルを逃がさなくては)

ハミトロバルは周りを見渡してサトリミルを託せる兵がいないか探した。そんな彼の腕をサトリミルは掴んで言った。

「ハミトロバル、私は戦線を離脱しないぞ。カルタゴ兵士の名誉にかけて。それに、お前の復讐に、シラクサへの復讐に、私は命を懸けたのだ。お前の行く所へ私も行く。共に行く」

サトリミルはハミトロバルの目を真っすぐに見た。周りは剣を交わす音や矢が甲板に突き刺さる音で騒がしいはずなのに、その瞬間すべての音が消え去り、二人だけの空間ができたようだった。二人の視線が絡まる。

「サトリミル……」

「ハミトロバル……」

二人は互いの名前を呼んだ。それで十分だった。

二人は庇い合いながら、剣を振るってシラクサ兵を倒していった。

「さあて。そろそろ、ファーレの剣士とやらがお出ましになるかな」

ヒエロンは口元を歪め皮肉な口調で呟いた後、副官のアスランに命じた。

「合図のほら貝を吹かせろ！　兵達を大型船に移動させろ。そして銅鏡を立てるのだ！　船べりに隙間なく銅鏡を立てて防御せよと伝えよ！」

アスランは兵にヒエロンの命令を伝えた後、少し心細げに言った。

「ヒエロン様、本当に銅鏡でファーレの剣を防げるのでしょうか？」

「さあな。誰も試したことはないからな。まあ、すぐにわかる。案ずるな。メデューサを退治したペルセウスも鏡を使ったではないか。それに、ファーレの剣の光を浴びて死ぬ時は一瞬で痛みもないそうだ。死ぬとしてもあっという間さ」

「そんな……」

アスランは顔が青くなった。ヒエロンはそんなアスランの顔を見てかっかと笑った。

「アスラン、お前の情けない顔は面白いのう。いいか、ファーレの剣士を倒すのは、このヒエロンだ。エトルリアの田舎者が振りかざす迷信を打ち破るのは、誇り高きギリシャの血を受けた私なのだ」

ヒエロンは整った顔に不敵な笑みを浮かべた。

合図のほら貝が鳴らされると、シラクサの兵達は一斉に十隻ほどある大型軍船に移動していった。そして大きな銅鏡を次々と船べりに立てていった。船全体を大きな銅の鏡が取り巻き、日差しを受け鏡がきらきらと輝いた。

「なんだ、あれは⁉」

「防御壁を作ったのか……」

ハミトロバルとサトリミルは顔を見合わせた。

その時、二人の背後で大きな歓声が起こった。振り返るとテレシアがファーレの剣を高く掲げて、船から船へと飛び移りながらこちらへ向かってくる。ファーレの剣から白い光が放たれ、まだ船に残っていたシラクサの兵達は次々と倒れていった。

「ファーレの剣士だ！」

「テレシア王女だ！」

エトルリアの兵達は途端に活気づき、ファーレの剣士の登場を歓迎した。テレシアは白銀の鎧と青銅の兜を身に着け、光り輝くファーレの剣をかざし、次々とシラクサの兵達をなぎ倒していく。まさにエトルリアを守護する女神だ。テレシアは身軽に船から船へ移動しながら、ハミトロバルのほうへ近づいてきた。後ろにはエミリオンが剣を手に持ってついてくるが、彼が剣を振るうまでもなく、テレシアが進むところ敵なしであった。

ファーレの剣から放たれた光はシラクサの軍船が張り巡らした銅鏡にも当たったが、光は反射して船上のエトルリア兵達に降り注いだ。ファーレの剣の光をエトルリア兵達が浴びても倒れるようなことはなかったが、その眩しさに皆目を開けていられなかった。それに気づいたテレシアは一旦ファーレの剣を鞘に収めて、ハミトロバルの所に来た。

「ハミトロバル王子！　すまない、遅くなった。あなたの言う通り、シラクサの陰謀だったな」

テレシアは息を切らして言った。

「クマエの市街地はどうなっているのだ？　タルゴス海将はどうなされた？」

「クマエは降伏するふりをしていたのだ。シラクサと連携しているらしい。突然我々を攻撃してきた。クマエを取り囲んでいるエトルリアの陸軍がクマエと戦っている。タルゴス海将とは離れ離れになってしまった。恐らく、陸地で戦っていると思う」

「そうか。とにかくテレシア王女、無事でよかった」

ふと横を見たテレシアはサトリミルに気づいた。

「サトリミル⁉　カルタゴから戻ったのか？　しかし、ひどい怪我だ。大丈夫なのか？」

「大丈夫です。十分戦えます。シラクサを偵察していたのですが、奴らの企みをお知らせするのが遅くなってしまいました。もう少し私の戻りが早ければ……」

「そのようなことはない。シラクサとクマエは最初から我々を騙すつもりだったのだ。

我々の油断だ。しかし、ハミトロバル王子、これはいったい何だ？　鏡だな？　ファーレの剣の光を跳ね返した」

テレシアは目の前に浮かぶシラクサの大型軍船の異様さに眉をひそめた。大きな銅の鏡が幾つも軍船の周りを取り囲み、甲板が見えない。銅の鏡の城が海に浮かんでいるようだ。銅鏡の高さは人間の背の二倍はありそうだ。

「目の前の軍船にシラクサのヒエロンが乗って海戦を指揮している。奴がこの銅の鏡を考えたのだろう」

ハミトロバルが憎々しげに言った。

「この鏡の中にヒエロンがいると？」

「先ほどまでは船首に立って指揮を執っていた。この銅鏡は、ファーレの剣の光を跳ね返し、船の中の奴らは無傷なのではないか？」

ハミトロバルがそう言い終わらないうちに、シラクサの大型軍船から大量の矢が降ってきた。銅鏡を越え打ち上げた矢が弧を描いてエトルリアの軍船に落ちてくる。テレシアは急いでファーレの剣を抜いた。ファーレの剣の光を受けて、すべての矢は逸れ海の上にぽとぽとと力なく落ちていった。しかしファーレの剣の光が銅鏡に跳ね返って、ハミトロバル達は目を開けていられなかった。

「シラクサの奴らは生きていますね。あの銅鏡がファーレの剣の光を跳ね返しているからでしょうか」

エミリオンが悔しそうに言った。

「鏡がファーレの剣の光を跳ね返すのか……シラクサの奴らを倒すにはあの銅鏡を外させるか、我らがあの銅鏡を越えて中に入るかだな」

テレシアが言った。

「衝角で船に穴を開け沈めればよいのでは？　船が沈めば銅鏡も外れるでしょう」

エミリオンの提案にハミトロバルが首を振った。

「いや、それは無理だ。そなた達もここまで来る間に見ただろう。我々が衝角で奴らの船に突っ込むと三本爪の錨のような物を投げ入れ、船同士を固定してしまうのだ。我らの船は衝角を引き抜くことができず、結局敵船を沈没させられなかった。船と船を密接させ、甲板を戦場にしたのだ、奴らは。ここで衝角を刺しても、きっと三本爪の錨が落ちてくるに違いない」

「それではあの銅鏡を越えて中に入るしかないか……かなり高さがあるな……」

テレシアがシラクサの軍船を覆っている銅鏡を見上げながら言った。

「カルタゴの高地攻めの戦法を使っては？　槍の柄に縄をくりつけて投げ、銅鏡にひっかけるのです。それをよじ登って中に入る。カルタゴ兵は高地に立てこもる敵を攻撃する時、この戦法をよく使います。槍と縄は船に積んであるでしょう」

サトリミルの意見に、ハミトロバルが大きく頷いた。

「それはいい。あの銅鏡さえ越えてしまえばこちらのものだ。一枚でいい。一枚の銅鏡を外せば、もうファーレの剣の光を避けられまい」

テレシアとエミリオンも同意した。すぐ兵達に命じて槍の柄に長い縄を結んだ物をできるだけ多く作るように命じた。

「テレシア王女、シラクサの兵達はヒエロンの指示で動いている。まず指揮船のヒエロンを倒すのだ。銅鏡や三本爪の錨など、どうせヒエロンの考えたことだろう。こざかしい事を考える奴がいなくなれば、シラクサ兵などファーレの剣なしでも討ち取れる」

ハミトロバルの言葉にテレシアも頷いた。戦闘の指揮を執っているヒエロンを倒せばシラクサ兵は混乱するだろう。

「よし。私が先に行こう。銅鏡を越えたらすぐにファーレの剣を抜く。さすればヒエロンも無事ではすむまい」

テレシアの言葉にエミリオンとハミトロバルが同時に反対の声を上げた。

「テレシア様、危険すぎます！　シラクサの奴らは恐らく中で銅鏡を越えて入ってくる者を殺そうと武器を構えているはずです。テレシア様に何かあっては大変です」

「テレシア王女、エミリオンの言う通りだ。私が最初に行く。ファーレの剣の光に倒される前に、私はヒエロンにこの剣を突き刺したいのだ。あいつは父を殺したゲロンの弟だ。ヒメラの戦いでもゲロンと共にカルタゴ兵をだまし討ちにした。幾多のカルタゴ兵の仇だ。あいつは私が自分の剣で打ち倒さねば気が済まぬ。それに銅鏡を一枚外せば、ファーレの剣の光は通る。私が甲板に降りて中から一枚銅鏡を海に突き落としてやる。そなたはその後ファーレの剣を振るえばよい」

そしてサトリミルのほうを見て言った。

「サトリミル、行けるか？　片手で縄をよじ登るのは難しいか？」

「何を言う！　ハミトロバル、私なら大丈夫だ」

「よし。共にヒエロンを倒すぞ」

テレシアはハミトロバルに従い、兵達に縄付きの槍を銅鏡へ向けて投げるように命じた。十個ほど投げたうち、五個が銅鏡にひっかかった。

「よし！　行くぞ！」

ハミトロバルとサトリミルは素早く縄をよじ登り、銅鏡の上に登った。彼らを狙って多くの矢が甲板から放たれた。ハミトロバルとサトリミルは剣で矢を払いながら、甲板に飛び降りた。鎧で守られていない足や腕に矢が傷をつけたが、二人ともまったく気にしていなかった。

甲板に降り立った二人を、大柄な男が面白そうに見た。

「おや？　エトルリアにも命知らずの兵がいたのか？　ファーレの剣の陰に隠れる腰抜けどもばかりだと思っていたが」

「私はカルタゴの王子、ハミトロバルだ！　ヒエロン、父の仇！　お前をここで海に沈めてやる！」

「ほう、お前はギリシャの言葉を話せるのか？　カルタゴの王子だと？　お前はハミルカルの息子か」

「そうだ！　お前は父の仇！　そしてカルタゴの兵達の仇だ！」

ハミトロバルは剣を構え、ヒエロンに斬りかかろうとした。しかし、護衛の兵達がヒエロンを取り囲む。ヒエロンは少しも慌てず、ハミトロバルに話しかけた。

「ハミトロバルとやら、お前の父はポセイドン神に勝利を祈願しているところを殺されたのだ。油断しきっていたな。どうやら息子も同じ血を受け継いだようだな」

ヒエロンが手を挙げると、何本もの槍がハミトロバルを目指して飛んできた。長い槍を構えた一隊がヒエロンの後ろにずらりと並んでいた。ハミトロバルとサトリミルは槍を避け、剣で打ち払いながらもヒエロンに近づこうとしたが、傷を負っているサトリミルの動きはやはり常のようにはいかない。一本の槍がサトリミルの脇腹をえぐった。

「ぐっ！」

「サトリミル！」

ハミトロバルが叫ぶ。ハミトロバル自身も数本の槍を避けきれず数々の傷が腕や足についている。

「大丈夫だ、これしきの傷。それよりハミトロバル、前を見ろ！　ヒエロンを倒すのだ！　私が銅鏡を外す！　テレシア王女がファーレの剣を掲げる前にヒエロンを突き刺せ！」

ハミトロバルは甲板に刺さっていた槍を引き抜き、力いっぱいヒエロンに向かって投げた。ヒエロンは動かぬまま、その槍が自分の髪を刈って落ちるのに任せた。

「くっ！」

ハミトロバルは悔しそうに唇を噛んだ。もう一本槍を投げようと甲板から槍を引き抜いた。その間にもシラクサ兵は次々に槍を二人へ向けて投げてくる。

サトリミルは脇腹の傷を押さえ、甲板を這いながらも船べりに寄っていった。数本の矢や槍が彼の体に刺さったが、構わずに血だらけになりながらも、一枚の銅鏡の下にたどり着いた。サトリミルは荒い息をしながら、銅鏡が立つように支えている縄を剣で斬り、右足で銅鏡の一枚を思いっきり蹴った。銅鏡が海側にかしぎ、大きな音を立てて海に落ちていった。

一枚の銅鏡が落ちるのを見たテレシアは、すぐに縄付きの槍をシラクサの船に投げ入れ、銅鏡が外れた所から敵船に這い上がった。エミリオンも同様にテレシアの後を追った。

「ヒエロン！」

大声を上げてテレシアは船べりに立った。

白銀の鎧を身をまとい、太陽を背に受けたテレシアは、ファーレの剣を抜く前から光を放っているようであった。

「ファーレの剣士だ！」

シラクサの兵達は途端に動揺して甲板の後ろのほうへ逃げていった。船倉の中に逃げ込む兵や海に飛び込む兵もいた。銅鏡で守られていないなら、ファーレの剣が抜かれれば自分達はひとたまりもない。ハミトロバル達にしきりに槍を投げていた兵士達も、槍を放り出し慌てて甲板の下へ逃げ去っていった。

しかし、ヒエロンは薄笑いを浮かべたままその場に立っていた。彼を取り囲んでいる護衛の兵士達もその場に残っている。

ハミトロバルとサトリミルは傷だらけになりながらも剣を手放してはいなかったが、さすがに耐えきれず甲板に膝をついていた。サトリミルの傷は深手で、げほげほとせき込み血を吐き出した。

テレシアはハミトロバルとサトリミルを見て心配そうに尋ねた。

「二人とも大丈夫か？」

ハミトロバルは、肩で息をしながらも構うなとテレシアに身振りで伝えた。彼はサトリミルに近づき、彼の脇腹の傷に自分の服の袖をちぎって当てた。

テレシアは甲板の中央に立つ男を指さした。

「お前がヒエロンだな！　もう終わりだ！　ファーレの剣士が剣を抜けばお前の命は一瞬のうちに消え去るぞ！　お前はエトルリアとの約束を破った！　許すわけにはいかない。ファーレの剣の光を浴びたくなければ降伏しろ！　兵達に撤退するよう命じろ！」

ヒエロンはその目を細めた。

「おや、お前もギリシャの言葉を話せるのか？　野蛮なエトルリア人のくせに。エトルリアの野蛮な民との約束など、ギリシャの高貴な血を引く私にとっては守る価値などないわ！　そうか、お前がファーレの剣士とやらを名乗っているウェイイの王女テレシアか。女の身で戦場に来るとは、エトルリアにはまともに戦える男はおらんようだな」

「なにっ！」

エミリオンが剣を抜いてヒエロンへ向かおうとする。

「待て！　エミリオン！　私がファーレの剣を抜く！」

テレシアはファーレの剣を鞘から抜こうと柄に手をかけた。

「ファーレの剣士よ、お前がその剣を抜けば、私だけではなく、この子らの命も奪うことになるぞ！」

そう言ってヒエロンは自分を守っている兵士達を指さした。護衛の兵士達の顔をよく見ると、皆まだ顔が幼い。

（十二、十三歳……いや、十歳くらいの子供までいるではないか……）

テレシアは、ヒエロンの護衛達が少年と言っていい年齢であることに気づいた。

ヒエロンはにやりと口端を歪めた。

「この子らはクマエの子だ。彼らの父や兄はクマエの軍船に兵士として乗り、お前達と戦っていた。お前がそのファーレの剣を抜いて、この子らの父や兄の命を奪ったのだろう？お前はこの子らの仇だ！」

護衛兵達は目に怒りをためて、テレシアに向け剣を構えている。

「ファーレの剣を抜くか？　テレシア王女。この子らの命と共に私の命を奪うか？　それがエトルリアの神とやらが命ずることだというのなら、やってみるがいい！　その呪われた剣を振るうがいい！」

ヒエロンの言葉に、テレシアはきっと彼を見返した。

「おのれ、ヒエロン……お前は自分の身を守るために、クマエの子達をこの船に乗せたのか⁉」

「この子らはお前に復讐したいのだ！　お前はファーレの剣などという妖しい剣を使って多くの兵の命を奪った！　この子らの家族の命を奪った！　お前のその剣は呪われた剣だ！　お前の来た道を見てみろ！　数えきれないほどのクマエの、そしてシラクサの兵達を屍に変えた道だ！」

テレシアは反論しようとしたが、自分に向けられた護衛兵達の刺すような視線に言葉を失った。父の、あるいは兄の命を奪ったファーレの剣士に対する憎しみが、彼らの瞳の中に炎のように燃えていた。

テレシアはファーレの剣の柄に手をかけたまま、その場に立ちすくんでいた。

畳みかけるようにヒエロンは言った。

「エトルリアを守るファーレの剣だと？　エトルリアだけが神に愛されて、守られているだと？　笑わせるな！　エトルリア人は自分達だけが神に選ばれたと思っている愚か者達だ！　その剣には神聖さなどない！　正義もない！　エトルリアに歯向かうという理由だけで、人間の命を奪う呪われた剣だ！」
ヒエロンの言葉が、テレシアの心に突き刺さった。

戦いを望んだわけではない。剣を振るうことを願ったわけではない。たとえエトルリアに敵対する者と言えども、その命を奪いたいと思ったことはない。できれば戦いは避けたかった。だが、エトルリアの総意としてクマエと戦うことが決定した以上、ウェイイの王女でありファーレの剣士である自分は、エトルリアのために戦わなくてはならない。エトルリアの民を守らなければならない。エトルリアの神が自分に課した使命を果たさなければならない。これは、エトルリアを守るための戦いなのだ。そう、テレシアは思っていた。

しかし、自分がファーレの剣を振るった結果、クマエの子達の父や兄の命を奪ってしまった。いや、ファーレの剣の光で、もっと多くのクマエやシラクサの兵達の命を奪っただろう。そして、今ファーレの剣を抜けば、このクマエの子供達の命も一瞬で奪ってしまうだろう。兵士とも呼べないような年齢の子供達の命を。

ヒエロンだけを倒したかったが、ファーレの剣は自ら倒すべき敵を選んでしまう。テレシアに決定権がない。テレシア達に剣を向けているクマエの少年達を、ファーレの剣はエトルリアの敵とみなすに違いない。

テレシアも、剣を持って戦えば死ぬ者が出てくることはわかっていた。戦争に多少の犠牲はやむをえないと思っていた。しかし、その犠牲が、今目の前で自分を睨んでいる少年達として具体的に現れると、テレシアの心にはファーレの剣を抜くことへの揺らぎが生まれてきた。

ファーレの剣の柄に手をかけたまま黙っているテレシアに、エミリオンは叫んだ。

「テレシア様！　あいつの言うことなどを聞く必要はありません！　これは戦争です！　先に仕掛けてきたのはクマエのほうです！　我々はヒエロンを倒して、エトルリア軍を勝利に導かなくては！」

ハミトロバルもテレシアに向かって大声で言った。

「テレシア王女、ヒエロンの言うことなどたわごとだ！　あいつは自分の野心のために何十万というカルタゴの兵達を残虐に殺したのだ！　そなたにファーレの剣を抜かせまいと詭弁を弄しているだけだ！」

テレシアはぐっと両目を閉じた。そして意を決したように目を開いて、ヒエロンに向かって言った。

「ヒエロン、私はエトルリアの民を守る。エトルリアの神が命じようと命じまいと、私は王女としてエトルリアの民を守る。それが私の為すべきことだ。エトルリアのために、私はお前を倒さねばならない。私がこのファーレの剣を抜けば、お前の命は消え去ることはわかっていよう。ファーレの剣は確かにお前にとっては呪われた剣かもしれない。しかし、この剣の威力をお前もしっかりと見ただろう。この剣の光にさらされれば、お前の命は一瞬で消え去るぞ。それでよいのか⁉　クマエの子供達までお前の道連れにしてよいのか⁉　剣を捨てるのだ、ヒエロン。降伏しろ。兵を引け。クマエの子供達を、シラクサの兵達の命を散らすな。降伏するならば、私はファーレの剣を抜かずに、お前達が撤退するのを見送る。そして、エトルリアと共存するための道を探すのだ」

「テレシア王女！　何を言うか！」

ハミトロバルが抗議の声を上げた。

ヒエロンは大きな声で笑った。

「ははは！　仲間割れしている場合か？　テレシア王女とやら。剣を振るう者は、その剣が自分にも向かうことを覚悟せねばならん。私にはその覚悟ができておる。降伏せよだと？　誇り高きギリシャの勇者である私が、エトルリアなどに降伏などありえん！　このクマエの子等も同じ気持ちさ。ファーレの剣を抜きたいなら抜けばよかろう。そして、また新たな屍の山を築けばよいだろう！」

その場を去ろうとしないヒエロンと護衛兵士達は、テレシアに憎しみに満ちた目を向け続けた。

（このままでは、テレシア様が動けなくなってしまう）

ファーレの剣を抜こうとしないテレシアを心配したエミリオンは、自分がヒエロンに斬りかかろうと一歩彼へ向かって踏み出した。と、その時、ヒエロンめがけて一本の槍が飛んできた。ヒエロンのすぐ横にいた護衛兵士の一人が、ヒエロンを庇って自分の右肩にその槍を受けて倒れた。ハミトロバルが槍を投げたのだった。

「テレシア王女、何をしている！　戦いは続いているのだぞ！　早くヒエロンを倒すのだ！」

「ハミトロバル王子、護衛兵は殺すな！　まだ子供だ！」

テレシアはハミトロバルに叫んだ。

「ちっ！　甘えたことを！」

ハミトロバルは舌打ちしながら、意識を失っているサトリミルを船べりに寄りかからせ、自分は右手に剣、左手に槍を持ってヒエロンに向かって進んだ。

エミリオンもハミトロバルと並んで、ヒエロンに近づいていった。

ヒエロンを守ろうとする護衛兵士達は、少年とは思えない執念と力強さで剣を振るってきたが、エミリオンやハミトロバルの敵ではない。次々と倒されていった。

エミリオンは護衛兵達に致命傷を負わせることは避け、剣で斬りつけた後柄の部分で気を失わせていった。テレシアは甲板に落ちていた剣を拾い上げ、ヒエロンに向けた。

「ヒエロン！　お前を倒すのに、ファーレの剣は必要ない。この剣で十分だ！」

ヒエロンは慌てる様子もなく、依然として不敵な笑みを浮かべつつ、腰に下げていた鞘から剣を抜いた。

「ほう？　女の身で、私に剣で戦いを挑むというのか？　度胸だけは褒めてやろう！」

ヒエロンは目を細めて、剣を構えた。

テレシアがヒエロンに向かって剣を突き出そうと構えたその時、彼女に向かって一本の矢が放たれた。しかし、矢を受けたのはエミリオンだった。エミリオンは咄嗟にテレシアの後ろに自分の身を動かし、矢は彼の首に刺さった。

エミリオンが気を失わせたはずの護衛兵士の少年の一人が起き上がって、テレシアを狙って矢を放ったのだった。エミリオンは首を押さえて、膝から崩れ落ちた。

「エミリオン！」

テレシアが悲鳴のような声を上げた。ハミトロバルがすぐにその少年に斬りつけ、甲板に倒した。

テレシアはエミリオンを抱え起こして矢を抜き、自分の服を裂いた布を巻き付け傷口を覆った。幸い、矢は深くは刺さらなかった。しかし、巻いた布はすぐ血で真っ赤に染まった。

「エミリオン、しっかりしろ！」

エミリオンは痛みに顔をしかめたが、大丈夫だと片手を振って、かすれた声で言った。

「たいした傷ではありません。かすっただけです。剣を使うのに支障はありません」

そう言ってエミリオンは立ち上がろうとした。

「エミリオン、無理するな、出血が続いているぞ」

テレシアは、エミリオンの傷口に自分の服を裂いた布をもう一枚巻き付けてきつく縛った。とにかく止血しなくてはと思ったのだ。そして、エミリオンの頬に手を当てて、彼の目を見つめて言った。

「エミリオン、すまない。私のせいだ」

そんなテレシアに、ハミトロバルが苛立ったように言った。

「テレシア王女、あなたがファーレの剣を抜くことを躊躇したゆえに、エミリオンは傷を負ったのですぞ。我々はヒエロンを倒さねばならない。奴らと共存などできませぬぞ！エトルリアを守ることが我々の使命でしょう！」

テレシアはハミトロバルの言葉には答えないまま、エミリオンの目を見つめ続けた。テレシアの青い瞳が少し揺らめいているようだった。やがてエミリオンから離れ、無言で立ち上がった。そして、ヒエロンのほうを見た。エミリオンを傷つける事態を招いた自分自身とヒエロンに対する怒りで、体が震えていた。

「ヒエロン！　お前は許さない！」

テレシアはそう叫んで、ファーレの剣を鞘から抜いて高く掲げた。その場にいた全員が息を呑んだ。

しかし、ファーレの剣は光らなかった。白い光は放たれなかった。

そして次の瞬間、一筋の稲光が落ちた。テレシアに落ちたようでもあり、ファーレの剣に落ちたようでもあった。

テレシアは一瞬驚いたように目を開き、エミリオンを見た。エミリオンもテレシアを見た。次の瞬間、ファーレの剣が彼女の手から落ちた。そしてテレシアは甲板の上にぱったりと倒れてしまった。被っていた兜が脱げ、甲板を転がっていく。テレシアの黄金色の長い髪が放たれて、甲板に広がった。

「テレシア様！」

エミリオンは急いで立ち上がり、テレシアに駆け寄って抱き起こした。

「エミリオン……」

テレシアは一言そう言って目を閉じた。

「テレシア様⁉　どうなされた？　テレシア様！」

しかしテレシアは目を閉じたまま、何の反応もみせなかった。

(まさか⁉)

エミリオンは恐怖にかられ、テレシアを何度も強く揺さぶった。

ハミトロバルが、ファーレの剣を拾い上げてテレシアとエミリオンの元に来た。目を閉じたままのテレシアの様子に戸惑いながらエミリオンに尋ねた。

「テレシア王女はどうしたのだ？　ファーレの剣を抜いても光らなかったぞ。何が起こったのだ⁉」

「よくわかりません。しかし……テレシア様はもう戦えないでしょう。ここからテレシア様を連れ出さなくては……」

だが、それは無理そうであった。甲板中にシラクサの兵が戻ってきていた。ファーレの剣士が倒れたとなれば、もうファーレの剣を恐れる必要はない。

ヒエロンは正体をなくしたテレシアの様子を見て、大笑いした。

「ははは！　ファーレの剣士は、ファーレの剣に罰せられたか！　だから言っただろう、その剣は呪われた剣だと！」

　そう言ってヒエロンは甲板に落ちていたテレシアの兜を拾い上げ、頭上に掲げて叫んだ。

「シラクサの勇敢なる兵達よ！　復讐に燃えるクマエの兵達よ！　ファーレの剣士は倒れたぞ！　この兜を見よ！　ファーレの剣士は我らギリシャの前に倒れ伏したぞ！　兵達よ、恐れることは何もない！　エトルリアの奴らをこの海から殲滅《せんめつ》せよ！」

　恐る恐るヒエロンの乗った指揮船の様子を外から見ていたシラクサ兵達は、ヒエロンの言葉を聞いて大歓声を上げた。逆にエトルリアの兵達は、ファーレの剣士が倒されるというありえない事態に大きく動揺した。大混乱が起きて、勝手に戦線から離脱する船が出てきた。シラクサの軍船はそれらの船に一斉に攻撃を開始した。

　シラクサ側の反撃により次々とエトルリアの軍船が沈められていく様子を満足げに見て、ヒエロンはテレシア達に向き直った。姿を隠していたシラクサの兵達も甲板に戻ってきて一斉に弓と槍を構えて、魂をなくしたようなテレシアと、彼女を抱いている傷ついたエミリオン、そしてハミトロバルに狙いをつけた。

　百本にも上る矢と槍が三人を狙っていた。逃げ場がない。

（これまでか……）

ハミトロバルは最後まで戦おうと剣を構えた。船の前方に倒れているサトリミルのほうを見たが、彼はまったく動いていない。意識を失っているようであった。

エミリオンは覚悟を決めて、ファーレの剣をテレシアの腰の鞘に戻し、彼女を胸にしっかりと抱え込んだ。最後までテレシアを離さないつもりだった。


ドーン！

その時、船を大きく揺るがす音が響いた。そして甲板は左に大きく傾いたと思うと、今度は右に傾いた。そしてそのまま右にどんどん傾いていく。

「何だ⁉」

ヒエロンは柱に掴まりながら、何が起こったのかわからずに周囲を見渡した。甲板にいた兵達は皆甲板を滑って右端に寄せられていく。

「ヒエロン様！　エトルリア軍です！　衝角で大穴を開けられました！　この船はもう沈みます！　早く隣の船にお移り下さい！」

「なにっ⁉」

ヒエロンが海上を見ると、エトルリアの軍船が鋭い衝角を突き刺して大穴を開けた所から大量に海水が流れ込んでいる。

（ちっ！　ファーレの剣士に気を取られすぎたか）

ヒエロンは心の中で舌打ちしながら、兵達に命じた。

「皆この船は沈む！　隣の船へ移れ！　船が沈む前に海に飛び降りろ！　船が沈む時に起きる渦に巻き込まれるな！　ファーレの剣士はもう倒れた！　後は残りのエトルリア軍を倒すだけだ！」

シラクサの兵達は一斉に海に飛び込んだり、他の軍船に飛び移ったりした。ヒエロンはテレシアが差しているファーレの剣を奪いたかったが、甲板が右に斜めに傾いていて、思うように動けない。

「ヒエロン様！　すぐに隣の船にお移り下さい！　船が沈みます！」

副官のアスランが悲鳴のように叫んでいた。ヒエロンは渋々ファーレの剣を奪うことは諦めて、テレシアの兜だけを持って隣の船へ飛んだ。

ヒエロンの指揮船に衝角を突き刺したのはイシクルスだった。クマエの陸上戦が混乱する中、彼は軍船に戻り、エトルリア軍を建て直そうとしていた。シラクサの指揮船を攻撃しようとしていたところ、彼は一筋の稲光を見た。指揮船の甲板に真っすぐに降りたようであった。

（まさか……）

胸騒ぎを覚えながら、イシクルスは兵に命じて衝角を敵指揮船の側面に突き刺し、すぐに抜くように命じた。狙い通り、敵船の船腹に大穴が開き、大量の海水が流れ込んで、たちまち沈み始めた。右側に大きく傾きながら、轟音を立てて海の中に沈んでいく。中にいた人々が次々と海に落ちていく。

甲板ではエミリオンがテレシアを抱えながら、船が沈む前に海に飛び込もうとしていた。

「ハミトロバル王子、すぐにこの船から離れないと」

首の傷でかすれた声で、エミリオンがハミトロバルに促した。

「お前は行け！　私はサトリミルを助ける！」

「ハミトロバル王子、時間がありませんぞ」

「エミリオン、私に構わず行け！」

「しかし……」

「エミリオン、私はサトリミルを置いてはいけぬ」

「ハミトロバル王子、まだ我々の軍船は残っています。まだ戦えます。ウェイイに戻れば……」

「エミリオン、それはエトルリアの戦いだ。もはや私の戦いではない。もしお前がウェイイに帰還できたなら、レミルシアに伝えてくれ、私を忘れろとな。さあ早く行け！　お前はテレシアを助けねばならないだろう！」

　エミリオンは、ハミトロバルはもはやウェイイにも、そしてレミルシアの元にも戻るつもりはないのだと悟った。そうしている間にも船は急激に右に傾いていく。一刻を争う。エミリオンはテレシアを両腕に抱き、甲板を伝い降りて海へ飛び込んだ。


　イシクルスは海の中に落ちた人々の中にテレシアとエミリオンの姿があることに気づき。慌てて兵に二人を救出するよう命じた。甲板に拾い上げられたエミリオンはその腕にテレシアを抱えたままだった。テレシアは目をつぶったまままったく動かない。そしてエミリオンは首に大怪我を負っているようだった。首に巻いた布が血で真っ赤に染まっている。

「エミリオン、大丈夫か⁉　テレシア様は……どうなされたのだ？」

　イシクルスの問いに、エミリオンははっきりと答えることができなかった。

「私にもよくわかりません。ファーレの剣を抜いたのですが、剣は光りませんでした。その直後稲光のようなものが落ちて……テレシア様は気を失ったようでした。それからずっとこのようなお姿で……」

「では、やはり、あの稲光はファーレの剣が呼んだものだったのか……」

イシクルスは険しい表情でテレシアの様子を見ていたが、まだ戦闘は続いている。しかもエトルリア軍が敗勢である。指揮を執らなければならなかった。

エトルリアの兵達はテレシアが倒れているのを見て動揺していた。無敵のファーレの剣士がどうしたのか、なぜファーレの剣が光らなかったのか、兵達は不安げにエミリオンの腕の中で動かないテレシアを見ていた。

「ファーレの剣士が倒れた……」

「神はエトルリアを見放したのだ」

「ファーレの剣士がエトルリアを勝利に導くのではなかったのか」

兵達の動揺を振り払うように、イシクルスは声を張り上げた。

「敵船が沈むぞ！　渦に巻き込まれないよう、敵船から離れろ！　矢を構えろ！　シラクサの奴らを追え！」

老将軍の怒声に目が覚めたように兵達が動き始めた。

テレシアを抱えたままで呆然としているエミリオンにイシクルスは言った。

「エミリオン、まず首の傷の手当てをしなさい。ここにいては矢が飛んでくる。下の船室にテレシア様を運んでいきなさい」

シラクサの指揮船から兵達は皆逃げ出した。甲板にはハミトロバルとサトリミルだけだった。ハミトロバルは倒れているサトリミルの元に這っていき、彼を抱え起こした。

彼らが乗っているシラクサの指揮船はもう半分沈んでいる。まもなく全部が波の下となるだろう。恐ろしい音を立てて船のあちこちにあいた穴から海水がなだれ込んでいる。

大量に血を失ったためにサトリミルは意識を失っていたが、ハミトロバルが二人の体が離れないよう縄を巻き付けていることに気づいて目を開けた。

「ハミトロバル？　お前、なぜ……何をしている」

「お前と私の体を一つに縄で結んだ。私はもうお前から離れない。この船が海の底に沈むのなら、二人共に沈むのだ」

「何を馬鹿なことを……私は船が沈もうがどうしようが、既に命は尽きている。出血がひどい。私はもう助からない。私のことは捨て置け。お前は早くここから去れ。ヒエロンを追わなくては」

サトリミルが苦しそうな息をしながら言った。

「断る」

そう言ってハミトロバルはサトリミルの背に腕を回して支え、彼の目を見つめた。

「サトリミル。カルタゴの石畳を二人で歩いたことを覚えているか？　カルタゴの海を泳ぎ、船で海の夜明けを見に行ったことを覚えているか？　幼い頃から、お前が見るものを私も見て、私が聞くものをお前も聞いてきた。お前と私は体こそ分かれているが、一つの命だと思ってきた。同じ血を持ち、同じ心を持つと思ってきた。愛しているという言葉さえ必要ないほど、私達は一つだと」

「ハミトロバル……」

「私の復讐はお前にとっても復讐だと思ってきた。復讐を叶えるためにはどんなことでもする覚悟だった。事実、どんなことでもしてきた。レミルシアも利用した……そして、お前の命さえ私の復讐のために使ってしまった。私の復讐からお前を解放してやるべきだったのに。私はお前を離さなかった。許してくれ」

「何を言うのだ、ハミトロバル。もとより私の命はお前のものだ。それに、私がお前の傍を離れなかったのは、お前が離さなかったからではない。私が離れられないからだ。離れることなど考えられないからだ」

「サトリミル、私もお前から離れられなかった。離せなかった。お前は私のすべてだったから……」

　ハミトロバルはサトリミルの顔を支えて口づけた。強く唇を吸った。サトリミルの口からは血が溢れていたが、構わず唇を重ね続けた。初めての、そして最後の口づけだった。

真に愛する人への最初で最後の口づけだった。

「お前は血まで甘いな……」

唇を離した時、ハミトロバルはサトリミルにそう言って微笑んだ。サトリミルも微笑み返そうとしたが、痛みで顔が歪んだ。何か言おうとして口を開くが、もう声が出なかった。ハミトロバルはサトリミルの口の周りの血を手で拭いながら優しく言った。

「サトリミル、何も言わなくてよい。私はもうお前と共に行くと決めたのだ。戦況は決した。ヒエロンを倒せなかったのは残念だが、私達はもう十分に戦ったのだ。六年もの間、私とお前はずっと戦い続けてきた。もう休もう」

サトリミルの口が少し動いたが声にならなかった。しかし、ハミトロバルにはわかった。サトリミルの言葉が聞こえた。ハミトロバルはサトリミルを抱きしめてその耳元に返事をした。

「私もだ、サトリミル。お前を心から愛している」

甲板の傾きは急になり、轟音と共に大量の海水がなだれ込んできた。ハミトロバルはサトリミルを強く抱いて目を閉じた。

クマエの暗い日

イシクルスは、ファーレの剣士を失い動揺するエトルリア兵達を落ち着かせ、シラクサ軍に反撃しようと試みたが、次々と戦線を離れ脱走する軍船が後を絶たなかった。絶対的な勝利を約束するファーレの剣士が倒されたなら、この戦いは敗北だ。エトルリアの神は自分達を見捨てた。そう思い込んだエトルリアの兵達は戦うことを諦めてしまった。対照的にファーレの剣士を倒したと大声で叫ぶヒエロンに鼓舞されたシラクサ兵達は、次々とエトルリアの軍船を捕らえ、撃沈させていった。

海上でのエトルリア軍の敗退に衝撃を受け、クマエの市街地で戦っていたエトルリアの陸軍は、一斉に撤退を開始した。

タルゴスはクマエの市街地でクマエ兵達と戦っていたが、全軍撤退を命じるタリスに反論した。

「タリス将軍！　兵力は我らのほうが圧倒的に有利ですぞ！　陸軍だけでもクマエを包囲

できます！　我々は負けてはいない！　なぜ撤退するのです！」

「タルゴス海将、海上では我々の大敗だぞ！　次々と船が沈められていっているではないか！　ファーレの剣士も現れない。エトルリアの神が我々をお見捨てになられたのだ！　すぐ撤退して、陣容を建て直すのだ！　早く撤退しないとシラクサ軍が上陸してくるぞ！」

「しかし、我々の海軍はまだ戦っているのですぞ！」

「タルゴス海将、ウェイイのそなたの言うことなど聞けぬ！　ファーレの剣士はウェイイの王女だろう？　ファーレの剣士が役目を果たさなかったからこんなことになったのだぞ。ウェイイはエトルリアに対して責任を取るべきだろう！」

「なにっ⁉」

タルゴスは怒りがこみ上げたが、タリスはさっさと軍隊に撤退指示を出してしまった。エトルリア陸軍はクマエの郊外に走り去っていく。タルゴスは歯噛みしながらも、どうにもできなかった。エトルリア陸軍は複数の都市の兵の混成部隊である。陸軍の総指揮官として任じられているタリスの判断に兵達は従うが、海軍の総指揮官である自分の命令には聞く耳を持たなかった。

（なんということだ……）

タルゴスは海上に浮かぶ船から上がっている炎を見た。何隻もの船が海に沈んでいこうとしている。

（ファーレの剣はどうしたのだ？　テレシア様はどうされたのだろう？）

タルゴスは事態が掴めないながらも、襲いかかってくるクマエの兵達を防ぎながら、兵達を集め撤退の準備を始めた。


一方、イシクルスは残っている軍船を集めてシラクサに抗戦しようとしたが、タルクイニア、ポプロニア、エルバ島などの軍船は勝手に戦線を離脱し始めていた。イシクルスは仕方なくウェイイの軍船だけでもまとめてシラクサに一矢を報いようとしたが、兵達は戦闘意欲を失っていた。ファーレの剣士が倒れたことは、既に兵達に知れ渡っていた。彼らはファーレの剣が自分達をもう守ってくれないと知り、早くこの海から逃げることしか考えていなかった。

イシクルスはもはやこれまでと悟り、ウェイイの軍船をクマエの海から脱出させることにした。ひとまず近くのエトルリア植民地の港町ネアポリスまで退却し、そこで傷ついた兵達の手当てをして船団を整えることにした。ウェイイの王にこの事態を知らせる必要もある。

航行可能であった軍船を十隻ほど集めて、イシクルスはネアポリスの港へ向かった。ぼろぼろになった軍船団がネアポリスの港に入ってきた時、出迎えた民達からは悲鳴が上がった。エトルリア海軍の敗北は、残った軍船の様子を見れば明らかだった。

ネアポリスに軍船を停泊させて負傷兵達の手当てをし、食料と水を補給している間に、クマエの地上戦でもクマエ軍とシラクサ軍が勝利を収めたことが街中の人々の知るところとなった。勝利といっても、エトルリアの陸軍は大きな損害を被っておらず、海軍の大敗を見てクマエの包囲を解き、兵を撤退させたということだったのだが、エトルリアの敗北であることに変わりはない。特にこれまで無敵とされてきたエトルリア海軍が、クマエの海でシラクサを相手に大敗を喫したことで、エトルリアの地中海地域における地位は失墜した。エトルリアは、クマエの戦いが行われた日を「クマエの暗い日」として記憶していくことになる。

ネアポリスの港に泊めた船の中で、エミリオンは目を閉じたままのテレシアをじっと見守っていた。あれから一度も目を覚まさない。呼吸している様子もない。かといって死んでいるようでもない。テレシアの体はまだ温かかった。

（ラクロア様と同じことがテレシア様にも起きたのだろうか……）

エミリオンはテレシアを守れなかった自分に失望し、同時にテレシアをこのような姿にしたファーレの剣に怒りを感じていた。

イシクルスが船室に入ってきた。

「エミリオン、テレシア様は変わりないか？　お前の首の傷はどうじゃ？」

「私は大丈夫です。出血は止まりました。傷口が完全に塞がるには少し日数がかかるようですが。テレシア様がすぐに止血して下さったのがよかったようです。しかし、テレシア様は……意識が戻りません。ずっと目を閉じたままです。呼びかけても何の反応もありません」

「そうか……」

イシクルスは寝台に横たわるテレシアを見下ろした。

テレシアが意識を失う前の状況はエミリオンから聞いていた。しかし、ラクロアの場合と状況は異なるし、いったい何がテレシアをこのような状態にしたのか、イシクルスもはっきりした答えを持っているわけではなかった。エミリオンもそれは同じであった。ただ、テレシアをエトルリアの神が「ファーレの剣を正しく使わなかった」として罰を下したのであろうことは推測できた。しかし、テレシアがどうファーレの剣を正しく使わなかったのか、エミリオンにも、イシクルスにもはっきりとはわからなかった。

（テレシア様は立派に戦われていた。犠牲者をなるべく少なくしたいと努力されていた。あのクマエの少年達の命を奪わないよう、ファーレの剣を抜くのを止めた。いったい何が正しくなかったというのか……）

エミリオンは自分の疑問をイシクルスにぶつけた。

「イシクルス老将軍、テレシア様はなるべく犠牲者を少なくするよう気遣われていました。ファーレの剣を抜けばすぐに勝てる時でも抜かなかった。なるべく命を奪う者の数を減らしたいと。それは決して間違った行為ではないでしょう⁉」

「そうだな。テレシア様の御心は正しいと私も思う。だが、もしかすると、ファーレの剣を抜かなかったことをエトルリアの神はお怒りになったのかもしれぬ」

「剣を抜かなかったから？」

「ラクロア様の時は、兵士ではない少年達に向けてファーレの剣を抜いたから神の罰を受けたと思ったが。テレシア様の場合は、エトルリアの勝利を導くべき時にファーレの剣を抜かなかったことを、シラクサを倒す機会を逃してしまったことを、神はお怒りになったのかもしれん。ヒエロンを倒す絶好の機会があったのに、ファーレの剣を使わなかったと」

「そんな……」

「むろん、これは私の想像じゃが。あるいは、これは神のファーレの剣士への罰ではないのかもしれぬ。ファーレの剣を使うことの恐ろしさを、あの強力すぎる武器の力とそれが奪う命の重みを剣士が感じた時、己の振るう剣に疑念が生じた時、ファーレの剣は威力を失い、ファーレの剣士の務めは終わるのかもしれん。ラクロア様も意識を失う前、漕ぎ手の少年達の命を奪ってしまったことを知り後悔していらした。テレシア様もエトルリアのためにファーレの剣を振るったとはいえ、ファーレの剣によって命を奪われた敵側の人々の悲しみや憎しみを感じた時、もう自在にファーレの剣を振るうことはできなかったのかもしれん。それゆえにファーレの剣士としての務めが終わり、同時にファーレの剣を使う者の命も終わるのかもしれん」

「私は……私は納得できません。テレシア様はいつもエトルリアの民のことを考えていらしたのに……ご自分のお気持ちはいつも抑えていらした。いつも王女としての務めを果たそうとしていらした……」

「エミリオン、私とて納得できているわけではない。ラクロア様のこともいまだ納得などできてはおらん。ただ、ファーレの剣は恐ろしい武器だ。使いようによっては世界のすべてを滅ぼすこともできる武器だ。そのような恐ろしい武器を、神が単なる好意で人間に与えるものではないと思うのだ。必ず代償を払うことを求められるのではないだろうか」

「代償がファーレの剣士の生だとおっしゃるのですか?」

「これは私の考えだ。本当のところは誰にもわからないだろう」

そう言って、イシクルスはじっとテレシアの顔を見つめた。

（あるいは、テレシア様が憎しみによってファーレの剣を抜いたことが神の怒りを買ったのだろうか……。テレシア様はエミリオンが傷つけられた後に、ファーレの剣を抜いたと聞いた。ファーレの剣をエトルリアの民のためではなく、エミリオンの復讐として抜いたと神は考えたのだろうか……）

イシクルスは怒りをためたエミリオンの横顔を見た。

（しかし、それも私の想像でしかない。エミリオンに伝える必要はなかろう。テレシア様がなぜこうなったのか、答えを知るのはエトルリアの神のみか……。このままテレシア様もラクロア様のように永遠に眠り続けて、生と死の狭間をさ迷い続けるのであろうか……）

イシクルスは、生気に満ちたテレシアの姿が失われたことに深い悲しみを感じた。

「とにかくテレシア様をウェイイまでお連れしなくてはな」

イシクルスはそう言ってエミリオンの肩を叩いた。

「クマエの戦いはエトルリアの敗北に終わったのですね？」

エミリオンがテレシアの顔を見つめたままイシクルスに聞いた。

「ああ。海上では多くの軍船が戦線を離脱し、我々も脱出するのが精いっぱいだった。シラクサ側に拿捕された船も多い。陸上では早々に陸軍がクマエの封鎖を解いて撤退してしまった。シラクサの勝利と認めざるをえないな」

「ハミトロバル王子は船と共に沈んだのでしょうか……」

「海上から救出された兵達の中にハミトロバル王子の姿はなかった。恐らくあの船と共に沈んだのだろうな」

「そうですか……船から離れるよう言ったのですが、サトリミル殿を置いていけないと言われて……ハミトロバル王子はレミルシア様に自分のことを忘れるよう言っていました」

「そうか……ハミトロバル王子は既に死を覚悟しておられたのだろう」

「タルゴス海将は行方が知れませんか？」

「タルゴス海将はクマエの市街地で戦っていたが……その後の消息はわからない。だが、クマエで敗北を喫したとはいえ、エトルリアは終わったわけではない。これからシラクサと停戦の交渉がされるだろう。捕虜交換も行われるだろう。タルゴス海将も捕虜となっているかもしれん」

「そうですね……」

エミリオンは力なく言った。イシクルスはもう一度エミリオンの肩を叩いて、船室を出ていった。

その夜更け、エミリオンはファーレの剣を持ち、テレシアを抱きかかえて、密かに軍船を出た。そして漁のための小さな船にテレシアを横たえ、ファーレの剣をその横に置くと、船を海に押し出そうとした。

「エミリオン」

背後から声をかけられてエミリオンははっとした。振り向くとイシクルスが立っていた。

「イシクルス老将軍……」

「エミリオン。お前はテレシア様をどこへ連れていくつもりだ」

イシクルスが静かな声で聞いた。エミリオンはしばらく俯いていたが、意を決しイシクルスの顔を直視した。

「イシクルス老将軍、私はテレシア様を海の彼方へお連れします。どうか行かせて下さい。テレシア様はもし自分がラクロア様のようになったら、王墓の中に眠らせないでくれと言ったのです。海の向こうに船で流してくれと。私はテレシア様の願いを叶えるつもりです。どうか行かせて下さい」

「ファーレの剣を持ってか？」

「ファーレの剣は失われたほうがよいのです。ファーレの剣があるから、ファーレの剣士が現れる。次の周期のファーレの剣士が誰かわかりませんが、その者もきっとファーレの剣に苦しめられることになるでしょう。ファーレの剣士としてどんなに懸命に戦ったとしても、ファーレの剣によって結局はその生を奪われるでしょう。テレシア様のように……。それに、エトルリアの人々はファーレの剣に頼り切り、驕ることになる。自らの力で戦うことを放棄してしまう……。私はこの剣が憎い。イシクルス老将軍、あなたの言う通り、このファーレの剣は強大すぎる。この武器は誰にも使われるべきではないのです」

「エミリオン、お前はエトルリアの神に、エトルリアの規律に背くというのか？」

「エトルリアの神はテレシア様を守ってはくれなかった！　テレシア様はファーレの剣士としての使命を果たそうとしたのに……。テレシア様は決して間違ってはいなかった。テレシア様は正しい選択をなさったと私は確信しています。テレシア様がファーレの剣を正しく使わなかったなどと、私は決して思いません。それなのに、神はテレシア様を罰した。そんな神などもう信じることはできない！」

エミリオンは強い口調でイシクルスに言い返した。大声を出したゆえか、首の傷から再び血が出ているようだ。首に巻かれた布が赤黒くなっている。

イシクルスはエミリオンに一歩近づいた。エミリオンは腰の剣を抜いて構えた。

「イシクルス老将軍、来ないで下さい。テレシア様を連れていかせはしない。たとえ尊敬するあなたであっても……」

「落ち着け、エミリオン。お前を止めはしない」

「え……」

イシクルスの意外な言葉にエミリオンは戸惑った。イシクルスはなおもエミリオンに近づきながら言った。

「テレシア様のお顔をもう一度見させてくれ。そして髪を一束切らせてくれ。トルティニアス王に形見を差し上げたいのだ。王はテレシア様をひと際慈しんでおられたからな」

「イシクルス老将軍……」

イシクルスは船に横たえられたテレシアの顔をじっと見た。そして、彼女の黄金色の髪を小刀で少し切った後で、懐から小瓶を出してエミリオンに渡しながら言った。

「エミリオン、お前も共に行くつもりなのだな。お前の首の傷はまだ治っていないぞ。出血が続いている。この小瓶の薬をしばらく傷口に塗るとよい。傷口が化膿するのを防いでくれる」

「イシクルス老将軍……あなたは私が今夜逃走すると知っていたのですか……」

「予想はついていた。お前とテレシア様の絆を思えばな。しかし、エミリオン、苦しい旅になるかもしれんぞ。テレシア様が目を覚ますかどうか、わからぬぞ。ラクロア様は六十年経っても目覚めぬ」

エミリオンははっきりと言った。

「テレシア様のお傍にいられるなら、苦しさなど感じませぬ」

イシクルスは思いつめた表情のエミリオンを見て、静かな口調で言った。

「エミリオン。カエレへ発つ数日前のことだ。テレシア様がネクロポリスの王墓にいらしてな。自分が将来永遠の眠りにつくはずの石棺をじっと見ていらした。ラクロア様の墓守をしていた私はテレシア様の様子が気になって、どうかされたのかと話しかけた。テレシア様はこの世の生が終わった時にその石棺の中に横たわりたくないと言われた。死後の世界にも興味がないと言っておられた。この世で力いっぱい生きればそれでいいと。お前と共に」

「え?」

「エミリオンと共に色々な場所へ行き、様々な物を見たい、新しいことを学びたいと言っておられた」

「テレシア様が……」

「エミリオン、行きなさい。テレシア様もそれを望んでおられるだろう。私もラクロア様を六十年も石棺に横たえさせておくくらいなら、ラクロア様を連れて遠くへ旅立てばよかったと思っている。もうこの老体の身となってはそれは叶わぬがな」

イシクルスは優しくエミリオンの肩を叩いた。

空に上がった満月に照らされ、海の上は思ったよりも明るかった。兵に見つからないよう、エミリオンは静かに櫂を漕いで沖へと向かった。海岸ではまだイシクルスが船を見送っているようだった。

テレシアは目を閉じたまま静かに船の中に横たわっている。

水平線の向こうへ行ってみたいと言っていたテレシアの願いを叶えるために、エミリオンは櫂を漕ぎ続けた。

「テレシア様。いつまでもエミリオンがお傍におります。共に水平線の向こうに行ってみましょう。海に果てがあるのか。滝になっているのか。それとも果てがなく、ずっと球形の海が続いているのか。二人で見に行きましょう」

海岸線が見えないくらい沖に出た所で、エミリオンは櫂を置いた。

昨日、クマエであれほど激しい海戦が行われたことなど夢かと思えるほど、静かな海だった。

満月の光がテレシアの顔を照らしている。そっとテレシアの体に腕を回して上半身を起こした。彼女の顔は眠っているように穏やかだ。

(凛々しく、心優しい、私の王女よ)

昔、まだ少女だったテレシアが、自分を伴侶にしたいと言い出した夏至の夜のことを思い出した。

王女とは思えないほど活発で、好奇心に溢れていたテレシア。幼かったテレシアが笑うたびに、エミリオンは幸せな気持ちになった。父を早くに亡くし、ギリシャ人の母は王族を誘惑した奴隷として、ウェイイを追放され行方知れずになってしまった。子供の頃から独りぼっちだったエミリオンにとって、トルティニアス王に引き取られてテレシアの護衛武官を命じられた時から、テレシアが唯一の家族のようだった。仕えるべき王女であり、武術を教える教え子であり、大切な妹のように思ってきた。しかし、その気持ちは少しずつ変わっていった。そして、あの夏至の夜、テレシアから告白されたことで、妹ではなく愛おしい女性として、自分がテレシアを見ていることを自覚したのだった。

だからこそ、自分の気持ちを隠さなくてはならない。押し殺さなくてはならない。テレシアの未来を、ウェイイの王女としての輝かしい前途を、自分の愛が邪魔をしてはいけない。エミリオンはそう心に決めて、テレシアを守ることに徹してきた。あえて他の女達と付き合い、自分自身にもテレシアにも、二人の関係は王女と護衛武官であるということを示してきた。

テレシアは十五歳の夏至の夜に自分に戒められて以来、一切自分への恋心を示すような言動は取らなかった。あの夜のテレシアの言葉は、少女によくある身近な年上の男性への憧れを恋と勘違いしたものだったのだろうと、エミリオンはいつしか思うようになった。テレシアはウェイイの王女として、エトルリアや友好国の王族と婚姻を結ぶ立場である。自分への恋心など、少女の頃の淡い思い出として時の彼方に忘れていくだろう。それでいい。自分だけが、ひっそりと誰にも知られず、テレシアを思っているだけでいい。そう、エミリオンは心に決めていた。

しかし、イシクルスの話を聞いて、あの夏至の夜のテレシアの告白は、少女の頃の気の迷いではなかったのかもしれないと思った。テレシアも自分のことを唯一無二の存在と思ってくれていたのかもしれない。自分のことを愛してくれていたのかもしれない。本当は、二人はずっとお互いを愛していたのかもしれない。言葉にしないままずっと……。

エミリオンの心に切なさが溢れてきた。

もう今は二人きりだ。海の上でずっと二人きりだ。エミリオンはテレシアに告げた。

「テレシア様、愛しています。ずっとお仕えし、お守りするつもりでした。それが私の愛だと信じていました。私はあなたを守ることで私の愛を貫こうとしました。私があなたの傍にいるためにはそれしかないと思ったのです。あなたをこの腕に抱けなくてもいい。あなたに愛の言葉を告げられなくてもいい。あなたが他の男に嫁いでもいい。あなたの傍で共に歩み、あなたの笑顔を見続けていられるなら、それでいい。あなたの幸せを守ることができるのなら他に何も望まない。そう思ってきたのです」

エミリオンはテレシアの手に唇を付けた。

「愛しています、テレシア様。心から。私のすべてをかけて。あなただけを愛しております。今までも、これからも、ずっと。どうか私の言葉があなたに届きますように」

もう何も言わないテレシアに、エミリオンは初めて自分の真実を告げた。エミリオンの瞳から溢れた涙がテレシアの頬に落ちた。

そして、エミリオンはファーレの剣を海の上にかざすと、剣を海の中へ落とした。ファーレの剣は海の底へ向かって沈んでいった。

エトルリアの規律にも、エトルリアの神にも縛られることなく、エミリオン自身が選んだのだ、ファーレの剣を海に沈めることを。

エトルリアを守る剣。その剣を持つ者に無敵の力を与える。しかし、同時に恐ろしい使命を負わせる。ファーレの剣士は命を代償として差し出すことになるだろう。ファーレの剣士は二度と出現すべきではないのだ。ファーレの剣士の出現は祝福などではない。悲劇なのだ。人知を超えた武器を手にした国は驕り、周囲を恐れで支配する。支配された者達は憎しみと反感を抱く。憎悪はやがて恐ろしい連鎖となって、争いの火を広げていく。

ファーレの剣なしではエトルリアが存続できないというのなら、それでいいではないか。神の助けがなくては存続できない国だというのなら、もはやそれは人間の国ではない。人間の力で築くことのできる国を求めるべきではないか。恐ろしい罰を下す神の力に頼ることなどせずに。エトルリアの人々は、ファーレの剣を手に取るべきではないのだ。

（ファーレの剣よ。海の底がお前の居場所だ。誰にも知られず、そこで眠れ。いつか、お前を正しく使える者が現れるかもしれん。それまで眠りにつくがよい）

エミリオンはパリステスの言葉を思い出した。

――エミリオン、お前には、神を信じる心とテレシア王女を大切に思う心のどちらかを選択する時がくるぞ。どちらかを捨て、どちらかを選ぶ時が必ず来るぞ。その時、お前がテレシア王女を選ぶことを私は切に望む。お前がエトルリアの神から離れ、一人の人間として最も大切な存在を選ぶことを心から願う。

（パリステス、お前の言葉の意味が少しわかった気がする……。私はエトルリアの神と決別し、テレシア様を選んだ。しかし、それが少し遅かったようだ……）

海はどこまでも続いている。水平線の向こうにたどり着く日は来るのだろうか。テレシアと共にその日を迎えられるだろうか。エミリオンは、更に沖へ向かうために再び櫂を漕いだ。

それぞれの道

クマエの戦いでエトルリア軍の敗北が決定的になった日の夜、ウェイイの街に激しい稲光が幾つも落ちた。ウェイイの街を何回も青白く照らした。

ウェイイの王城にいた人々はまた天啓が下されたのではないか、クマエの戦いについての知らせではないのかとどよめいた。

レミルシアも自分の部屋の窓から、幾重にもウェイイの街に落ちていく稲光を見つめた。しかし、彼女には何の天啓も読めなかった。稲光を見ると心に浮かんでくるはずの神の言葉は何も現れなかった。

(天啓が読めない⁉)

レミルシアは再び落ち続ける稲光を見つめてみたが、やはり何の言葉も浮かんでこなかった。

(天啓を読むフルグラーレスとしての能力を失った⁉)

レミルシアは呆然として窓から身を離し、よろよろと椅子に腰を掛けた。

（これは……天啓を偽った私を神が罰したのか……）

ハミトロバルのために天啓の一部を偽ってしまった自分を神は許さなかったのだ。レミルシアはそう思った。

（これではフルグラーレスとしてもう役に立たない……ダルフォン神官が天啓を読んだか確認しなくては……）

天啓は読めないにしても、激しい稲光がエトルリアに何かを告げているとレミルシアは感じていた。


その頃、占術の間ではダルフォンが羊の肝臓を調べて稲光の天啓を読み取っていた。しかし、その内容のあまりの恐ろしさに動揺し、すぐにトルティニアス王に告げる気にならなかった。ただでさえ最近のトルティニアス王はめっきり衰え、一日中床についていることが多かった。

（由々しき事態じゃ。私の読みが正しければ、ウェイイは危機じゃ）

そこにレミルシアが駆けつけてきた。

「ダルフォン神官！　稲光に天啓を読まれましたか？」

「おお、レミルシア王女。あなたも天啓を読まれましたか？」

「いえ……私は天啓を読むことができませんでした……ダルフォン神官なら読むことができたのではないかと思いまして」

「何ですと？　天啓を読むことができなかった？」

ダルフォンは不審げに眉を寄せた。

「はい……ダルフォン神官、どうやら私はフルグラーレスとしての能力を失ったようなのです……でも、今は私のことよりも、天啓の内容は何ですか？　ウェイイの運命に関わることではありませんでしたか？　クマエの戦いについてではありませんでしたか？」

「レミルシア王女……この天啓は由々しき事態を告げております。クマエの海にエトルリアの輝きが沈んでしまったと……クマエの戦いでエトルリアが負けたことを示しているのではないかと……おお、何と恐ろしいことじゃ！」

「エトルリアが敗北したと⁉　それは間違いないのですか⁉」

「私にはそう読めました。しかし、事はあまりにも重大。王に相談しませんと。他のハルスピキニ達にも確かめませんと……。しかし、レミルシア王女、あなたが天啓を読めないとはどういうことですか⁉　何が起こったのです？」

レミルシアはダルフォンの問いには答えず、呆然と宙を見つめていた。

そこにクマエのエトルリア軍から急使が来て、病に倒れたトルティニアス王の代理を務めている王の弟ヤルケニウスが呼んでいると侍従が告げにきた。レミルシアとダルフォンは動揺したまま、謁見の間に駆けつけた。そして急使からエトルリア軍の敗北を告げられたのだった。海軍は大敗、陸軍はクマエの包囲を解き撤退中であること、ファーレの剣士は海戦の途中で倒れ行方が知れないこと。どれもがレミルシアはじめ謁見の間に集まった人々には、衝撃としかいいようがない内容であった。

「テレシアが倒れたということですか？　テレシアが行方知れずだと？」

レミルシアは信じられないと急使を問い詰めるように言った。

急使は申し訳なさそうにその通りだと返事をした。

「あの、ハミトロバル様は？　カルタゴのハミトロバル王子はどうされたのです？」

「ハミトロバル様も海戦の混乱の中で行方が知れません。恐らく船と運命を共にしたかと……」

「何ですって⁉」

レミルシアはあまりの衝撃の連続にその場に倒れてしまった。

それからの数日はレミルシアにとって悪夢のようであった。いや、ウェイイにとって、エトルリアにとっても悪夢のような日々であったといえる。

クマエでの敗戦が伝えられた後、イシクルスが残った軍船と兵達を集めて何とかカエレまで帰り着いた。ウェイイを含む、多くのエトルリアの都市の兵達が命を失い、シラクサやクマエに捕虜として捕らえられた者も多かった。タルゴスもクマエ側に捕虜として捕らえられていた。

カエレからウェイイに戻ったイシクルスからクマエの戦いがエトルリアの敗北に終わった経緯を聞いて、ウェイイの王族や重臣達は信じられない思いだった。加えて、ファーレの剣士であるテレシアも、ファーレの剣も行方が知れないとイシクルスから伝えられ、彼らは言葉を失った。すべてがエトルリアの失墜を示していた。エトルリアへの神の加護がなくなったと嘆く者もいた。

クマエの戦いから七日後、トルティニアス王が亡くなった。しばらく前から病の床についていたトルティニアス王であったが、クマエの敗戦の報に弱った心臓は耐えられなかったのだろう。亡くなる前に、イシクルスと二人きりでしばらく話していたが、イシクルスが退去した後まもなく、心臓が止まったようであった。トルティニアス王の葬儀が行われ、ネクロポリスの王墓の中の石棺にその体は納められた。

トルティニアス王の逝去を受けて、弟のヤルケニウスが王の座を継いだ。フルグラーレスとしての能力を失ったレミルシアが王の座に就くことはありえなかった。消去法的にヤルケニウスが王座を継いだのだった。それにダルフォンが、ヤルケニウスが王の座に就く天啓を読んだと宣言した。レミルシアはそのような天啓があったことを疑ったが、フルグラーレスでなくなったレミルシアには、ダルフォンの天啓の読みが真実なのかどうかを判断することはできなかった。

(ヤルケニウス叔父上が王座を継ぐなら、もっと早く天啓が現れていたはずだが……。ヤルケニウス叔父上が王の器でないことは王族や重臣は皆知っていること)

ヤルケニウスはエトルリアの規律を守ることに熱心で、エトルリアの神を敬う心は強かったが、すべてを規律まかせにして、自ら決断するということはなかった。神の天啓に従っていればよいと信じ、自分から行動を起こすことは皆無であった。現実的にはウェイイの執政はダルフォンと重臣達が動かしていくようになっていった。レミルシアはダルフォンの天啓の読みに疑念を拭えなかったが、そもそもクマエの戦いの前にハミトロバルのために天啓を一部偽ってしまった自分には、ダルフォンに何も言う権利はないのだと思った。

(ウェイイを取り巻く状況は難問ばかりだというのに。叔父上は大丈夫なのだろうか)

レミルシアが懸念する通り、ウェイイはエトルリアの他都市から、クマエの敗戦の責任を追及されて困難な立場に追い込まれていた。その頃には、ファーレの剣が失われたことはエトルリアの他の王達にも知れ渡っており、エトルリアを守護する剣が失われた責任はウェイイにあると糾弾する王が多かった。ファーレの剣士がファーレの剣を正しく使わなかったから戦いに負けたと言い出す者もいた。ウェイイはエトルリアの中で孤立を深めていった。

一方、シラクサとエトルリアとの停戦交渉は、エトルリアから莫大な鉄鉱石と金銀をシラクサ側に納めることで決着し、捕虜も各都市に返されたが、結局クマエはギリシャの植民地のままとなった。クマエはエトルリアの船がクマエより南に通過することを妨げ、エトルリアは半島の南、カンパニア地方に自由に航海することが難しくなった。

エトルリアと対照的に、シラクサの勢いは増し領土を拡大していった。エトルリアの南下を阻止しギリシャの領土を守った英雄として、ギリシャ中にヒエロンの名が轟いた。ギリシャの詩人ピンダロスはクマエでのシラクサ軍の勝利を、ギリシャ人がサラミスの戦いでペルシアを打ち破った勝利に匹敵すると礼賛している。

ヒエロンはクマエの戦いで手にいれたテレシアが被っていた青銅の兜にギリシャの勝利を寿ぐ言葉を刻み込み、オリンポス神殿に奉納した。全ギリシャが、ヒエロンの功績を讃えた。シチリア島のすべてのギリシャ植民地がヒエロンの傘下となり、ティレニア海の南はシラクサが支配する海となった。

加えて、クマエはヒエロンの功績に対しイスキア島を贈った。イスキア島はポンペイやソレントなどのカンパニア地方のエトルリアの植民地に近く、これらの都市はイスキア島にヒエロンが置いたシラクサ軍によって常に監視されることになった。船の出入りも自由にできなくなり、エトルリアの他の都市との航路を断たれてしまった。

エトルリアの海上貿易は先細りになり、貿易による富も激減していった。富が衰退すれば、政治力も軍事力も衰退していく。あれほど栄華を誇ったエトルリアも斜陽の時を迎えたようであった。

しかし、カンパニア地方の植民地を失ったとしても、エトルリアが滅びたわけではない。半島の北部の十二の都市は健在であり、ティレニア海の航路はシラクサに封鎖されたとしても陸路で貿易を行うことはできた。ただ、船を使わなければ鉄鉱石のような重い物を運ぶことは困難で、エトルリアの貿易量とそれによる富が減少していくことを止めることはできなかった。「クマエの暗い日」を境に、エトルリアは転落の道をたどっていくことになった。

イシクルスはクマエの戦いから一年後に永眠した。

彼のたっての願いと生前の功績に報いて、彼の棺はネクロポリスの王墓にあるラクロアの石棺の隣に置かれた。クマエから帰還した後は、もう表舞台に出ることはせず、再び王墓でラクロアの墓守として引きこもっていた。

一度だけ彼が、トルティニアス王の後を継いだヤルケニウスに意見を述べたことがあった。ファーレの剣が失われたことを嘆き続けているヤルケニウスに、イシクルスは言った。

「ファーレの剣がなくとも、ファーレの剣士が出現しなくとも、エトルリアは十分に戦えます。クマエではシラクサに敗れましたが、エトルリアには十分な数の軍船も、多くの兵士も健在です。ファーレの剣に頼らず、外交と防衛策でウェイイを、エトルリアを守ることは十分できます。どうぞ重臣達を集め、兵力の増強と領土の防衛策をご検討下さい。そして優秀な外交官をもってエトルリアの他都市との関係を修復し、エトルリア十二都市の結束を固めるべきです」

「しかし、イシクルス、エトルリアの他の王達はウェイイを責めてばかりいるのだぞ。ファーレの剣が失われたのはウェイイの責任だと言うのだぞ。私はファーレの剣をもう一度我らに与えて下さるよう、神への祈りをもっと盛大にすべきだと思う。ダルフォン神官ももっとハルスピキニ達の意見を聞き、神を敬うために神殿を大きく豪華にすべきだと言っている。エトルリアの神に機嫌を直してもらうのだ。それにシラクサとの和平はうまくまとまり、最近は奴らも大人しいではないか」

ヤルケニウスは飽食と深酒で丸々と太った体を左右に揺らしながら、イシクルスを宥めるように言った。ヤルケニウスが最近ダルフォンの言いなりになっているという噂を聞いていたが、その噂は真実のようだとイシクルスは思った。

「ヤルケニウス王よ。敵はシラクサだけではありませぬぞ。最近ローマがウェイイの国境を侵していることをご存じではないのですか？　ローマとの国境沿いの守備を強化すべきですぞ。それにウェイイと武力衝突になれば他のエトルリア都市もウェイイに加勢すると、ローマにははっきり示すべきですぞ。エトルリアの十二都市の軍事同盟は健在であると示さなければいけません。それが、小さな諍いが大きな戦いに発展することを防ぐ抑止力になります。他のエトルリア都市との連携を修復しなければなりません」

「ああ、ローマのことなら心配ないぞ。レミルシアをローマのカミルスに嫁がせることにした。カミルスが強く望んでいるのだ。これでウェイイとローマの間にレミルシアという架け橋ができるわけじゃ。カミルスは、ローマは喜んでウェイイと休戦条約を結び、国境沿いの衝突はなくなると言っていた」

「レミルシア様を？　レミルシア様は承知なさったのですか？」

「むろんだ。私とて姪を無理やりローマに売り渡すような真似はしないぞ。それにレミルシアはハミトロバルとの婚姻を二度にわたって叶えられず、不吉だと噂されている。おまけにフルグラーレスとしての能力を失い、天啓を読めなくなったことはお前も知っているだろう。レミルシアがエトルリアの神から罰せられたという者もいる。このままではレミルシアは一生誰にも嫁ぐこともできず、城の中で朽ちていくことになる。それよりはカミルスに嫁いでローマで暮らしたほうが彼女にとっても幸せだろう。ハミトロバルは死んだことだし」

「しかし、カミルスは一介の外交官では？」

「イシクルス、カミルスの家はローマでは名門貴族だそうだ。それにこの婚姻はダルフォン神官が天啓でも祝福されたと言ったのだ」

「ダルフォン神官が……」

　イシクルスはダルフォンの王に及ぼす力が強くなりすぎていると感じた。

　イシクルスはやりきれない思いを抱えながら、ヤルケニウスの前を下がった。

（あまりにもファーレの剣に、天啓に頼りすぎている……）

エトルリアの規律を敬い、神を崇拝することにイシクルスとて反対するつもりはない。しかし、神の思惑ばかり伺っていても現実の軍事や政治は進まない。

(ヤルケニウス王が本当にウェイイの王としてふさわしいのだろうか……)

イシクルスはため息をついた。

(テレシア様がいらっしゃればトルティニアス王の後を継いだだろうに……)

しかし、それは叶わぬ願いだった。

ネアポリスの海岸で別れた後、エミリオンとテレシアの行方はまったく知れない。それでよいとイシクルスは思っていた。テレシアはもう十分にファーレの剣士としての務めを果たしたのだ。テレシアの生を奪った、そしてラクロアの生をも奪ったファーレの剣は、永遠に失われたままでいい。イシクルスはエミリオンが船で去るのを見送った夜を悔いてはいなかった。

ただ、ファーレの剣がなくなれば、自分達の努力で国を守ろうとする動きが強まると考えていた彼の思惑とは別の方向に、ウェイイが向き始めていることに不安を感じていた。

(しかし、もう私のこの世での時間は尽きかけている……私が心配しても仕方ないことなのかもしれぬ……)

イシクルスはレミルシアのことを思った。クマエの戦いの後、レミルシアの気持ちの整理がつくように願って、エミリオンから聞いたハミトロバルの最後の言葉をレミルシアに伝えた。ハミトロバルは勇敢に戦ったが武運尽き、サトリミルを助けようとして敵船と共に沈んだと、そしてレミルシアに自分を忘れるよう言い残したと伝えた。再び、レミルシアが帰らぬハミトロバルを何年も待ち続けることは悲劇だと思ったのだ。

レミルシアは氷のような無表情で、イシクルスの話を聞いていた。イシクルスが話し終わっても、彼女はじっと宙を見つめて硬い表情をしていた。ただ一言、

「神の罰です……」

と呟いた。

レミルシアの心の中を知ることはできないが、愛する者を失いすぎて感情が麻痺してしまったのだろうとイシクルスは推測した。許嫁のハミトロバルを失い、妹のテレシアを失い、父のトルティニアス王も失い、そしてフルグラーレスとしての能力も失ってしまった。レミルシアは喪失感の中に埋もれてしまったのであろうと、イシクルスは彼女が哀れであった。

そのレミルシアがローマの外交官カミルスと婚姻を結ぶとは意外であったが、ヤルケニウスの言う通り、このままウェイイの城の中に閉じこもって朽ちていくよりも、ローマに行って暮らしたほうが彼女のためにはよいかもしれない。確かにウェイイとローマの間で

休戦条約が結ばれれば、ウェイイにとって喜ばしいことだ。

（しかし、それもいつまで持つか……）

イシクルスは暗鬱な気持ちで城を去った。


ローマの外交官カミルスは、クマエの戦いでエトルリアが大敗したと聞き驚愕した。シラクサがクマエを救援するために大軍船団を送り、ヒエロンが自ら戦いの指揮を執って大勝利を収めたという信じられない知らせが届き、ウェイイの街は悲嘆と失望に襲われた。

エトルリアは十二都市が連携して海軍も陸軍も大兵力をクマエに送り、クマエの降伏は時間の問題だと思われた。エトルリアとの協定を破り急に海戦に参加したシラクサ軍の働きが大きいとはいえ、それだけでこれほどの大敗となるものだろうか。しかも、エトルリア側はファーレの剣という絶対的な武器を擁していた。ファーレの剣士がファーレの剣を抜けば、エトルリアのすべての敵はたちどころに命を奪われてしまうのではなかったのか。

カミルスはいったい何がクマエで起こったのか詳しい情報を懸命に収集した。そして自分の分析も加えて、羊皮の巻き物に詳しく書き秘密裡にローマの元老院へ送った。

カミルスの見るところ、クマエの戦いでエトルリアが大敗を喫した理由は四つあった。

第一にシラクサ軍が急にクマエの海に現れ、エトルリアが最も得意とする衝角を使った戦法を封じたことである。敵船に衝角を突き入れ素早く抜き、大穴を開けて撃沈させるというエトルリアの戦法を、シラクサ側は三本爪の錨のような物をエトルリア船に投げ入れて船と船を固定し、衝角を引き抜けないようにしてしまったということだった。対エトルリアの戦法として、シラクサ側は三本爪の錨をあらかじめ考案して製造していたらしい。

第二に、エトルリアの十二都市間の連携がうまくいっていなかったことである。海軍も陸軍もウェイイを始め十二都市の兵の混成部隊であった。指揮官は海軍がウェイイの海将、陸軍がヴォルテッラの陸将が任命されていたが、陸軍と海軍の連携もうまくいっていなかった。海軍は確かに大敗したが、陸軍は多くの兵力が無傷のままだったのに、海軍の敗北に慌て、クマエの封鎖を解いて早々に撤退してしまった。作戦計画がずさんで、指揮系統が混乱していた。

第三にファーレの剣士が倒れたことである。海戦の当初はファーレの剣士であるテレシア王女がファーレの剣を抜き、その光の前にクマエの兵達は一瞬で命を奪われればたばたと倒れていったということだった。しかしその後クマエの策略に騙され、クマエの陸地に上がった所で兵の衝突が起きたらしい。なぜかテレシア王女はクマエの陸地ではファーレの剣を抜かなかった。突然現れたシラクサ海軍に対するためテレシア王女は軍船に戻り再びファーレの剣を抜いて戦い、ヒエロンの軍船に迫る勢いであったという。しかし、ヒエロンは銅鏡を船に張り巡らしてファーレの剣の光を防いだということだった。ただテレシア王女はそれでもヒエロンの乗る軍船に飛び乗り戦ったが、一筋の稲光がファーレの剣士に落ちてファーレの剣は光を失ったということだった。その後テレシア王女もファーレの剣も行方が知れないということであった。

第四に、エトルリアの人々のファーレの剣への過剰なまでの信仰である。ファーレの剣が失われても、陸・海ともに、エトルリア軍に十分勝機があったと思われる。しかし、ファーレの剣士が倒れたことにより、エトルリア兵達は動揺し、戦いがエトルリアの敗北に終わると思い込んでしまったようである。軍としての戦闘能力は十分残っていたのに、兵達の気力はファーレの剣士が倒れたことで一挙に失われてしまった。

カミルスはクマエの戦いにおけるエトルリア敗北の理由を書き記した後、今後のエトルリアとの外交戦略について自分の提言も書き加えた。

ファーレの剣が失われ、ファーレの剣士がもう出現することがないならば、得体の知れない武器によってエトルリアから攻撃されるという脅威は消えたことになる。これはローマにとって有利である。クマエもエトルリアの植民地と化していたら、そしてファーレの剣が威力を発揮し続けていたら、ローマを含む半島南部の都市までエトルリアの勢力下に置かれることになったであろう。エトルリアの今回の敗北はローマにとって幸運である。

　また、今回の敗北で仲間割れが起きているらしいエトルリアの十二都市の離間を画策するべきである。ローマと国境を接しているウェイイをエトルリアの中で孤立させ、十二都市の軍事同盟にひびを入れる機会が到来したとみるべきである。トルティニアス王の跡を継いだヤルケニウス王の統治能力は低いと思われる。ヤルケニウス王を政治から遠ざけ、重臣達の中でローマの味方に付けられる者を探し、ローマの思惑通りに動かせるよう仕組むべきである。神官の長官であるダルフォンを賄賂でローマ側に引き入れ、ウェイイの弱体化を図ることが得策だ。

　ただし、ウェイイの国力が弱まり、他のエトルリアの都市との関係が十分こじれるまでは、ウェイイとは表向き平和を保ったほうがよい。ウェイイのレミルシア王女をローマ側につけるべく、自分とレミルシア王女との婚姻を許してほしい。

　一方、エトルリアを破ったギリシャの植民地シラクサのヒエロンは野心家であり、戦術家でもあることが今回のクマエの戦いで証明された。今後地中海地域でヒエロン及びギリシャの動きには注意すべきである。ローマにとって、エトルリアよりも大きい脅威になるかもしれない。シラクサに外交官と間諜を送り込むべきである。

そしてクマエの戦いではっきりしたもう一つの点は、戦闘においては軍隊の結束と指揮命令系統の明確化が重要だということである。ローマの軍隊の組織力の強化を図るべきである。

カミルスの情報と提言はローマに送られ、その後のローマのエトルリア対策とシラクサ対策に活用された。カミルスがレミルシア王女と婚姻を結ぶことも、ローマにとって是とされた。

ダルフォンを賄賂と将来事が起きた時にはローマへ逃亡させ優遇するという約束によって、ローマ側に寝返らせたカミルスは、自分とレミルシアとの婚姻に許可を与えるようにヤルケニウス王に働きかけることをダルフォンに依頼した。

正直、神官の長であるダルフォンをローマ側に付けることは困難かと思ったが、カミルスが話を持ちかけるとダルフォンはすぐに話に乗ってきたのであった。ウェイイが危ない事態になった場合は、自分をローマへ受け入れて保護するという約束さえ守ってくれればカミルスに協力すると、ダルフォンは言ってきたのである。

（やれやれ。エトルリアの神を崇める神官を束ねるダルフォンがこうではな。エトルリアの神の規律とやらも、疑わしくなるな）

カミルスはダルフォンの背信行為を苦々しく思いながらも、ローマのために彼を利用し尽くすことにした。

ダルフォンとエトルリアの神を信頼しきっているヤルケニウスは、天啓がカミルスとレミルシアの婚姻を寿いだとダルフォンから聞くと、二つ返事で二人の婚姻を了承した。

カミルスはレミルシアの美しい姿を思い浮かべた。

カミルスがレミルシアに婚姻を申し込んだ時、既にヤルケニウスとダルフォンから説得されていたレミルシアは、はいと小さく頷いただけであった。

カミルスは優雅で気品のあるレミルシアに敬意を抱いていた。そして、フルグラーレスとしての能力を失い、妹のテレシア王女を失い、父王を失い、ハミトロバル王子まで失ったレミルシアに同情もしていた。時折城で姿を見かけるたびに、生気を失い青白い顔をしたレミルシアに憐みの感情を抱いていた。それにウェイイの王族のレミルシアを妻とすることで、カミルスのローマ政界における地位は上がるだろう。自分にとっても、ローマにとっても、レミルシアは貴重な存在になる。自分はレミルシアを大切にするだろう。今はまだハミトロバル王子のことを忘れられないにしても、そのうちレミルシアも自分を頼りにするようになるであろう。

（それにしても、テレシア王女は本当に死んだのだろうか。ファーレの剣を持ったまま海

の底に沈んだのだろうか）

活動的で勇敢な王女だった。その瞳は生き生きと輝いていた。テレシアのような生気に満ちた輝きを持った人間は、今のウェイイの王族の中にはいない。エトルリアの神がもう一度ファーレの剣士を指名しようとしても、その任を務められる者は見つからないだろう。

（いや、待て。一人いるかもしれんな……）

カミルスはヤルケニウスの孫の一人、トロムニウムの顔を思い浮かべた。ヤルケニウスの孫達はまだ十歳にも満たない幼さだったが、一人利発で学問と武術の鍛錬に熱心な孫がいた。それがトロムニウムだった。カミルスには、そのトロムニウムの青い瞳の輝きが、テレシアのそれと似ているような気がしたのだった。

（まあ、まだ先のことだ。これからじっくり観察していけばいい）

カミルスは窓からウェイイの街を見下ろした。

エトルリア第五周期三三年（紀元前四七四年）が始まった日、幾重もの稲光がこの街に降りた。あの稲光が何かの前触れではないかと心が穏やかでなかったが、確かに新しい流れの前触れだったと今は思える。ウェイイにとっても、エトルリアにとっても、ローマにとっても、そして自分にとっても。

叔父のヤルケニウスからローマの外交官カミルスが自分との婚姻を望んでいると聞いた時、レミルシアは誰とも婚姻を結ぶつもりはないと断った。しかしヤルケニウスはダルフォンと共に、カミルスとの婚姻は天啓によって神に祝福されているとレミルシアに説いた。

（天啓が？　いつ天啓が現れたのだろう……）

レミルシアは天啓の印となる稲光はなかったと首をかしげたが、フルグラーレスとしての能力を失った自分には、天啓の内容を読み取ることができなくなっただけでなく、天啓の現れもわからなくなったのかもしれないと思った。

カミルスが自分との婚姻を望んでいるといっても、彼が自分を愛しているわけではないことはわかっていた。「ウェイイの王女」との婚姻を望んでいるのであり、レミルシア個人を望んでいるわけではないと理解していた。しかし、自分がウェイイのためにできることは、カミルスとの婚姻を受け入れることくらいしかもうないのではないかと思った。

叔父のヤルケニウスはエトルリアの神を敬うことに熱心で、政治にあまり関心がなかった。レミルシアはたびたび叔父に意見したが、フルグラーレスでなくなった自分の意見に叔父は関心を持たなかった。

（父上も死後の世界に旅立ち、テレシアの消息もまったくわからない。ハミトロバル王子ももういない……）

ハミトロバルのことを思うと、心の中に苦しさが沸きあがった。ハミトロバルは、自分のことは忘れてくれとレミルシアに言い残したそうである。そしてサトリミルと共に海に沈んだとイシクルスから聞いた。

（あの方は、私の元に戻るつもりはなかったのではないか……）

ハミトロバルの瞳は、いつも自分ではない人を追っていた気がする。自分がハミトロバルを愛し、彼から愛されたいと狂おしいほどに望んでいたことだけが、火傷のようにレミルシアの心に残っていた。

（あの方の愛を欲しくて、天啓を偽るという大罪を私は犯してしまった……私はもう二度と誰かの愛を求めるべきではないのだわ。そのような資格は私にはない）

本当はもうこの命を終わらせてしまいたかった。川に身を投げようと何度も思った。しかし、そのたびにテレシアが自分に言った言葉を思い出し、思いとどまったのだ。

（過ちを犯しても、それを悔いてばかりいるのではなく、過ちを正すための行動を取るべきだと、テレシアは言っていた。私の罪が許されることはないだろうけれど、カミルスとの婚姻がウェイイのために、エトルリアのために役に立つように努力していくことが、これから私ができることなのかもしれない……それが、私の罪を贖う方法なのかもしれない……）

レミルシアはクマエの戦いから半年後に、カミルスと共にローマへ旅立っていった。

ファーレの剣士を倒し、エトルリアからクマエを守ったシラクサのヒエロンは、ギリシャ植民地の盟主となり、一層の野望を広げていた。エトルリアを侵略しようと計画していたのである。鉱物や農産物が豊富なエトルリアの地を手に入れることによって、経済的基盤を強化し、半島全体を支配することを目指していた。手始めにエルバ島とコルシカ島という、良港を持つエトルリアの島を攻略しようと作戦を練っていた。

しかし、その野望は突然絶たれた。ヒエロンの命が終わったのである。紀元前四六七年、クマエの戦いからわずか七年後、ヒエロンはこの世を去った。ある朝、なかなか起きてこないヒエロンの様子を副官のアスランが見にいったところ、寝台の上に彼が仰向けに倒れていた。何かに驚いたように目を大きく見開いたまま事切れていた。医者達にヒエロンを蘇生させるようアスランは半狂乱で命じたが、ヒエロンがこの世に戻ってくることはなかった。死因は不明である。医者達は誰一人なぜヒエロンが死んだのか突き止められなかった。

（昨晩まであれほど元気でおられたのに……）

アスランは突然主人を失って呆然とした。野心と自信に溢れた主人が、こんなに突然この世を去ってしまうとは信じられなかった。

ヒエロンの死後、その弟トラシュブロスがシラクサの僭主となったが、兄達と違って非凡な才能を持たなかったトラシュブロスは一年も経たないうちに僭主の座を追われ、シラクサは僭主制を廃止し民主制に移っていったのである。

クマエの戦いでエトルリア軍が敗北した知らせを聞いた時、パリステスはテレシアとエミリオンの消息を工作場の技師達に尋ねたが、誰も二人の行方を知らなかった。テレシアは海戦の最中に倒れて行方不明になったと言われており、エミリオンも行方知れずであった。

パリステスはその後もしばらく工作場に留まり、テレシアとエミリオンの行方がわからないかと期待していたが、結局二人は戦いの中で海に沈んだという説が最も有力なようであった。

工作場の技師達は、なぜファーレの剣を持っていたテレシアが戦いに負けたのかと納得できない様子で、あれやこれやと憶測を広げていた。テレシアがファーレの剣を正しく使わずエトルリアの神に罰せられたとか、海戦の混乱の中でファーレの剣もろともテレシアは海に落ちてしまったとか、ファーレの剣は一定時間以上経つと威力を失うのではないかなど、様々な説が飛び交っていた。

パリステスはクマエの戦いの一カ月後、工作場を辞して、ウェイイを離れることにした。テレシアがもういないと思うと、ウェイイの地に留まっている気持ちになれなかった。テレシアが与えてくれた銀で当分は食べていける。パリステスはウェイイを出て、半島の北へ向かい、まだ訪れたことがない地を旅してみるつもりだった。各地を回りながら、数学の研究を続けていこうと思っていた。

（テレシア王女とエミリオンには、もう二度と会えないのだろうか）

二人がカエレへ出発する前日の夜、自分の意見をぶつけた時のことを思い出した。パリステスは、エミリオンと意見が合わないことが多かったが、エミリオンがテレシアを守るためならば自分の命を懸けると知っていた。テレシアの行方が知れないということは、エミリオンも戻らないということなのだろう。

（テレシア王女の命は失われてしまったのか……あれほど生きる力に満ちていた命が……）

エトルリアの神の天啓など空しい。ファーレの剣など空しい。あんなに輝いていたテレシアの命を犠牲にするような価値が、今回の戦いにあったのか。命がなければ、生き続けなければ、何も突き止められないし、学ぶこともできないではないか。世界を見ることも、知ることも、できないではないか。ファーレの剣士にならなければ、テレシア王女はきっと新しい世界を見て、多くの知識を吸収して、その命を輝かせ続けていただろう。

（私はテレシア王女の分まで生きる。テレシア王女が見られなかった世界を見て、知りたかった知識を追求する。生きている限り、この世界の真理を探し続ける。テレシア王女と共に行くことは叶わなかったが……この世界を訪ね歩こう。テレシア王女と訪ねたかった都市を旅していこう）

パリステスは新たな決意と共にウェイイの街を去った。

エピローグ

南ティレニア海の航路を塞がれ海上貿易が細っていったエトルリアは、やがてカンパニア地方の植民地もすべて失い、次第に国力が衰退していった。その衰退の道に拍車をかけたのは、固い結束を誇ったエトルリア十二都市の同盟が崩れたことであった。エトルリアの結束は、一つの都市が他から攻撃されたら他の十一の都市が共同で抗戦するという軍事同盟でもあったのだが、その同盟が破られる時が来た。ローマに攻められたウェイイを、他の十一都市は救援しなかったのである。ウェイイを見捨てたエトルリア十一都市は、ローマの進撃がウェイイで止まらないことに気づくべきであった。十二都市の軍事同盟が綻びを見せた時、エトルリアの本当の衰退が始まったのであった。ローマは一つ、一つ、エトルリアの都市を離間させ、攻めていったのである。

しかし、エトルリアの神はエトルリア人に最後の約束は守ったと言えるかもしれない。次々とローマに都市を陥落されながらも、『リブリ・リトゥアーレス』に記されていた通り、エトルリアは第十周期まで続いたのである。エトルリアがローマの属領となることにより、第十周期を終えその歴史に幕を下ろしたのは、西暦五四年であった。エトルリアはその民族の始まりからおよそ八百年にわたって存続したのであった。

クマエの戦いから四十六年後の紀元前四二八年、ローマが攻めた時のウェイイの王はヤルケニウスの孫、トロムニウムであった。トロムニウムはウェイイの街を囲む防御壁を築き、勇敢に戦った。そして、ローマの兵を率いてウェイイを攻めたのは、ローマの独裁官となっていたカミルスの息子であった。

この時のウェイイとローマの戦いで、再びファーレの剣士が現れ、稲光のように白く光る剣でローマの兵達を倒したのを見たという者が何人もいた。黄金色の長い髪の女剣士が、白髪の老騎士を従えて、白く輝く剣を振りかざし、ウェイイの兵達の危機を幾度も救ったと語る者達がいた。

失われたファーレの剣を切望する、ウェイイの人々が見た幻だったのかもしれない。あるいは、依然としてファーレの剣士の伝説を恐れていたローマの兵達の幻覚だったのかもしれない。いずれにしろ、トロムニウムとカミルスの息子との戦いは、別の物語として語られるべきであろう。

参考文献

『エトルリアの興亡』ドーラ・ジェーン・ハンブリン著、タイムライフブックス編集部編、平田隆一訳、タイムライフブックス、一九七七年
『エトルリア　ローマ帝国に栄光を奪われた民族』ヴェルナー・ケラー著、坂本明美訳、佑学社、一九九〇年
『エトルリア文明―古代イタリアの支配者たち』（知の再発見双書37）ジャン・ポール テュイリエ著、松田廸子訳、創元社、一九九四年
『謎の哲学者ピュタゴラス』左近司祥子著、講談社、二〇〇三年
『エトルリア人―ローマの先住民族起源・文明・言語』ドミニク・ブリケル著、平田隆一監修、斎藤かぐみ訳、白水社、二〇〇九年
『ギリシア哲学史』納富信留著、筑摩書房、二〇二一年

著者プロフィール

七星 夏野（ななほし なつの）

東北大学教育学部卒業。英国立ノッティンガム大学院でMBA（経営学修士）取得。京都造形芸術大学（現京都芸術大学）大学院芸術環境研究領域で芸術学修士取得。外資金融会社に20年以上勤務した後作家活動に入る。１級ファイナンシャルプランニング技能士。ポジティブ心理学実践インストラクター®、上級心理カウンセラー、産業心理カウンセラー資格（日本能力開発推進協会〈JADP〉認定）を持つ。ポジティブ心理学の研究はライフワーク。犬が大好きで、認定ペットシッター、ペット終活アドバイザーの資格を持つ。趣味は時代小説を読むことと俳句作り。著書に、『八瀬秘録』（2024年、文芸社）がある。

本文イラスト：jitari、イラスト協力会社／株式会社ラポール イラスト事業部

エトルリアの神剣

2025年１月15日　初版第１刷発行

著　者　七星 夏野
発行者　瓜谷 綱延
発行所　株式会社文芸社
〒160-0022　東京都新宿区新宿１－10－１
電話　03-5369-3060（代表）
03-5369-2299（販売）

印刷所　株式会社フクイン

ISBN978-4-286-26141-6